한 지붕 북클럽

한 지붕 북클럽

가족끼리 책으로 대화하는 방법

김예원 최병일 지음

북바이북

우리 가족
첫 독서토론

첫날, 첫걸음, 첫 시작, 첫 만남, 첫사랑, 첫 단추, 첫눈.

'첫'으로 시작하는 우리말은 참 다양하다. '맨 처음의'라는
뜻을 지닌 '첫' 속에는, 아직 영글지 않은 풋풋함과 새로운 곳으
로 발을 내딛는 무모함이 서려 있다. 처음이기에 어설프고, 처음
이기에 실수도 많다. 처음의 싱그러움이 채 가시기도 전에 생각
지 못한 난관을 만나기도 하며, 진흙탕 길에 빠지기도 한다. 처음
이라 더 고되고 막막하며 휘청거리고 넘어지지만, 그럼에도 처음
이라 괜찮다는 위로가 다시 일어설 용기를 만든다.

우리 가족의 첫 독서토론도 그 위로가 만들어낸 용기였다.
평생의 길을 함께 걸어가자고 약속한 배우자, 어느 날 갑자기 가

족이 되어 만난 낯선 사람들. 설레는 첫 만남은 익숙함으로, 익숙함은 다시 새로운 부딪힘과 또 다른 도전으로 이어졌다. 가족이라는 이름의 무게를 감당하는 일은 혼자만의 노력으로는 불가능하지만, 가족 모두가 짐을 나누어 진다면 가능하다. 함께 오르는 산, 가파른 암벽과 진흙길과 사방을 가로막는 가시덤불 속에서도 서로의 손을 놓지 않고 함께 오르는 그 길에서는 내 옆의 누군가가 지금 이 순간 나와 함께 견디고 있다는 사실만으로 위로와 감사의 이유가 된다. 그 길은 나와 너를 한 뼘 더 자라게 하는 수행의 길이다.

　가족이 함께 행복할 수 있는 길이 있을까? 가족이 모든 행복의 원천이라 단정 지을 순 없지만, 한 사람의 인생에 특별한 영향을 주고 나아가 삶 전체를 변화시키는 힘을 가진 존재라는 점은 부인할 수 없을 것이다. 어떤 가정에서 성장했는지, 어떤 사람과 만나 결혼을 하고 가정을 이루었는지, 어떤 방법으로 자녀를 키우고 관계를 맺었는지에 따라 본인은 물론 내 곁의 누군가의 삶 또한 크게 달라진다. 그 특별한 사람들과의 관계를 보다 더 소중히 여기는 일, 상대의 개성을 존중하고 서로 간의 차이를 인정하며 소통하는 과정 속에서 하모니를 이루는 일은 결코 녹록지 않지만 그만큼 가치 있는 길일 것이다. 그 길을 향한 첫걸음을, 우리는 책과 토론이란 버팀목을 의지해 조심스레 내딛었다.

책은 한 인간의 성장을 돕는다. 책을 통해 우리는 책을 읽기 전엔 알지 못했던 세계를 만나고, 타인의 삶 속으로 걸어 들어가 또 다른 차원의 공감과 이해를 경험한다. 누군가와 같은 책을 읽고 함께 모여 나누는 이야기는, 책에서 얻은 지식과 지혜 그 이상의 것을 누리게 한다. 나의 갇힌 사고를 열어주며 사유의 세계를 보다 더 확장시킨다. 타인의 생각을 경청하는 과정에서 공감의 힘, 소통의 즐거움을 느끼게 한다. 나이가 어려도 엄연히 자신만의 생각이 있다는 것을, 평소 잘 안다고 생각했던 누군가도 사실 말 못 할 감정으로 힘들어했다는 것을, 가족이지만 낯선 그들도 때론 나처럼 외로움을 느끼고 사소한 일로도 기뻐한다는 것을 알아차리게 한다. 독서토론을 통해 우리는 서로 다르지만 결코 틀린 존재가 아니라는 사실을 이해한다. 독서토론은 소통과 이해의 디딤돌이다.

우리 가족은 4년째 독서토론을 하고 있다. 시아버지와 남편, 두 시누이, 시매부까지 여섯 명이 같은 책을 읽고 온라인, 오프라인을 넘나들며 책 이야기를 나눈다. 사실 가족 독서토론에 대한 사람들의 반응은 제각각이다. 놀라움과 의아함이 담긴 눈빛으로 바라보시는 분도, 아쉬움을 토로하시는 분도 있다. '토론이 좋다는 건 알지만 우리 가족이 과연 토론할 수 있을까요?', '저도 아이들과 함께 책도 읽고 이야기도 나누고 싶은데 설득할 방법을 모르겠어요', '책 읽기도 힘든데 토론은 더 힘든 것 아닌가요?', 이 외에도 독서토론이 가족 간의 관계를 개선하는 데 정말 도움을 주는지 궁금해하는 반응도 적지 않다. 우리 가족이 도입한 '비경쟁 독서토론'이 개개인에게 어떤 도움을 줄지, 가족 관계 개선에 얼마나 큰 효과를 낼지 잘 모르겠다는 의견도 있다. 가족 비경쟁 독서토론에 관한 전문적인 연구나 관련 서적, 다양한 사례들이 많지 않다는 점도 이러한 궁금증과 의문을 해소시키기 어려운 이유 중 하나다.

아무도 가보지 않았던 '가족 독서토론'이라는 길, 그 길목 어딘가에서 우리는 자그마한 희망의 싹을 발견했다. 독서토론이 가족의 모든 문제를 해결해주는 마스터키는 아니더라도 시도해 볼 만한 방법임을, 한 회 두 회 함께 책을 읽고 토론하며 조금씩 확신을 더했다. 이 책은 우리 가족의 독서토론 경험이 녹아 있는 어떤 도전의 기록이다. 보다 더 나은 가족 소통을 고민하며 새로운 방안을 찾고자 하는 분들과 함께 나누고픈, 부족하지만 진심을 담은 한 편의 안내서다. 더불어 시아버지와 며느리가 함께 공부하고 소통하며 써 내려간 '구부 공저'이기도 하다.

책의 1장과 3장은 며느리가, 2장과 4장은 시아버지가 썼다. 서로 다른 입장과 위치에서 가족 독서토론을 경험하고 변화를 겪었던 내용이 담겨 있기에, 독자들은 보다 더 다양한 시각에서 가족 독서토론을 접해볼 수 있다. 1장에는 가족 소통의 어려움과 그것을 해결하기 위해 우리가 시도했던 가족 독서토론의 경험을 며느리의 시선으로 담았다. 어떠한 이유와 동기에서 독서토론을 시작하게 되었는지, 토론 이후 어떤 변화를 겪었는지 다양한 사례를 통해 이야기를 풀어나간다. 2장에서는 가족 독서토론을 시작하기 전 준비해야 할 부분을 두 가지 방면으로 나누어 설명한다. 오랫동안 독서토론 현장에서 활동해온 시아버지의 다양한 경험과 깨달음의 정수가 녹아 있는 장이다. 가족과의 토론이라는 새로운 열매를 맺기 위한 중요한 밑거름이 될 것이다. 3장에서는 가족 독서토론의 다섯 가지 노하우를 소개한다. 처음 가족 독서모임을 시작할 때 어렵지 않게 시도해볼 수 있는 낭독부터 함께 읽기, 소감 나누기, 필사, 여행이나 영화와 함께하는 토론까지 다양한 토론 방법을 제시한다. 독자들은 자녀의 연령, 독서 수준, 가족 구성 및 다양한 상황에 맞게 적절히 응용해볼 수 있을 것이다. 마지막 장에서는 실제 우리 가족이 독서토론에서 함께 읽었던 책과 토론 논제, 토론 내용을 공유한다. 토론 현장의 생생한 분위기를 읽으며 토론의 '맛'을 직접 느껴볼 수 있다.

　　그 길의 끝에 무엇이 있을지 가늠해볼 여력 없이, 처음이니 그저 마음이 움직이는 방향으로 걸어갔다. 가족으로 만났지만 때론 가장 무거운 짐이 되기도 한다는 것을, 기나긴 강을 사이에 두고 서로가 먼저 건너오기만을 바라는 존재가 되기도 한다는 사실을 인정해야 했다. 그럼에도 서로의 짐을 대신 짊어지겠다는 마음, 내가 먼저 그 거친 강물에 발을 담그겠다는 마음 또한 우리 안에 분명 자리 잡고 있음을 확인했던 시간이다. 그것만으로도 의미와 이유가 충분했던 여정이다. 우리 가족의 독서토론은 결코 가장 이상적인 모델도, 완벽한 교육 프로그램도 아니다. 그저 조금은 다른 방법으로 가족의 새로운 변화를 모색하고, 좋은 가족 문화를 고민하며 내딛었던 작은 시도이자 첫 발걸음이다. 가족 독서토론의 뜻을 가진 많은 분들의 도전과 실행, 다양한 방식으로의 응용, 창의적인 시도가 진심으로 기다려진다. 함께 만들어갈 가족 독서토론이라는 가족 문화, 그 의미 있는 발걸음에 이 소소한 기록이 정답게 동행했으면 하는 바람이다.

2022년 2월

김예원

차례

3장 | 가족 독서토론의 5가지 노하우

4장 | 가족 독서토론 들여다보기

1장

가족끼리 정말
소통할 수 있을까

가족끼리
소통이 힘든 이유

　가족. 이 단어를 입속에서 되뇌다 보면 많은 감정이 교차한다. 가족을 딱 한마디로 설명할 수 있을까? 가족의 사전적 뜻을 살펴보면 '부부와 그들의 자녀로 구성되는 하나의 사회적인 단위이며, 사회의 가장 기본적인 구성단위'다. 즉, 가족이란 혈연과 혼인(혹은 입양)으로 맺어진 공동체로서, 가장 친밀하고 가까운 이들의 조합이다. 굳이 사전을 살펴보지 않더라도 많은 이들이 서로에 대해 가장 잘 이해하고, 가장 많은 시간을 함께하며, 그 무엇으로도 끊을 수 없는 단단한 관계를 가족이라고 생각한다. 물론 아주 틀린 말은 아니다. 하지만 조금만 더 깊숙이 들어가 보면, 가족이라는 공동체 속에 드리워진 빛과 그림자를 어렵지 않게 발견할 수 있다. 익숙하지만 결코 편하지만은 않은 존재, 위로와 힘이 되어주지만 때론 그 누구보다 깊은 상처를 주고받기도 하는 애증의 관계, 세상 모든 것을 다 내주어도 부족할 만큼 소중하지만 불만과 원망도 큰 사람…. 가족을 표현하는 말은 참으로 많고, 복잡미묘하며, 때론 '모순투성이'다.

물론 세상에 다양한 사람이 있는 만큼 그들이 속한 가정의 모습도 천차만별이겠지만, 많은 가정이 이런 '모순'된 상황과 문제를 겪고 있다. 특히 겉은 아무 문제없이 멀쩡해 보이지만 그 속은 텅 빈 조개껍질과 같은 '공패空貝 가족', 집 현관문 열리는 소리만 들려도 바퀴벌레들이 일제히 흩어지는 것처럼 각자 방으로 뿔뿔이 도망가는 '바퀴벌레 가족', 경청과 인정 대신 무시와 비난이 난무하여 대화 자체를 꺼리는 '불통不通 가족'까지, 아슬아슬한 수위를 오가며 가족의 현실을 힘겹게 이어나가는 이들의 모습은 바로 우리 가족의 맨얼굴이기도 하다. 이는 비단 부모와 자녀로 연결된 가족만의 문제가 아니다. 부부 갈등, 고부 갈등, 장서 갈등, 시가(혹은 처가) 식구와 며느리(혹은 사위) 간의 갈등은 이미 매스컴이나 우리 주변에서 그 사례를 쉽게 찾아볼 수 있는 흔한 일이다. 어쩌면 이 글을 읽고 있는 독자들 중에서도 고개를 한참 끄덕인 분들이 계실지 모르겠다. 우리는 어쩌다 이렇게 됐을까?

다른 별에서 온 그대

몇 해 전, 〈별에서 온 그대〉라는 드라마가 인기리에 방영되었다. 마지막 회 시청률 28.1퍼센트를 기록한 이 '대박' 드라마는 한국을 넘어 중국에서까지 큰 사랑을 받으며 한류 드라마의 선두에 섰다. 400년 전, 지구에 떨어진 '외계인' 도민준과 한류 스타 천송이의 시공을 초월한 사랑은 많은 시청자들을 울고 웃게 만들었고, 그들의 달콤 발랄한 로맨스는 매주 높은 시청률의 든든한 버팀목이 되었다. 하지만 늘 그렇듯 드라마는 드라마일 뿐, 현실에서 '다른 별에서 온 그대'를 만난다면 어떨까? 만약 그 사람이 나의 가족이 된다면, 혹은 내 평생의 '반려자'가 된다면? 이야기는 전혀 다른 방향으로 흘러가든가, 심지어는 새로운 장르로 뒤바뀔 수도 있다. 그런데 우리는 정말, 아주 많은 경우, 다른 별에서 온 누군가와 만나 기어코 사랑에 빠지고, 결혼을 하며, 이제껏 경험해보지 못한 '꽃길'과 '가시밭길'을 차례로 경험하고 있다.

나는 남편과 세 번의 만남에 결혼을 결정했다. 첫 만남에서 결혼까지 불과 3개월이 채 걸리지 않았으니 그야말로 빛의 속도다. 주변에서는 축하와 동시에 너무 성급한 판단이 아닌지, 조금 더 서로를 겪어보고 이해한 후 결정해도 늦지 않을까, 하는 충고와 조언을 아끼지 않았다. 그런데도 '이 사람이다!' 확신할 수 있었던 이유 중 하나는 바로 '달라도 너무 다른 성격'이었다. 그는 이성적이고, 도전을 즐기며, 자신과 삶에 대한 긍정 에너지가 충만했다. 반면, 나는 감성이 풍부하고, 도전보다는 안정을 추구했으며, 인생에 대한 확신을 찾고 싶었다. 물론 이 외에도 다른 점은 무수히 많았다. 우리는 아주 딱 맞는, 마치 흩어졌던 퍼즐이 제자리를 찾은 듯 서로에게 꼭 필요한 사람으로 느껴졌다. 이렇게 서로 다른 별, 그것도 보통 먼 거리가 아닌 정반대의 별에서 온 두 사람이 '가족'이 된 것이다.

사실 두 남녀가 만나 서로에게 호감을 느끼고 사랑에 빠지며 부부가 되는 결정적 이유를 한두 가지 예로 설명할 수는 없다. 우리처럼 전혀 다른 성격이 이유가 될 수도 있고, 반대로 꼭 닮거나 비슷한 부분이 서로에게 끌리는 원인으로 작용할 수도 있다. 그 외의 경우도 셀 수 없이 다양하다. 문제는 이렇게 만나 부부가 된 두 사람이 오랜 시간 서로 다른 환경에서 나고 자란, 뼛속부터 다른 사람이라는 사실이다. 어렸을 때부터 함께 자란 형제자매도 모두 제각기 다른 성격과 가치관을 갖는 경우가 많다. 아주 작은 생활 습관부터 좋아하거나 잘하는 과목, 부모와의 관계, 잘 맞는 친구 유형, 희망하는 직업까지. 심지어 DNA가 같은 일란성 쌍둥이라 하더라도 성장 과정 중 서로 다른 선택과 경험을 반복하다 보면 성향, 기질뿐만 아니라 외모까지 크게 달라진다고 한다. 하물며 몇십 년을 각자의 가정에서 생활하고 무수히 다른 선택과 경험을 쌓은 뒤 만난 사람이라면? 우리가 사랑에 빠지거나 결혼을 하여 가정을 이룬 사람이 바로 그렇다. 비슷하든 다르든, 우린 각자의 별에서 자기 개성대로 잘 살다가 함께 새로운 출발점 앞에 서게 된 거나 다름없다.

콩깍지가 벗겨질 때 비소로 보이는 것들

새로운 만남이란 대부분의 경우 설렘과 기대, 가능성과 희망을 동반한다. 불교에서는 사람의 만남과 인연을 이야기할 때 종종 '겁劫'이라는 단어를 사용한다. 겁은 천지가 한번 개벽한 뒤부터 다음 개벽할 때까지의 기간, 즉 무한히 길고 아득한 시간을 가리킨다. 두 사람이 한 나라에 같이 태어나려면 1000겁의 인연이, 부부가 되려면 8000겁, 부모 자녀로 만나려면 무려 1만 겁의 인연이 있어야 한다고 한다. 이 말이 실제든 아니든, 우리는 만남과 인연 속에 깃든 그 특별함과 희소성을 쉽게 부정하기 어렵다. 특히 평생의 반려자로 선택한 남편 혹은 아내에 대해서 처음엔 대개 긍정적 측면을 바라보려 노력하거나, 어떤 경우엔 큰 노력을 기울이지 않아도 쉽게 상대방의 장점을 찾아낸다. 나의 선택이니까, 나와 가장 잘 맞는 사람이니까, 우리는 보통 인연이 아닌 8000겁의 인연이 쌓여 드디어 만난 '천생연분'이니까. 또 반대로 이런 '콩깍지' 덕분에 결혼이라는 심각한 결정을 때로는 자신도 놀랄 만큼 빠르게 내릴 수 있는 것이다.

하지만 인간은 종종 자신이 보고 싶은 것만 보고, 듣고 싶은 것만 듣고, 믿고 싶은 것만 믿는 심리적 오류를 범한다. 영국의 인지심리학자 피터 웨이슨은 인간의 이런 심리 상태를 '확증편향confirmation bias'이라 명명했다. 확증편향이란 기존의 신념에 부합되는 정보나 근거만을 찾으려고 하거나, 이와 상반되는 정보를 접하게 될 때는 무시하는 인지적 편향, 즉 일종의 심리적 편견을 의미한다(《두산백과》 참고). 다시 말해, 배우자에 대해서도 우리는 종종 내가 보고 싶은 부분만을 선택해서 보고, 자신의 기준과 가치관에 부합되는 점만을 '옳다'고 쉽게 판단한다. 장점만 있다고 생각했던 상대방이 어느 순간 단점투성이로 보였던 경험은 없는가?

한번은 결혼한 지 얼마 안 된 지인으로부터 가벼운 하소연을 들었다. 그 말인즉슨, 남편이 신혼 초에 몇 번이나 열심히, 그것도 아주 즐겁게 청소기를 돌리기에 원래 주변을 깔끔히 정리하는 걸 좋아하는 사람이구나 하며 내심 반가웠다고 한다. 하지만 이내, 남편이 좋아한 건 청소하는 '행위' 그 자체이지 정리정돈과 깔끔함은 아니라는 걸 깨달았다. 신혼 초, 최신형 무선 청소기를 열심히 돌리는 남편의 모습이 지인의 눈엔 '깔끔하고 정리정돈을 좋아하는 사람'으로 보였고, 또 그렇다고 믿고 싶었던 것이다. 지인은 자신의 기대와 다른 남편의 모습이 많이 실망스러웠다고 한다. 이런 사소한 일들이 쌓이고 쌓여, 나중엔 '저 사람이 정말 저런 사람이었나?'라고 묻고 싶을 정도로 단점만 보이는 상황까지 가는 경우가 적지 않다. 서로 비슷하다고 느꼈던 부부든 정반대라고 느꼈던 부부든 마찬가지다. 확증편향은 부부를 비롯한 가족 갈등을 유발하는 원인이지만, 사실 그보다 더 심각한 문제는 서로 주고받는 '소통의 방식'에 있다.

갈등을 만드는 경청 없는 대화

커뮤니케이션 전문 상담사이자 강사 크리스텔 프티콜랭은 그의 저서 『나도 내 말을 잘 들어주는 사람이 좋다』(나무생각, 2016)에서 경청의 중요성을 거듭 강조한다. 그는 소통에서 말하기보다 중요한 것이 '상대방의 말을 귀담아 듣는' 경청이라고 말한다. 제대로 된 경청이 없으면 소통 자체가 불가능하다. 하지만 많은 사람들이 저자의 말처럼 '듣기 장애'를 가지고 있다. 각자 목소리 높여 자기 이야기만 하고, 상대의 말은 쉽게 무시한다. 내 생각을 제대로 전달하고 있는지에만 온 신경이 곤두서 있다. 그럴수록 상대는 내 이야기에 귀를 닫고 나 또한 무시 받는다는 기분에 감정이 상한다. 결국 나도 상대도 '저 사람과는 말이 안 통해'라며 대화를 포기한다. 이런 상황은 특히 다른 사람보다 서로에 대해 잘 알고 있다고 여기는 가족 간에 자주 일어난다.

신혼여행 중 남편과 첫 부부싸움을 했다. 대만 여행 막바지에 타이중의 한 호텔에서 여독을 풀고 있을 때였다. 남편과 이런저런 이야기를 나누다가 문득 대만이 무척 정겹고 살기 좋은 곳이라는 생각이 들었다. 물가도 저렴하고 사람들도 친절하며 우리 둘 다 중국어를 할 수 있으니 이만하면 참 괜찮은 곳 아닌가 싶었다. 나는 남편에게 '대만에서 살아도 좋을 것 같다'며 운을 뗐다. 그 당시 나는 베이징에서 4년째 직장을 다니고 있었고 남편은 2년간 호주에서 살다가 결혼 준비로 한국에 들어온 상황이었다. 아직 정확한 거처를 정하지 않았던 터라 우리 모두 고민이 많았다. 남편은 나의 말이 끝나기 무섭게 "아니, 난 사람 많은 곳은 딱 질색이던데"라며 여기가 왜 싫은지, 그리고 자신이 살던 호주가 얼마나 괜찮은 곳인지 이야기를 이어갔다. 결과는? 내 말에 그 어떤 공감이나 인정 없이 바로 자신의 반대되는 생각을 말한 남편에게 서운한 감정이 밀려왔다. 물론 나와 똑같은 생각을 갖고 있길 바라거나 거짓말을 기대한 건 아니지만, 그저 한마디 "그래? 대만이 왜 좋은데?" 정도만이라도 얘기해줬으면 그렇게까지 서운하진 않았을 것 같았다. "꼭 그렇게 바로 싫다고 말해야겠어?"라며 상한 감정을 가득 담아 쏘아붙이는 나에게, 남편 또한 자신이 모든 걸 다 공감해줘야 하느냐며 당신도 너무 심하게 말하는 것 같다고 화를 냈다. 결국 여행에서 돌아오는 날까지 냉랭함이 이어졌다.

많은 가족들이 이와 비슷한 문제를 겪는다. 대화를 한다고 하지만, 상대의 말을 듣는 것보다 내 의견을 말하기 위함이다. 크리스텔 프티콜랭은 대화 중 상대의 말을 바로 부정하거나 자신의 관점을 제시하는 것을 경청의 방해 요인으로 꼽는다. 물론 누구나 자신의 생각과 감정이 있고 그것을 표현할 자유가 있다. 중요한 건 언제 어떤 방식으로, 어떤 대화의 흐름 속에서 그 의견을 말하느냐는 것이다. 직장 상사와의 갈등을 토로하는 아내에게 "사회생활이라는 게 원래 다 그렇지 뭐, 힘들면 그만둬"라고 말하는 남편, 주말에 야외로 나가 캠핑을 해보고 싶다는 남편에게 캠핑 용품이 얼마나 비싼지 조목조목 이유를 들어 설명하는 아내, 숙제가 너무 많아 하기 싫다는 아이에게 "다른 친구들도 힘들지만 다 하잖아, 왜 너만 그래?"라며 되레 혼내는 부모. 이는 모두 경청을 방해하고 대화와 소통을 포기하게 만드는 익숙한 광경이자 우리의 모습이기도 하다.

나는 옳고 너는 틀렸다는 생각

손원평 작가의 소설 『아몬드』(창비, 2017)에는 선천적으로 감정을 느끼지 못하는 소년 '윤재'와 어릴 적 부모와 이별한 뒤 13년 만에 가족 곁으로 돌아온 소년 '곤이'가 등장한다. 부모와 세상에 대한 분노로 온갖 비행을 저지르는 곤이를 반 아이들뿐만 아니라 그의 아버지 '윤 교수'까지 저마다의 눈으로 판단하고 비난한다. 윤 교수는 남에게 폐를 끼치지 않는다는 자신의 평생 신조가 갑작스레 나타난 아들로 인해 위배되는 상황을 견딜 수가 없다. 그는 곤이의 마음을 들여다보려 노력하거나 지금껏 살아온 환경과 좌절된 꿈에 대해 물어보지 않는다. 단지 곤이를 좋은 학교에 등록시키고(물론 그곳에서도 금방 나와야 했지만) 곤이가 사고를 칠 때마다 매질을 하며 사람들에게 사과한다. 이 책 속에서 곤이를 쉽게 판단하지 않는 사람, 곤이가 유일하게 마음을 터놓고 이야기를 나누는 사람은 '감정 표현 불능증'을 앓고 있는 윤재뿐이다.

인간은 본래 자기중심적 사고에서 벗어나기 힘든 존재다. 모든 일을 자신의 시각과 관점에서 바라보고 평가한다. 이미 형성된 자신만의 견고한 생각은 웬만해선 쉽게 바뀌지 않는다. 『당신이 옳다』(창비, 2018)의 정혜신 교수는, 사람 마음을 움직이는 일이 그랜드피아노를 혼자서 들어 올리는 것보다 더 힘들다고 말한다.

재미있게도, 많은 사람들은 자신이 옳다고 느끼는 방향으로 상대를 바꾸려 하며 또 그게 가능하다고 믿는다. 즉, 자신이 정해놓은 틀과 기준, 오랫동안 쌓아올린 신념에 따라 상대를 판단하거나 혹은 그를 틀 안에 끼워 맞추려 최선을 다한다. 그러다 상대가 끝내 바뀌지 않으면 크게 실망하거나 거센 비난을 가한다.

나와 남편은 종종 '시간관념'의 차이 때문에 다툰다. 남편은 약속시간을 철저히 지키는 편이다. 자신이 기다리면 기다렸지, 상대보다 늦게 도착하는 걸 극도로 싫어한다. 반면 나는 정각에만 도착하면 괜찮다는 주의다. 둘 다 솔로의 인생을 살아갈 땐 별 문제 없던 자신만의 '기준'이, 함께 같은 배를 타고 결혼이라는 항해를 시작한 뒤부터는 부부싸움의 주범이 되었다. 잘 지내다가도 함께 외출을 하거나 누굴 만나야 하는 일이 생기면 둘 다 서로를 감시하는 적이 된다. 남편은 남편대로 늦장 부리는 내가 눈에 거슬려 한마디씩 하고, 나는 나대로 이른 시간부터 '달달 볶는' 남편이 미워진다. 그러다 약속시간에 늦거나 반대로 너무 일찍 도착해서 기다려야 하는 상황이 생기면, 그날 아침부터 쌓여왔던 분노와 짜증이 마침내 터져버리고 만다. 문제는 이런 일이 한두 번이 아니라 반복되며, 시간 때문에 시작된 작은 말다툼이 대부분의 경우 더 큰 감정싸움으로 확대된다는 것이다.

정혜신 교수는 누군가의 속마음을 들을 때 '충·조·평·판

(충고, 조언, 평가, 판단)'을 하지 말아야 한다고 강조한다. 마음이 상했거나 힘들어하는 누군가에게 '바른말'을 하는 순간, 더 이상의 소통이나 대화를 기대할 수 없다. 내가 아무리 옳은 이야기를 한다고 해도, 그것은 상대의 마음에 더 큰 상처를 내는 폭력일 뿐이다. 누군가의 마음을 움직이기 위해선 무조건적인 공감이 선행되어야 한다. 그 자신도 어찌하지 못한 화가 난 감정을 충분히 들어주고, 속상하거나 서운한 마음에 진심 담은 공감을 퍼부어 줘야 한다. 하지만 우리는 대개 실수를 저지른다. 나의 감정은 옳고 너의 감정은 틀리다고 말한다. 네가 기분 안 좋은 건 '알겠지만' 그런 말투나 행동은 옳지 않다고 냉정하게 선을 긋는다. 부모는 아이에게, 아내는 남편에게, 형은 동생에게, 시부모는 며느리에게 결코 의도하지 않아도 무의식적으로 이런 '심리적 폭력'을 가한다. 이러한 상황에서 관계 개선이나 원활한 소통을 기대하기란 어렵다. 속이 빈 공패가족, 뿔뿔이 흩어지는 바퀴벌레 가족, 대화 자체가 스트레스인 불통가족은 여기에서 탄생한다.

소통의 방법을 찾아서

'싸우면서 정든다'는 말을 나는 이렇게 바꾸고 싶다. "제대로 싸워야 정도 제대로 든다." 제대로 싸운다는 말은 다시 말해

'제대로 대화한다'는 의미다. 내 생각과 감정만 내세워서 얘기하지 않고, 상대방을 나의 기준대로 '충·조·평·판' 하지 않으며, 보다 더 열린 마음으로 경청하고, 나와 다른 생각과 관점도 일단 공감해보려 노력하는 일. 그것이 바로 제대로 된 대화가 아닐까? 가장 이상적인 게임은 나만 이기고 네가 지는 것도, 반대로 내가 지고 너만 이기는 것도 아닌 둘 다 이기는 게임이다. 누구도 자신을 부정하는 사람 곁에서 진정한 행복을 느낄 수 없다. 반대로, 누구도 다른 사람을 부정하면서 그를 진정으로 사랑할 수 없다. 존중과 공감, 이해와 경청이 동반하는 자리에서 진솔한 대화는 시작되고 소통은 이루어진다.

많은 가족들처럼, 우리 가족도 다양한 갈등과 소통의 문제를 겪었다. 이러한 문제는 비단 부부 사이에서만 일어나는 건 아니었다. 특히, '가족'이라는 이름으로 묶여졌지만 만나면 어색하고 가까이하기엔 불편한 시가 식구들과의 관계 또한 극복해야 할 또 하나의 숙제였다. 우리는 어떻게 하면 보다 더 나은 방법으로 관계와 소통의 문제를 해결할 수 있을지 고민했다. 그리고 마침내 한 가지 방법을 찾았다. 바로 '가족 독서토론'이다.

2

독서토론으로
길을 찾다

"가족끼리 한자리에 모이기도 힘든데 함께 책을 읽는다고? 거기다가 토론까지?" 시가 식구들과 한 달에 한 번 가족 독서토론을 한다고 말하면 대개 이런 반응이 돌아온다. 가족끼리 토론이 가능할까? 사실 나도 결혼 전까지 한 번도 생각해본 적 없는 일이다. 어렸을 적 주말 아침, 가끔 '가족회의'라는 이름으로 서로에게 하고 싶은 말이나 집안 일정에 대한 이야기를 나눴던 적은 있다. 회의라 하더라도 삼남매에 대한 부모님의 '사랑의 말씀'이 대부분이었지만 말이다. 하고 싶은 이야기가 있으면 해보라는 아버지의 제안에 우리 모두 입을 다물고 있었다. '용돈을 좀 더 올려 달라', '갖고 싶은 브랜드의 운동화가 있다', '바닷가로 2박

3일 가족여행 가고 싶다' 등 속마음을 꺼냈다가는 아무 소득이 없을 뿐더러 괜히 기대했다가 실망할 게 뻔하다는 생각이 앞섰다. 쭈뼛쭈뼛, 안절부절. 어서 이 회의시간에서 해방되어 남은 주말을 마음대로 즐기고픈 마음이었는지도 모른다.

부모와 자녀, 남편과 아내가 즐겁게 자신의 의견을 나누는 가족회의가 왜 어려울까? 부모는 아이들과 동등한 위치에서 대화를 나눈다고 생각하지만, 아이들은 정작 자기 속마음을 드러내길 불편해한다. 야단이나 핀잔을 듣지 않는 것만으로도 다행이라는 생각이다. 배우자와도 처음엔 건설적 차원에서 의견을 주고받다가 점차 그동안 쌓였던 감정을 쏟아내면서, 결국 서로에게 악감정만 남기게 되는 경우도 적지 않다. 시가 혹은 처가 식구들과의 회의라면 그 자체로 모험이며 도전이다. 웬만한 용기와 결심 없이 며느리, 사위가 배우자 식구들에게 자신의 생각을 스스럼없이 말하기란 결코 쉬운 일이 아니다.

아무리 좋은 취지라도 평소 대화가 많지 않고 대화를 하더라도 감정적으로 대응하기 일쑤인 관계라면, 가족회의는 더 큰 불편함과 스트레스로 다가올 가능성이 크다. 좋은 대화와 소통의 방식, 나아가 자신의 생각을 좀 더 정돈된 형식으로 표현하고 상대의 이야기에 집중할 수 있는 방식은 없을까? 가족의 목소리에 귀 기울이며 그 내면에 보다 더 가깝게 다가갈 수 있는 방법은 없을까? 우리는 그 해답을 '함께 읽기'와 '독서토론'을 통해 찾아가고자 했다.

며느리에게 책을 선물하는 시아버지

2016년 여름, 결혼한 지 막 2년 차에 접어든 때였다. 당시 우리 부부는 베이징에서, 다른 가족들은 용인, 인천, 천안 등 서로 다른 지역에서 살고 있었다. 한국으로 출장이나 휴가를 나오는 경우를 제외하고, 시가 식구들과 한자리에 모이는 일은 흔치 않았다. 만나지 못하니 서로 부딪칠 일도 없었고, 반대로 가까워지거나 추억을 쌓을 기회도 없었다. 어느 날, 시아버지께서 베이징으로 몇 권의 책을 부쳐주셨다. 이후 한국에 갈 때마다 늘 책을 한가득 선물해주셨는데, 약간의 과장을 보태면 중국으로 돌아가는 가방 속 짐의 반이 책일 정도였다. 문학, 심리학, 인문학, 자기계발서 등 종류도 다양했다. 몇 년간 중국에서 직장을 다니며 독서를 거의 하지 않던 나에게, 시아버지께서 보내주신 책은 단비처럼 반갑고 달콤했다. 책이 원래 이렇게 재미있었나? 왜 여태껏 몰랐을까? 다음번엔 언제쯤 책을 보내주실지, 또 어떤 놀라운 책을 만나게 될지 궁금했고, 심지어 기다려지기까지 했다. 처음엔 다소 어색했던 시아버지와의 관계도, 함께 책을 읽고 소감을 나누며 조금씩 가까워지는 기분이었다.

시아버지는 전국을 무대로 '비경쟁 독서토론'과 글쓰기를 가르치신다. 독서토론을 하며 만났던 잊지 못할 사람들, 그분들과 함께 나눴던 책과 삶에 대한 생생한 이야기를 내게 종종 들려주시곤 했다. 하루에 몇 시간씩 이어지는 토론 수업과 강의로 힘들지 않으신지 조심스레 여쭤보면, 시아버지는 오히려 독서토론으로 인생의 즐거움과 큰 에너지를 얻게 된다며 이렇게 일할 수 있음에 감사하다 하셨다. 기회가 되면 가족들과도 함께 토론해보고 싶으시다는 말씀도 덧붙이시면서.

일을 하면 할수록 에너지를 얻는다? 있던 에너지도 뺏어가는 게 '일' 아닌가? 직장인 5년 차에 접어든 난 출근만 하면 늘 크고 작은 스트레스에 시달렸고, 월요병 없이 지나간 날은 월급날 빼곤 손에 꼽을 정도다. 괜찮았다 싶다가도 때가 되면 어김없이 찾아오는 '슬럼프'는 나의 존재 자체에 의문을 품게 만들었다. 도대체 내가 무슨 호사를 누리겠다고 타지에서 이렇게 고생하며 사는지, 일이란 게 무엇이며 삶은 또 무슨 의미인지 공허한 질문을 던지며 우울해했을 뿐이다. 그랬던 나에게 시아버지의 말씀은 과히 충격적이었다. 도대체 비경쟁 독서토론이란 게 뭘까? 어떻게 하는 걸까? 왜 그렇게 즐거워하시는 걸까? 궁금증은 호기심으로, 호기심은 마침내 가족 독서토론을 시도해보자는 '파격적인 제안'으로 이어졌다.

사실 베이징에서 혼자 책을 읽으며 조금 외로웠다. 책을 읽는다는 것 자체는 너무 즐거운 일이지만, 독서를 통해 받은 그 따끈따끈한 감동과 즐거움을 누군가와 나누고 싶었다. 주변에 함께 읽고 이야기 나눌 사람이 없으니 감동은 금방 휘발되고 기억하고 싶었던 내용은 빠르게 잊혀졌다. 독서토론을 통해서라면 그동안의 갈증을 어느 정도 해소할 수 있을 것 같았다. 물론 결혼 후 몇 번 만난 적 없을 뿐더러 아직은 잘 모르는 두 시누이, 그보다 더 어색한 시매부와의 토론이 과연 괜찮을지 걱정도 되었다. 하지만 해보지도 않고 어떻게 알 수 있을까? 오히려 책이라는 든든한 다리를 통해 서로에게 좀 더 다가갈 수 있지 않을까? 한 달에 한 번, 이렇게라도 만나야 훗날 함께 이야기 나눌 좋은 추억이 생길 것 같기도 했다. 그렇게 시아버지가 진행하고 세 남매, 사위, 며느리가 토론하는 '가족 독서토론' 멤버가 결성되었다.

함께 책 읽고 대화하는 가족

우리는 한 달에 한 번, 진행자 시아버지가 선정한 책을 읽고 토론시간에 맞춰 만나기로 했다. 어디서? 바로 단체채팅방에서! 시아버지가 강사로 속한 학습공동체 숭례문학당(이하 '학당')

에서는 대면식 독서토론과 더불어 '온라인 독서토론' 프로그램이 활발하게 운영 중이었다. 거리나 시간상의 이유로 학당에 오기 어려운 학우들을 위해 준비된 온라인 독서 모임이었다. 인터넷과 메신저(카카오톡)만 연결되면 각자 편안한 곳에서 사람들과 만나 토론할 수 있게 된 것이다. 우리 가족도 이런 온라인 독서토론 방법을 적용해보기로 했다. 국내외 각각 다른 지역에 떨어져 살며 좀처럼 만날 기회가 없던 우리에게 딱 적합한 방식이었다. 특히 며느리, 새언니 입장인 내가 처음부터 시가 식구들과 얼굴을 맞대고 토론을 한다는 건 아무래도 좀 부담스러운 일이었는데, 단체채팅방에 글을 올리는 형식으로 이야기를 나눌 수 있다니 마음이 훨씬 가벼워졌다.

토론 한 달 전, 함께 읽을 책의 정보가 단체채팅방에 올라왔다. 우리 가족의 첫 독서토론 책은 미국 심리학자 마셜 B. 로젠버그의 『비폭력 대화』(한국NVC센터, 2017). 우리가 일상에서 쓰는 언어가 인간관계에 얼마나 중요한 역할을 하는지, 언어와 대화의 방식이 바뀌면 우리의 삶이 얼마나 더 풍요로워질 수 있는지 다양한 사례와 실천 방법을 통해 제시하고 있는 스테디셀러다. 출근 전과 퇴근 후 여유 시간을 이용해 남편과 번갈아가며 틈틈이 책을 읽었다. 중요한 내용은 밑줄로 표시하거나 따로 메모했다. 한참 읽다가 문득 남편의 생각이 궁금해질 때도 있었는데, 바로 질문해서 서로의 생각을 공유했다.

　독서토론을 염두에 두니 조금 더 꼼꼼히, 입체적으로 책을 읽을 수 있었다. 다른 가족들은 저자의 이런 주장에 대해서 공감할까, 이 부분에서 나처럼 흥미를 느낄까, 아니면 다른 생각을 가지고 있을까…. 책을 읽고 있는 머릿속엔 다양한 질문이 끊임없이 샘솟았다. 지금껏 독서는 정적인 활동이라고 생각했는데, 가족들과 함께 책을 읽는 이 시간만큼은 그 어느 때보다 동적이고 에너지가 넘쳤다. 시간이 지날수록 토론할 날이 점점 더 기다려졌다.

가족 독서토론으로 시작하는 소통

　마침내 토론 당일, 밤 9시(한국 10시)가 가까워지자 단체채팅방에서 가족들이 하나둘 인사를 나누기 시작했다. 서로의 근황에 대해 묻고 답하며 화기애애한 분위기가 이루어졌다. "자, 지금부터 제 1회 가족 독서토론을 시작하겠습니다." 시아버지의 선포와 함께 토론의 막이 올랐다. 비경쟁 독서토론은 진행자가 며칠전 미리 나눠준 '논제'를 바탕으로 진행된다. 논제는 별점과 소감나누기, 인상 깊게 읽은 부분 소개하기, 자유 논제와 선택 논제, 토론 소감 말하기로 구성되어 있다.

일반적으로 토론이라 하면 어떤 문제에 대해 찬성과 반대로 나뉘어 서로 대립적인 의견을 주고받으며 상대를 설득시키는 것을 목적으로 한다. 한마디로 치열한 경쟁의 현장이다. 반면 비경쟁 독서토론은 '경청'과 '공감'을 최우선으로 한다. 참여자들의 다양한 의견을 귀담아 듣고 나의 생각을 논리적으로 정리해 발표한다. 누군가의 생각이 나와 다르거나 논리가 다소 빈약하다고 느껴지더라도 '반대'나 '반박'을 하지 않는다. 누구나 자신이 자라온 환경이나 문화, 교육, 경험 등의 차이에 따라 문제를 바라보는 시각이 다를 수 있다는 점을 받아들인다. 타인의 생각을 존중하고 이해하는 과정을 통해, 토론자들은 보다 더 깊은 사유의 세계에 도달한다. 서로의 의견을 경청하고 깊이 공감함으로써 환대의 가치를 체감한다. 가족들과 함께하는 독서토론에 이만큼 알맞은 방식이 또 있을까?

독서토론의 가장 첫 순서는 '별점 나누기'다. 독자의 입장에서 책의 구성, 내용, 설득력, 유용성 등 여러 가치를 종합적으로 평가하는 시간이다. 1점부터 5점까지 별점을 부여하는 과정을 통해, 참여자는 토론에 대한 흥미와 책임감을 동시에 느낄 수 있다. 이어 자신이 해당 별점을 준 이유, 즉 책의 좋았던 부분과 아쉬웠던 부분을 정리하여 전체적인 소감을 나눈다. 우리가 함께 읽은 『비폭력 대화』는 3.5점부터 5점 만점까지 다양한 별점이

나왔다. 같은 책을 읽고도 책에 대한 평가와 소감은 천차만별이었다. 인상 깊게 읽은 부분까지 공유하고 나면, 본격적으로 자유 논제와 선택 논제를 바탕으로 한 의견 나누기가 시작된다.

논제는 질문이다. 책 속에 산재되어 있는 다양한 주제를 중심으로 토론자들의 생각을 묻는다. 진행자인 시아버지가 단체채팅방에 논제를 하나씩 올려주시면, 우리는 미리 준비한 각자의 생각을 글로 작성해 올렸다. 다른 가족들의 글을 읽으며 나의 생각과 무엇이 다른지, 어떤 부분을 가장 중요하게 여기는지, 그렇게 생각하는 이유가 무엇인지 시간을 두고 천천히 살펴보았다.

사실 처음 논제를 받았을 때, 나는 가족들 모두 나와 비슷한 생각을 가졌을 거라고 생각했다. 사람은 각자 자신만의 개성과 관점을 갖고 있는 독립된 인격체임에도 불구하고, 우리는 쉽게 타인과 자신을 동일시하곤 한다. 저 사람도 지금 나와 같은 생각일 거야, 남편(혹은 아내)도 나처럼 이런 유형은 별로라고 느끼겠지, 아이는 분명 이것을 더 좋아할 거야… 상대가 무슨 생각을 하는지, 무엇을 더 좋아하고 싫어하는지, 어떤 감정을 느끼는지 정확히 물어볼 생각도 하지 않고 내 마음대로 앞서 추측하거나 판단한다. 이런 어긋남이 과연 서로 간의 원활한 소통에 도움을 줄까? 전혀 그렇지 않다. 오히려 불필요한 오해와 갈등을 불러일으킬 뿐이다. 독서토론은 한 주제에 대한 서로의 생각을 명확하게 들어보며 상대의 말에 집중할 수 있는 좋은 기회다.

한국 사회에서는 다른 생각, 튀는 생각을 가진 사람을 별로 좋아하지 않는다. 전체의 화합이나 특정 집단의 이익을 위해 개개인의 생각을 하나로 일치시켜야 하다는 '위험한 발상'을 가진 사람도 있다. 이런 사회적 분위기는 가정이나 학교에서도 목격된다. 부모는 '사랑'이라는 이름하에 자녀에게 모든 정답을 알려준다. 아이가 부딪히고 넘어지고 두 다리로 일어나는 과정을 통해 스스로 답을 찾아갈 수 있는데도, 부모는 종종 아이로부터 그 기회를 뺏는다. 남들이 하지 않는 질문, 다른 관점의 생각이 쉽게 용인되지 않는 교실에서 학생들은 생각하고 질문하는 법을 잊어버린다. 문제의 정답은 하나뿐이라고 생각한다. 반면 독서토론은 그 어떤 문제도 정답은 다양할 수 있다는 '인식'에서 출발한다. 토론 참여자들은 서로가 가진 다양한 의견과 관점을 자유롭게 주고받으며 단편적이고 편협했던 사고에서 벗어나 문제를 다각도로 바라보게 된다. 나아가 자신의 생각이 소중한 만큼 타인의 생각도 소중하다는 것, 내 의견이 존중받아야 하는 만큼 누군가의 의견도 존중해야 한다는 사실을 체득한다.

토론으로 희망이 움트다

가족들과 여러 논제를 바탕으로 이야기를 나누며, 우리는 한 사람 한 사람이 '특별한' 존재임을 알아갔다. 나에게 중요한 무언가가 상대에겐 꼭 그렇지 않을 수 있음을, 반대로 나는 별거 아니라고 생각했던 일이 상대에겐 그 무엇보다 신경 쓰이는 일일 수 있음을 이해했다.

한 논제에서 '우리가 일상적으로 하는 말들 중 다른 사람과 공감으로 연결하는 데 방해가 되는 장애물이 무엇인지'에 대해 물었는데, 여러 가지 보기 중 남편은 '바로잡기'를, 나는 '위로하기'를 택했다. 둘 다 평소 상대를 위한다는 마음으로 행했던 일인데, 이런 행위가 오히려 상대의 마음에 상처를 입히고 마음의 문을 닫게 하는 '공감의 적'이었다는 사실은 꽤나 큰 충격이었다. 나는 남편이 직장일로 스트레스를 받거나 힘들어하고 있을 때, 그의 이야기에 끝까지 귀를 기울이는 대신 쉽게 위로의 말을 건넸던 내 모습을 되돌아봤다. 무조건적인 위로가 아니라 상대방이 지금 이 순간 무엇을 원하는지, 어떤 감정을 갖길 바라는지 집중과 경청이 필요함을 깨달았다. 그간 남편이 나의 위로에도 큰 반응을 보이지 않거나 오히려 짜증을 냈던 이유도 '진정으로 공감 받았다는 느낌'의 결여에 있었다는 사실을 이해했다. 남편의 미적지근한 반응에 서운하여 되레 화를 냈던 지난날의 내가 부끄러웠다. 한편, 남편도 책을 읽으며 그동안 나를 위해 했던 말과 행동이 사실상 공감을 방해하는 요소였다는 사실을 알게 되었다며, 내게 미안하다는 말을 전했다. 우리는 각자 얼마나 다른 것을 원하고, 그것으로 인해 얼마나 쉽게 오해의 감정이 쌓일 수 있는 존재인가. 책과 토론은 우리가 그토록 불완전하며, 그럼에도 서로 연결될 수 있는 희망의 존재라는 사실을 알려주었다.

새롭게 배운 삶의 지혜를 가족들과 함께 나누는 토론의 시간은 마치 '고해성사'처럼 느껴졌다. 평소에 이야기할 기회가 없거나 쉽게 꺼내기 어려웠던 자신의 마음을 솔직히 털어놓기도 했으며, 지난날 서로에게 느꼈던 다양한 감정을 정리된 언어로 표현했다. 남편은 두 여동생에게 어릴 적 잘못했던 일에 대해 사과했다. 장난으로 행했던 철없는 행동이 동생들에게 상처가 될 수 있었음을 알게 되었다며, 앞으로 더 잘해주겠다고 약속했다. 시누이 부부는 아이가 태어난 후 다툼이 잦았는데, 그동안 서로의 고충을 충분히 이해하지 못하고 공감이 부족했음을 인정했다. 나는 세 남매의 대화를 읽으며 남편이 어릴 적 어떤 환경에서 무엇을 경험하며 성장했는지, 지금의 모습이 어떻게 만들어졌는지, 우리가 왜 다를 수밖에 없는지 조금이나마 이해할 수 있었다. 서로 다른 것을 틀리다고 여기며, 함부로 상대를 판단하고 내 식대로 바꾸려 했던 부분에 대해 미안함을 느꼈다.

남편에 대해, 가족에 대해 한층 알아가고 내 자신을 돌아볼 수 있었던 우리의 첫 독서토론. 단번에 모든 걸 깨닫고 바뀐다는 건 불가능에 가깝다. 물 흐르듯 막힘없는 소통의 길은 아직 더 많은 노력과 시간의 축적이 필요할 것이다. 하지만 작은 이슬방울이 모여 큰 바다를 이루 듯, 이런 시간들이 하루하루 쌓여 서로를 깊이 이해할 수 있는 날이 오리라는 희망이 움텄다. 작게 내리는 가랑비에 옷이 흠뻑 젖듯, 매달 함께 만나 책 이야기를 나누며 소통하는 이 특별한 시간은 우리를 조금씩 변화시키고, 가족 간의 연결을 더욱 돈독히 만들어줄 것이다.

3

변화의
물꼬를 트다

2016년 6월에 처음 시작한 가족 독서토론은 현재까지 다양한 방식으로 진행되고 있다. 각자의 바쁜 일과로 도저히 시간 맞추기가 힘들 땐 기한을 두고 여유롭게 책 읽기와 토론을 이어간다. 그런데도 독서토론에 대한 가족들의 관심과 애정은 늘 한결같다. 평소 대화를 나누면서도 독서토론에 관한 이야기가 자주 화제에 오른다. 개개인의 관심사가 다르니 서로에게 추천하고픈 책이 있으면 단체채팅방에 소개하기도 한다. 저자의 강의 영상이나 도움이 될 만한 자료도 함께 나누며 독서와 토론에 대한 '열정'을 자극한다. 가족이 함께하는 독서토론이 왜 필요할까? 아무리 바쁘고 시간 내기 어렵더라도 가족과 함께 책을 읽고 토론을 해야 하는 이유가 뭘까? 가족 독서토론을 통해 얻을 수 있는 이점은 크게 네 가지가 있다.

첫째, 서로 동등한 위치에서 대화할 수 있다

다양한 목소리가 존중받는 독서토론의 공간에서는 나이, 성별, 학력, 직업, 경제력 등의 차이가 문제되지 않는다. 참여자 모두 동등한 발언의 기회, 자신의 의견을 자유로이 표현할 권리를 갖는다.

중학생 아이들을 대상으로 독서토론을 진행한 적이 있다. 토론하는 아이들 중 유독 말수가 적어 보였던 다희는 평소 선생님이나 친구들에게 자신의 생각을 표현하는 걸 불편해했더란다. 처음 만난 날, 자기소개 하는 다희의 목소리가 '저는 토론하고 싶지 않아요'라는 의미로 들리는 것 같았다. 두 달 남짓 매주 만나 인사를 나누고 함께 책을 낭독하고 토론을 했더니, 신기하게도 목소리의 톤, 발언 횟수, 말의 길이가 미세하게 달라진 듯했다. 토론 마지막 날, 첫날과 확연히 구별되는 편안한 표정, 밝은 목소리의 다희를 보았다. 아, 이게 바로 독서토론의 힘일까? 서로의 생각을 강요하지 않고 보다 더 자유로운 분위기 속에서 주고받는 이야기는, 걸어놓았던 마음의 빗장을 서서히 풀 수 있도록 도와준다.

　가족 독서토론에서도 마찬가지로 진행자는 교사나 지도자의 입장이 아닌 철저히 중립적인 위치에서 토론자들의 원활한 토론을 도와야 한다. 토론자들은 공평한 발언의 기회를 통해 나와 상대가 동등한 존재라는 사실을 인식한다. 누구도 발언을 독점하거나, 자신의 주장만을 강하게 내세우면서 타인의 의견에 반박 또는 부정하지 않는다. 아이는 토론을 통해 평소 이야기하기 어려웠던 자신의 속내를 부모에게 조금씩 털어놓는다. 부모는 아이의 의견에 귀 기울이고 반응하며 공감한다. 이 과정을 거치면서 아이는 조금씩 자신의 생각에 자신감이 생기고 부모와의 대화도 편안해진다. 자신이 누군가와 동등한 위치에 있다는 느낌, 이 느낌이 중요하다. 내 의견이 수용되고 존중받고 가치를 인정받았다는 확인을 통해, 자존감은 자라고 관계는 회복된다. 부부, 형제자매 등 다른 가족 관계에서도 이러한 효과를 거둘 수 있다.

둘째, 경청과 존중의 자세를 배울 수 있다

　상대를 무시하고 경멸하는 태도는 관계의 '악'으로 작용한다. 미국의 가족 관계 심리 전문가 존 가트맨 교수는 부부관계를 망치는 행동 중 경멸 섞인 표정으로 상대를 바라보는 것이 이혼으로 가는 지름길이라고 주장한다. 누군가로부터 경멸 담긴 시선을 받아본 적이 있다면, 혹은 나의 말과 행동을 무시하는 태도를 본 적이 있다면 굳이 설명하지 않아도 알 것이다. 그러한 시선과 태도가 우리의 영혼에 얼마나 크고 치유하기 힘든 상처를 내는지. 건강한 관계를 위해서 절대로 주고받으면 안 되는 것이 바로 상대를 존중하지 않는 경멸의 감정, 그리고 무시하는 태도이다. 특히 가족 간이라면 더더욱 주의가 필요하다.

하지만 의도와는 달리 자신의 말투나 어감, 반응과 행동이 상대로 하여금 무시당했다는 오해를 만드는 경우가 종종 발생한다. 너무 편하고 익숙한 존재이기에 자신도 의식하지 못하는 사이 상대의 말을 중간에서 끊거나, 듣는 둥 마는 둥 하거나, 아니면 무시하는 말투로 대응할 때도 있다. 이런 일이 반복되다 보면 서로에 대한 부정적 감정이 차곡차곡 쌓여, 결국 관계를 회복하기 어려운 지경에까지 이르게 할 수 있다. 관계의 파탄은 하루아침에 이루어진 결과물이 아니다. 자신을 존중하지 않는 상대와의 대화를 기꺼워할 사람이 누가 있을까?

독서토론은 '말하기' 이상으로 '듣기'의 중요성을 강조한다. 어쩌면 듣기가 말하기보다 토론의 핵심일 수도 있겠다. 나의 말을 멈추고 상대의 말에 귀 기울인다는 것은 일종의 존중이며 배려다. 당신이 어떤 생각을 가지고 있는지, 무엇을 말하고자 하는지 관심을 기울인다는 뜻이며 기꺼이 경청하겠다는 표시다. 독서토론을 통해 우리는 상대방의 말을 귀담아 듣고 나아가 존중하는 경험을 쌓을 수 있다. 경청도 연습이 필요하다. 하루아침에 그냥 체득되지 않는다. 독서토론은 경청과 존중의 자세를 배우고 훈련할 수 있는 배움터가 되어줄 것이다.

셋째, 함께 공유할 추억을 만들 수 있다

초등학교와 고등학교를 같이 다녔던 친구가 있다. 초등학생 때 같은 반이었지만 한마디도 제대로 나눈 적 없었는데, 길고도 지루할 뻔한 고등학교 2~3학년을 함께 보내며 별별 재밌는 추억을 가득 쌓았다. 졸업 후 여느 친구들처럼 연락이 뜸해졌고, 내가 중국으로 간 이후엔 더더욱 연락하거나 만날 일이 없었다. 언젠가 휴가차 잠깐 한국에 들어왔을 때, 문득 그 친구가 떠올라 혹시나 하는 마음으로 문자 메시지를 보냈다. 몇 분 지나지 않아 친구가 보내온 메시지는 바로 어제 만난 듯 편안하고 정겨웠다. "그래서 언제 들어가는데?" 출국 전에 얼굴 한번 보자는 것이었다. 그 후 1년에 한 번, 적게는 2년에 한 번 '간헐적 연락'을 주고받으며 같이 밥을 먹거나 공연을 보러가기도 했다. 신기하게도 친구를 만날 때마다 할 이야기는 넘쳐났다. 초등학교 6학년 때

담임선생님께 기합 받았던 일부터 시작해서 고등학교 2학년 때 반 아이들 전체가 노래 외우듯 암송했던 초급 중국어, 화음 넣어 함께 불렀던 각종 정체 모를 노래들, 선생님 성대모사 퍼레이드와 교문 뒤에 심었던 감나무까지, 한번 만나면 끝없이 나오는 우리의 추억들은 마르지 않는 샘물 같았다. 오래간만에 만나도, 아주 가끔씩 연락해도 마치 어제 만난 듯 즐겁게 이야기 나눌 수 있는 건, 시간이 흘러도 우리 둘의 기억 속에 남아 있는 소중한 추억 때문일 것이다.

추억의 힘은 이토록 강력하다. 추억은 관계의 충분조건이라는 말도 있다. 오랜 친구와의 우정이 지속될 수 있는 이유도, 유년시절 함께 나누었던 정다운 추억들이 뇌리에 남아 있기 때문이다. 가족 간에도 다를 바 없다. 혈연과 사랑으로 맺어진 관계라도 공유할 만한 그리운 추억 하나 없다면 한자리에 모이는 것 자체가 부담이 된다. 만나도 할 말이 없으니 지루하고 뭘 해야 할지 모른다. 명절 날 오랜만에 만나는 식구들에게 그저 듣기 불편한 참견이나 잔소리를 하게 되는 이유도, 어쩌면 무슨 말이라도 하고 싶은데 할 이야기가 없어서가 아닐까? 바쁘기 때문에, 여유가 없어서, 몸이 피곤해서 가족과의 추억 쌓기를 미룬다면 언젠가 그 어떤 추억도, 함께 나눌 기억도 없이 후회만 남을지 모른다.

독서토론는 '독서'와 '토론'이 기본이다. 그중 독서는 간접경험의 기회를 제공한다. 우리는 많은 시간을 들이지 않고도 책을 통해 다양한 곳을 여행하고 새로운 지식을 쌓는다. 시공간을 초월하여 역사적으로 위대한 저자들을 만나기도 하고 한 번도 꿈꿔보지 못한 세계에 발을 내딛기도 한다. 좋은 책을 읽는다는 것의 의미에 대해 철학자 데카르트는 "과거 몇 세기 가장 뛰어난 사람들과 이야기를 나누는 것"이라 정의했다. 이처럼 책은 간접경험의 효과적 도구다. 그런데 만약 같은 책을 가족과 함께 읽는다면 어떤 일이 벌어질까? 그렇다. 가족이 함께 동일한 간접경험을 하는 효과, 즉 훗날 즐겁게 나눌 만한 멋진 경험과 추억을 쌓게 되는 것이다. 책을 통해 낯선 세계를 함께 여행하며 그 속에서 서로 다른 감정과 생각을 얻는다. 책으로의 여행이 끝나면 자신이 여정에서 얻은 것과 느낀 것, 새롭게 발견한 것과 기존 생각에 변화를 주었던 것 등에 대해 다른 가족들과 소감을 나눈다. 여행이 계속될수록, 이야깃거리는 풍성해진다. 만나면 누가 시키지 않아도 책 이야기를 하고 서로의 생각을 묻는다. 함께 책을 읽고 토론을 하는 과정 그 자체도 이미 가족만의 특별한 추억으로 남는다. 이것이야말로 선순환 아닐까? 독서토론은 가족이 공유할 소중한 추억을 쌓기 위한 좋은 대안이 될 것이다.

넷째, 책을 깊이 읽으면서 함께 성장할 수 있다

　동서고금을 막론하고 독서의 가치와 중요성은 끊임없이 강조되어 왔다. 평소 독서를 멀리하거나 그다지 좋아하지 않는 사람도 자녀들에게 책 좀 읽으라는 잔소리를 한다. 아이의 독서 습관을 길러주기 위해 고군분투하는 부모들도 많다. 다수의 독서 관련 저서를 쓴 베스트셀러 작가 사이토 다카시는 생각하는 힘, 풍부한 간접 경험, 자신과 타인과 세상을 이해하는 유연성을 키우는 데에 독서만큼 훌륭한 도구가 없다고 말한다.『책 읽는 뇌』(살림, 2009)를 쓴 미국 인지과학자 매리언 울프는 독서란 인류가 만들어낸 가장 최고의 발명품이라고 주장한다. 그의 설명에 따르면, 독서는 인류로 하여금 주어진 정보를 뛰어넘어 아름답고 훌륭하며 무한히 많은 사고를 창조하게 해준다.

　역사적으로 위대한 업적과 성과를 쌓은 인물들은 하나같이 '탐독가'였다. 조선 역사상 가장 위대한 왕으로 꼽히는 세종대왕은 "궁에 있으면서 한가롭게 지내본 적이 없다"고 고백했을 정도로 한순간도 손에서 책을 놓지 않았다고 한다. 한 권의 책을 제대로 습득할 때까지 100번 읽고 100번 필사했다는 '백독백습百讀百習' 독서법은 세종대왕이 얼마나 독서를 중요시했는지 알 수 있는 부분이다. '다독왕'으로 이름난 김대중 전 대통령은 생전에 3만 권이 넘는 책을 소장했다고 한다. 그는 자서전에 "독서와 사색과 일을 중단하면 그것으로 인생을 다 산 것이나 마찬가지"라며 "이 세상 마지막 날까지 나는 계속 공부하고 생각하고 일할 것이다"라고 썼다. '토크쇼의 여왕' 오프라 윈프리는 불우한 어린 시절을 보냈음에도 독서를 통해 자신의 상처를 치유하며 삶을 바꿔나갔다. 그는 책을 통해 다양한 사람을 만나면서 타인의 감정을 깊이 이해하고 아픔을 공감하는 능력을 키울 수 있었다고 밝혔다. 세계 최고의 투자가 워런 버핏은 매일 깨어 있는 시간의 3분의 1 이상을 독서에 투자했다고 한다. 그가 어떤 투자에서도 실패하지 않았던 가장 큰 비결에는 관련 산업과 기업에 대한 철저한 자료 조사, 그리고 방대한 독서량이 있었다.

이 외에도 독서를 통해 다양한 성공을 거두고, 자신뿐만 아니라 타인의 삶에도 지대한 영향을 끼친 사람들이 무수히 존재한다. 물론 책만 많이 읽었다고 해서 무조건 성공적이고 올바른 인생이 보장되는 건 아니다. 사유와 실천이 생략된 채 겉핥기식으로만 이루어지는 독서는 오히려 독이 될 수 있다. 책을 정확하고 세심하게 읽는 정독, 문장과 단어 하나하나의 뜻을 살피고 저자의 의도와 핵심 내용을 파악하는 '깊이 읽기'는 우리의 사고 체계를 재정비하고 내면을 서서히 변화시킨다. 매리언 울프는 그의 또 다른 저서 『다시, 책으로』(어크로스, 2019)에서 "타인의 관점과 느낌을 갖게 되는 것이 깊이 읽기 과정을 통해 우리가 얻을 수 있는 가장 심오한 혜택"이라고 말한다. 그는 깊이 읽기의 과정을 거치며 세계에 관한 우리 내면의 지식이 넓어지며, 이렇게 학습된 능력은 시간이 갈수록 우리를 인간답게 만든다고 강조한다. 단순히 지식과 정보를 획득하는 것이 독서의 최종 목적이 아님을 생각해볼 수 있다. 보다 더 많은 사람들에게 도움을 주기 위한 독서, 타인을 공감하고 세상을 이해하며 공동의 성장과 발전을 꿈꾸는 독서일 때, 책과 책 읽는 사람의 가치는 비로소 빛을 발한다.

이처럼 독서를 해야 하는 이유는 너무나도 자명하다. 그렇지만 일상 속에서 독서를 꾸준히 실천하기란 결코 쉬운 일이 아니다. 초반에 강한 동기를 앞세워 열심히 책을 읽다가도, 독서를 방해하는 각종 요소들이 금세 눈에 들어오기 시작한다. 아이들은 쉽고 편하며 눈과 귀를 자극하는 게임, 영상, 웹툰에 마음이 쏠린다. 어른들은 독서보다 시급하고 중요한 일들로 인해 책 읽기를 가장 후 순위로 미룬다. 독서토론은 처음의 동기와 목표를 끝까지 이어갈 수 있도록 강한 원동력이 되어준다. 가족은 서로에게 함께 독서하고 공부하는 벗이 되고, 지치거나 그만두고 싶을 때 힘을 주는 버팀목이 된다. 좋은 책을 깊이 읽으며, 서로의 삶에 도움이 될 만한 지식과 지혜를 나누는 과정을 통해 가족이 함께 성장한다. 이보다 더 건강한 가족의 모형이 또 있을까? 가족 독서토론이 새로운 가족 문화를 만들어가는 데에 좋은 밑바탕이 될 수 있을 것이다.

우리 가족은 지난 4년 동안 다양한 책을 함께 읽고 토론했다. 대부분의 책은 진행자인 시아버지가 선정했고, 읽고 싶은 책이 있으면 제안하여 함께 읽었다. 인문학, 소설, 심리, 독서법 등 개인적으로 관심이 있었던 분야부터 먹거리, 경제, 자녀교육, 그림책 등 평소 잘 읽지 않았던 책까지 골고루 접할 수 있었다. 편식은 안 좋은 습관이라는데, 책 또한 마찬가지다. 특정 분야의 책만 읽는 '편독偏讀'의 습관은 영양의 불균형처럼 지식의 불균형을 가져올 뿐만 아니라 잘못된 생각을 더욱 굳건히 합리화시켜 아집과 독선의 함정에 빠지게 할 수 있다. 독서토론은 다양한 분야와 주제, 서로 다른 관점의 책들을 두루 읽음으로써 유연한 사고를 키울 수 있도록 도와준다. 나아가 다른 사람들과 책에 대한 다양한 생각을 나누면서 보다 더 합리적이고 객관적으로 생각하는 법을 훈련할 수 있다.

토론이
가족 문화가 되다

'가족 문화'라는 말은 왠지 거창하다. 학교 숙제 때문에 임기응변으로 지어낸 가훈처럼, 보여주기식으로 만든 가족 문화는 그 자체로 억지스럽고 맞지 않는 옷처럼 불편하다. 하지만 가족 구성원 모두가 자연스럽게 받아들이고 공유하며 자랑스럽게 여기는 가족 문화라면, 개개인의 행복과 더불어 가족의 화합을 만드는 데에 긍정적인 영향을 줄 것이다. 개인과 단체는 서로 영향을 주고받는다. 좋은 가족 문화는 좋은 개인을 만든다. 반대로 개인이 행복하면 가족이 함께 행복할 수 있다. 가족 독서토론이 우리 가족의 문화로 자리 잡으면서 한 사람 한 사람이 책을 더욱 좋아하게 되었고 소통은 편안해졌다. 관계는 좀 더 단단해졌고 삶의 행복도는 높아졌다. 특히 토론을 시작한 이후, 나와 남편의 관계에 적지 않은 변화가 생겼다.

말싸움이 토론으로 변화하는 기적

우리 부부는 자주 책 이야기를 나눈다. 가족과 함께 토론할 책이 아니더라도 관심 분야의 책을 읽은 후 상대에게 추천하기도 한다. 새롭고 유익한 책을 발견하면 누구보다도 먼저 알려주고 싶어 안달이다. 남편은 역사책을 좋아한다. 『삼국지』를 아홉 번 읽을 정도로 역사에 관심이 많았고, 어느 관광지에 가도 그곳에 얽힌 각종 역사적 사건과 인물에 대해 이야기하길 좋아한다. 책 읽는 속도도 빠르다. 어릴 때부터 길러진 독서 습관으로 책을 속도감 있게 읽고 주제를 단번에 파악한다. 반면 나는 문학과 심리학 분야의 책을 좋아한다. 사람의 마음을 꿰뚫고 관계개선에 도움을 주며 삶을 변화시키는 내용에 늘 마음이 끌린다. 한 문장 한 구절 음미하며 천천히 읽는 편이다. 정반대의 성격만큼이나 책 취향, 읽는 방식도 무척 다르다.

우리 부부가 독서토론을 만난 것은 그야말로 기적 중의 기적, 인생 최고의 행운이었다. 사실 토론을 하기 전 우린 여느 부부들처럼 자주 말다툼을 했다. 정반대인 둘이 만났으니 부딪치는 건 당연하다고 생각하면서도, 관계를 위태롭게 하는 서로의 '차이'가 늘 야속했다. 사소한 생활 습관부터 시간관념, 인간관계, 대화 방식, 사고의 흐름, 하다못해 음식 먹는 속도까지 달라도 너무 다른 상대를 이해하고 인정하는 일이, 때론 앞이 보이지 않을 정도로 자욱한 안개 속을 걷는 듯 막막하고 불안했다. '이렇게 다른 우리가 함께하는 게 과연 맞는 걸까?'라는 의문이 들 때쯤, 우리는 가족 독서토론을 만났다.

세상에 하나부터 열까지 똑같은 사람은 없다. 또한 결점 없이 100퍼센트 완벽한 사람도 없다. 언젠가 남편과 말다툼을 할 때, 남편이 "당신은 나를 너무 완벽하게 생각하는 것 같아"라는 말을 해서 적잖은 충격을 받았다. 자신도 부족하고 때론 실수도 하는 평범한 사람인데, 내가 너무 많은 것을 기대한다는 것이다. 자신의 행동이 내 기대에 미치지 못했을 때 돌아오는 실망감, 자신에 대한 원망이 부담스럽고 괴롭다며 있는 모습 그대로를 인정해달라고 부탁했다. 정말 내가 그랬나? 상대가 완벽하길 바란다는 건, 실은 내가 정해 놓은 기준대로 상대가 행동하길 바란다는 뜻이기도 하다. 만약 우리 사이에 독서토론이 없었더라면, 그래서 충분한 대화, 경청과 소통을 위한 노력이 없었더라면 현재 우리는 어떻게 되었을지 상상하기 어렵다.

우리는 자주 토론한다. 간혹 토론이 논쟁으로 빠지려고 할 땐 둘 중 하나는 "스톱"을 외친다. 토론의 진행자가 되는 것이다. 책을 읽고 토론하는 습관을 들이다 보니 평소 이야기를 나눌 때도 좀 더 객관적으로 상황을 판단하기 위해 노력한다. 물론 서로의 사정을 먼저 들어보고 감정을 충분히 공감하는 일이 우선이다. 말이 통하니 문제 상황은 비교적 쉽게 해결되고, 큰 말다툼으로 번지지 않아서 필요 이상의 감정 소모가 많이 줄었다.

함께 같은 것을 보고 즐긴다는 것

독서토론의 여파가 꽤 컸는지 우리는 일상에서도 함께 경험한 일에 대해 자주 서로의 생각을 묻곤 한다. 결혼 전부터 여행을 좋아했던 나와 남편은, 이제 함께 여행을 떠날 때면 여행지에 관한 영상을 보거나 책을 읽으며 '준비'를 한다. 이동하는 길에, 목적지에 도착해서, 식당에서, 숙소에서, 그간 함께 보고 읽고 들었던 것들에 대한 소감을 나눈다. 책으로만 토론이 가능한 것은 아니다. 새로운 곳을 여행할 때도, 낯선 식당에서 밥을 먹을 때도, 재미있는 영화를 감상할 때도 언제든 토론할 수 있다. 토론을 통해 여행은 더욱 풍부해지고 밥은 맛있어지며 영화는 더 감동적으로 다가온다. 물론 남편이 요리한 음식에 관해서는 토론하지 않는다!

작년 한 해는 코로나의 여파로 모두가 힘든 시간을 보냈다. 프리랜서로 일하는 우리 부부도 대부분의 일이 무기한 미뤄지거나 취소되었다. 거의 끊기다시피 한 수입에 불안감이 엄습했지만, 바꿀 수 없는 상황을 걱정하는 대신 뭔가 할 수 있는 일을 해보자고 서로를 격려했다. 당시 코로나 확산세가 조금 잠잠해졌을 무렵, 우리는 남해, 여수, 아산 등 지역으로 2박 3일 '이순신 여행'을 떠났다. 이순신 장군의 발자취를 따라가며 그분의 삶과 죽음, 업적과 한 인간으로서의 고뇌를 조금이나마 느껴보고자 했다. 여행 내내 손에는 김훈의 『칼의 노래』(문학동네, 2012)가 들려 있었고, 저녁이 되어 숙소에 돌아오면 영화 〈명량〉을 함께 감상했다. 책, 영화, 그리고 여행. 비슷한 듯 다른 이 세 가지가 서로 어울려 묘한 하모니를 만들어냈다. 여행 내내, 두 사람의 이야기는 끊이지 않았다. 함께 읽은 책, 함께 본 영화, 함께 걷고 듣고 피부로 느꼈던 그곳의 감동과 숙연함이 몸과 마음을 가득 채우고 있었기 때문인지도 모른다.

토론이 가족의 문화로 자리 잡는 것은 멋진 일이지만 그만큼 구성원 각자의 관심과 노력이 따라야 가능하다. 토론의 가치를 제대로 알고 일상 속에서 꾸준히 실천하는 일, 서로의 차이를 이해하기 위해 끊임없이 배우고 소통하는 일, 조급해하지 않고 차근차근 단계를 밟아가는 일 모두 토론 문화를 가정 안에 조금씩 뿌리내리게 하는 소중한 밑거름이 될 것이다. 관계의 변화는 서로가 서 있는 곳을 향해 한 발자국 먼저 발을 내딛는 용기에 서부터 시작된다. 그 용기의 힘을 믿는다.

2장

가족 독서토론을 위한
준비

| 비경쟁 독서토론의 3요소

진행자	도서 선정, 논제 만들기, 토론 진행
참여자	토론 도서 열독, 논제 답변 준비, 토론 참여
논제	자유논제, 선택논제, 토론 후 소감

| 가족 독서토론 진행 순서

이해와 소통을 위한
대화 준비

가족끼리 독서토론을 한 달에 한 번씩 4년째 하고 있다고
말하면 반신반의 하는 시선으로 쳐다보는 사람들이 많다. 그러
면서 하는 말, "우리는 토론은커녕 같이 책 읽기도 힘들어요",
"우리 가족은 한자리에 모이기도 어려워요", "가족 독서토론은
언감생심 생각해본 적도 없어요" 등등. 가족 독서토론을 부러워
하지만 결국엔 고개를 좌우로 흔든다. 아무리 생각해도 엄두가
안 나는 모양이다. 가족 독서토론은 생각보다 어렵지 않다. 준비
만 잘하면 얼마든지 가능한 일이다. 먼저, 가족끼리 토론을 하
기 위해 내적으로 준비해야 할 것들을 소개한다.

이해를 가로막는 장애물 걷어내기

가족이 한자리에 모여 책을 놓고 간단한 이야기라도 나누려면 먼저 선행되어야 할 조건이 있다. 서로를 충분히 이해할 것. 부부의 인연을 맺고 사는 많은 이들에게 배우자를 이해하느냐고 물으면 알다가도 모르겠다며 고개를 갸우뚱한다. 부모들은 제 배로 낳아서 키운 자녀도 나이를 먹어가면서 낯설게 느껴진다고 말한다. 오죽하면 '나 자신도 모르는데 남이야 말해서 뭘 하겠는가'라며 자조 섞인 한숨을 내쉬기도 한다. 그렇다고 가족인데 포기할 수도 없다. 가족 간에 이해를 가로막는 장애물은 무엇일까. 이것들만 제거해도 꽉 막혔던 숨통이 조금씩 트일 수 있다.

첫 번째 장애물은 고정관념이다. 눈을 멀게 하고 귀를 막아 마침내 진실을 왜곡하게 만드는 크고 작은 고정관념을 우리는 모두 가지고 산다. 고정관념을 갖고 사물을 보면 제대로 보이지 않는다. 각자 다른 색깔의 안경을 쓰고 자기가 보고 싶은 것만 보며 그것을 토대로 생각하여 말하고 행동한다. 사람들이 흔히 갖는 고정관념은 아버지는 자식을 엄하게 키워야 한다, 자녀교육은 어머니가 책임져야 한다, 남자는 강하고 여자는 약하다 등 헤아리기 어려울 정도로 많다. 이것이 어디에 기인해서 문제를 만들고 있는지 인식도 못한 채 살고 있다.

고정관념은 어디서 왔을까? 의아해할 수 있지만 책에서 온 고정관념도 많다. 어린이들이 읽고 있는 몇몇 책들을 보면 주인은 백인, 하인은 흑인으로 나온 경우가 있다. 순수한 아이들은 이런 책을 읽고 자신도 모르게 백인우월주의에 빠지거나 인종차별적 인식을 가지고 성장할 수 있다. 남자는 용감하게, 여자는 약하고 의존적으로 묘사된 책도 많다. 성불평등 고정관념의 씨앗은 어릴 때부터 심어지지 않았을까? 아이들이 좋아하는 『백설공주』, 『신데렐라』, 『콩쥐팥쥐』 같은 이야기 속에 고정관념을 심어주는 내용은 없을까? 질문해봐야 한다.

관습이나 경험으로 인해 무의식 속에 고정관념이 형성된 경우도 있다. 우리나라에는 '예쁜 자식 매 한 대 더 때린다', 서양에는 '회초리를 아끼면 자식을 망친다 Spare the rod and spoil the child'라는 속담이 있다. 귀한 자식일수록 엄하게 키워야 훌륭한 사람으로 성장한다고 믿는다. 그러나 그 결과 자녀들이 자존감을 다치고 주도성을 잃은 채 행복과 거리가 먼 삶을 사는 경우를 종종 목격한다. 자식을 글로벌 인재로 키우기 위해 미국으로 이민 간 교사 부부가 있었다. 부모 말을 잘 듣던 아들이 사춘기가 되더니 어느 날 갑자기 엄마에게 폭력을 행사했다. 아이를 잘 키웠다는 자부심을 갖고 살던 부모는 충격을 받았다. 어디서부터 잘못되었는지 전문가에게 상담을 요청했다는 내용이 담긴 책을 읽었다. 흔히 사춘기를 이유 없는 반항이라고 말한다. 하지만 전문가들은 그동안 억눌렸던 감정이 폭발하는 이유 있는 반항이라고 말한다. 고정관념이 가족관계를 망친 예시다.

두 번째 장애물은 선입관념이다. 사람, 사물, 직업 등에 선입관념을 갖고 상대를 대하면 판단에 심각한 오류를 범하게 된다. 우리는 '돈을 많이 벌면 성공한 사람, 돈이 없으면 실패한 사람'처럼 돈이 가치의 중심이 된 선입관념으로 사람을 대하는 사회에 살고 있다. 그 선입관념은 옳고 그른지 토론 한번 해보지 못한 채 부모세대에서 자녀세대로 대물림된다.

아이들은 직업에 대한 아무런 생각이 없다. 백지와 마찬가지로 순수하다. 그러나 부모가 무심코 던지는 말에 잘못된 선입관념을 갖게 된다. 열심히 일하고 있는 아파트 경비 아저씨를 보고 지나가면서 한 엄마가 아이에게 "너도 공부 못하면 저런 사람처럼 땀 흘리며 일해야 돼"라고 말했단다. 이 얼마나 무서운 말인가? 아이가 성인이 되어서 육체노동을 하게 되면 평생 패배감에 시달릴 것 아닌가? 리더의 위치에 있게 되면 노동하는 사람을 함부로 대할 위험성이 있다.

『조벽 교수의 인재 혁명』(해냄, 2010)은 아이들의 꿈마저 주입시키는 한국의 현실을 지적했다. 부모들이 어린 자녀에게 "꿈이 뭐냐?"고 묻는다. 대부분 직업에 관련된 대답을 듣고 싶어 한다. 아이들은 부모와 대화를 나누다 보면 자연스럽게 직업에 대한 선입관념을 갖게 된다. 아직 아이가 무엇을 좋아하는지, 어떤 것을 잘할 수 있는지, 어떤 일이 가치가 있고 보람을 느낄 수 있는지 파악도 하지 못한 채 사회적 인식의 틀에 아이를 맞추는 것이다. 홍세화 작가는 『생각의 좌표』(한겨레출판, 2009)에서 독서, 토론, 여행을 해봐야 아이가 무엇을 좋아하는지 알 수 있다고 주장한다.

선입관념으로 자녀를 키우면 그것이 부모를 평가하는 기준의 부메랑으로 돌아올 수 있다. 이런 선입관념을 가진 자녀가 직장이 변변치 못하고 경제력이 없고 사회적으로 인정받지 못한 부모를 존중할 수 있을까? 요즘 자신의 꿈을 '건물주'라고 거침없이 말하는 초등학생도 있다고 한다. 오연호 저자는 『우리도 행복할 수 있을까』(오마이북, 2014)에서 덴마크 택시 운전사가 "우리 아들은 열쇠 수리공이다"라는 말을 자랑스럽게 했다고 소개한다. '직업'보다 '행복'에 초점을 맞춘, 직업에 대한 선입관념이 없는 세상을 만들 수는 없을까?

세 번째 장애물은 편견이다. 우리는 성별, 나이, 키, 체중, 말투, 외모 등 개별적 특징을 보고 편견에 빠진다. 편견은 개인의 개성을 보지 못하게 가로막고 왜곡된 시선으로 그 사람을 바라보게 한다.

우리는 외모지상주의에 살고 있다. 대학을 졸업하고 회사에 입사하기 위해 여자, 남자 가리지 않고 성형을 한다는 말은 오래된 이야기다. 기업의 이익을 가져다주는 핵심 인재라면 외모보다 실력과 능력이 중요하지 않을까? 한 영유아 교육업체의 간부로부터 "요즘 아이들은 예쁜 선생님에게 수업받고 싶다고 당당히 요구한다"는 이야기를 들었다. 이런 아이들의 생각이 어디서 왔을까? 부모가 무심코 던진 말이 원인이 아닐까?

공부 잘하면 아이들은 집이나 학교에서 대접을 받는다. 상대적으로 공부를 못하면 문제아로 낙인찍힌다. 그 낙인은 학년이 올라갈 때 새로운 담임에게 인수인계된다고 들었다. 공부로 한 사람의 모든 것을 평가하는 슬픈 현실이다. 공부 못한다는 낙인은 아이들을 무기력증에 빠트린다.

가정에서 서로에 대한 고정관념, 선입관념, 편견을 갖고 있으면 한마디 말조차 쉽게 건넬 수 없게 된다. 장애물을 허물어뜨리지 않으면 대화를 시도해도 다람쥐 쳇바퀴 돌 듯, 고장 난 테이프 돌아가듯 한 발자국도 앞으로 나아갈 수 없다. 고정관념, 선입관념, 편견의 3중 안경을 벗어던져야 한다. 상대가 아무리 어려도 개성을 가진 인격체로 대해야만 엉클어진 실타래가 풀릴 수 있다.

입장 바꿔 생각하기

역지사지易地思之의 사전적 의미는 다른 사람의 처지에서 생각해보고 이해하라는 말이다. 역지사지는 『맹자』의 「이루 하」 편에 나오는 '역지즉개연易地則皆然'이라는 가르침에서 나온 말이다. 이와 반대되는 사자성어로 아전인수我田引水가 있다. 상대방의 입장에서 생각하기가 쉬운 일은 아니지만, 아전인수를 역지사지로 바꾸면 인간관계에서 놀라운 변화가 일어난다.

몇 년 전 갈등 해결을 위한 교육 프로그램을 수강한 적이 있는데, 그곳에서 어느 회사의 대표를 만났다. 교육을 받던 중 그와 한 조가 되어 서로 고민을 털어놓고 상대방의 조언을 듣는 실습 시간을 가졌다. 그는 대학을 졸업한 아들이 원하는 직장에 취업이 안 되자 할 수 없이 본인의 회사에 입사를 시켰다고 한다. 연말에 임금을 조정할 때 아들이 갑자기 면담을 요청했고, 밑도 끝도 없이 내년에 월급을 올려달라고 하더란다. 그가 혼자 월급을 올려주면 직원들 불만이 생길 수 있으니 월급을 올려줄 근거를 가져와 보라고 했더니, 말이 채 끝나기 전에 "그럼 저 사표를 낼게요"라는 대답이 돌아왔다고 한다. 그는 아들에게 세상살이가 얼마나 험난한지 겪어보게 할 요량으로 사표를 수리하려 한다고 했다. 아마 나로부터 "젊은 사람은 고생을 해봐야 철듭니다. 그러니 생각 잘하셨습니다"라는 응원의 말을 들으려고 이야기를 꺼낸 모양이다. 하지만 나는 대표에게 "그동안 아들과 관계가 좋았습니까?"라고 물었다. 대답은 "아니오"였다. "가족은 다른 인연과 달리 평생 만나야 할 사람들이라 끊어져도 이어줄 연결 고리가 있어야 됩니다"라고 말했다.

그 말을 듣고 대표는 "아들은 결혼해서 자녀를 둘이나 낳았다"고 털어놓았다. 며느리와 대화가 통하는지 물었더니 긴 한숨을 쉬었다. 아들은 입사 후 갑자기 결혼을 하겠다고 의논이 아닌 통고를 했단다. 게다가 결혼 상대는 회사에서 자신과 사사건건 부딪쳤던 여직원이었다. 이름을 듣고 "원수가 외나무다리에서 만난다고 하더니, 왜 하필이면 그 사람이냐?"라며 반대했더니, 벌써 임신 4개월이라 빨리 식을 올려야 한다고 해서 울며 겨자 먹기로 벼락치기 결혼식을 올렸다는 것이다.

나는 "당신의 아들이 험한 세상에 나가 고생을 하고 정신을 차리면 앞으로 살아가는 데 도움은 될 것이다. 하지만 최악의 상황이 왔을 때 가족 중 누구 하나 의논할 사람은 있는가? 부모와 자식의 관계가 끊어지면 어떻게 할 것인가?" 물었다. 그러자 그는 갑자기 눈물을 흘리기 시작했다. 티슈를 빼서 눈물을 닦아가며 울었다. 진정될 때까지 한참을 기다린 후 왜 울었는지 조심스럽게 물었더니, 아들의 입장에서 한 번도 생각해본 적이 없었다는 생각이 들자 아들에게 미안한 마음에 자신도 모르게 눈물이 나왔다고 했다.

　　그의 슬하에는 아들이 둘 있는데, 장남인 그 아들은 공부를 못했고 차남은 공부를 잘했다고 한다. 장남은 주변의 비교와 질타로 인해 늘 주눅 들어 있었고, 남모를 스트레스를 받아왔던 것 같다. 대표는 그런 첫째 아들의 모습이 순간 떠올랐던 것이다. 본인의 기준에서 아들을 평가하던 아버지는 입장 바꿔 생각하기 시작했다. 그러자 괘씸하게 생각해왔던 아들 부부를 향한 사랑이 생겨났다. 그는 그들에게 무엇이 필요한지 어떻게 하면 도움이 될지 방법을 찾아보기로 했다며 표정이 밝아졌다.

　　대화법 바꾸기

　　인간은 하나의 섬에 비유할 수 있다. 이쪽 섬에서 저쪽 섬을 건너가려면 배를 만들거나 다리를 놓아야 한다. 사람과 사람을 잇는 교량이 대화다. 대화를 하지 않는다면 섬에 고립되어 있는 것과 마찬가지다. 사전에서는 대화를 "둘 이상의 실체 사이의 상호적인 언어 소통이다"라고 말한다. 대화는 원활한 의사소통과 원만한 인간관계 형성을 위해 없어서는 안 될 중요한 도구다.

　　의사소통과 인간관계 형성은 부모와 자녀로부터 출발한다.

아이는 태어나 8개월에서 9개월이 되면 엄마, 아빠라는 말을 처음 시작한다. 먹고 자고 울고 보채던 아이가 6개월에 옹알이를 시작하여 엄마, 아빠 소리를 낸다. 한 돌이 지나면 한 단어로 의사를 표현한다. 첫 단어로 말한 후 6개월이 지나면 50단어를 습득한다. 두 돌이 되면 두 단어를 붙여서 말을 하고 세 돌이 지나면 세 단어로 문장을 만들어 말을 하게 된다. 이런 과정을 밟고 있는 손녀를 보면 신기하다.

두뇌 발달에는 오감 자극이 중요하다. 오감 중 무엇이 가장 먼저 발달할까? 바로 청각이다. 생후 3~4개월 된 아이는 청각 발달과 연관된 측두엽에서 시냅스 증가와 수초화가 매우 활발하게 이루어진다고 한다. 이는 생후 12개월까지 지속된다. 출생 후 12개월 동안의 청각 발달은 언어 발달의 기반이 되므로 이 무렵 아이의 청각 자극에 특히 신경을 써야 한다. 그래서 태교로 음악을 듣거나 아이가 잠들기 전 책을 읽어주는 부모들도 있다. 아이가 또래보다 말이 느려 걱정하는 부모들을 종종 만난다. 말이 빠른 아이의 엄마는 평소 말을 많이 했을 가능성이 높다. 말이 느린 아이의 엄마는 침묵을 즐겼을 것이다. 아이는 부모로부터 들은 것만큼 말하기 때문이다. 얼마나 다양한 사람과 만났는지에 따라 상호작용의 능력도 결정된다.

성장 과정에서 "해라" 혹은 "하지 마라"와 같은 명령어와 금지어를 많이 듣고 자랄수록 아이들은 부모와 대화하기를 싫어한다. 명령어와 금지어는 소통의 언어가 아니라 단절의 언어다. 이런 말을 많이 듣고 자란 자녀는 부모와 대화를 통해 발달시켜야 할 사회인지적 능력, 의사소통 능력을 기르지 못하고, 사회 적응에 힘들어할 수 있다. 그렇다면 대화의 중요성을 알게 된 부모가 갑자기 대화를 시도한다면 어떨까? 제대로 된 대화법을 모르기 때문에 관계를 더 악화시킬 가능성이 높다. 아이들이 성장하면 할수록 가족과 대화가 서서히 사라진다. 교량이 끊어진 셈이다. 서로 바쁘다는 핑계를 대는 사람도 있다. 가족과의 대화는 우선순위에서 밀려나서는 안 된다. 시급히 문제의 원인을 찾아 교량을 복구해야 한다. 아이들은 부모를 통해 의사소통의 기술을 배운다.

상대방에게 무심코 던진 한마디가 오해와 갈등으로 이어져 후회하는 이들을 많이 본다. 오랜 시간 같은 공간에서 부대껴 지내온 가족끼리도 대화를 어려워한다. 특히 아이와 대화의 첫 단추를 잘못 끼워 아이가 마음의 문을 닫아 버린 경우는, 부모가 이러지도 저러지도 못해 답답해한다. 이런 부모들의 고통은 헤아리기 어렵다.

불통의 원인은 여러 가지가 있지만 일방통행으로 일관된 '너 전달법'이 가장 큰 문제다. "너는 도대체 왜 그러냐?", "너는 왜 그렇게 조심성이 없어? 칠칠맞기는", "너는 왜 방 정리를 못해? 나이가 몇 살이야" 등 많은 부모들이 잘못하고 있는 대화법이다. 아이가 잘한 것은 당연시하고 잘못한 것에 초점을 맞춰 책망하는 경우도 많다. 성적표를 받아 든 부모는 잘한 과목에 대해 한마디도 않고 잘못한 과목만 가지고 나무란다. 이런 말을 듣고 자란 아이들은 마음을 다쳐 편하게 대화하기 어려운 상태가 된다. 부모뿐만 아니라 교사의 말도 아이들에게 큰 영향을 준다. "너는 수업태도가 왜 그러니, 너 때문에 수업을 할 수가 없어", "너는 왜 매일 친구들을 괴롭히니, 부모님 모시고 올래?", "너는 왜 거짓말을 해?" 등의 말을 들은 학생은 자신을 비하하거나 자책하는 아이로 자란다.

독서토론에서는 다른 사람의 눈치를 보거나 주눅 들지 않고 편안하게 자신의 의견을 이야기할 수 있어야 한다. 그러니 토론에 앞서 대화의 방법을 '나 전달법'으로 바꿔보자. '나 전달법'은 효과적인 부모 역할 훈련PET, Parents Effective Training의 창시자인 토마스 고든이 만들어낸 용어다. 그는 세계적인 임상심리학 박사로, 적극적 듣기와 의사소통 기술을 통해 부모와 자녀, 교사와 학생의 관계에서 빚어지는 갈등을 효과적으로 해결하는 방법을 창안했다. 그는 부모 자녀 사이의 의사소통을 방해하는 걸림돌이 있다고 밝혔다. 명령과 강요는 공포감과 저항을 유발하고, 훈계와 설교는 실천하지 못했을 때 죄의식을 갖게 한다. 비평과 비난은 자신이 무능력한 존재라는 사실을 무의식 속에 심화시키며, 캐묻기와 심문은 대답을 회피하거나 대충 말하거나 거짓말을 하게 만든다. 그는 이런 걸림돌을 피하고 갈등을 줄이는 대화법으로, 자신을 주어로 삼아 대화하는 '나 전달법'을 소개한다.

자녀가 컴퓨터 게임만 하고 있을 때, 보통의 부모들은 '너 전달법'으로 이렇게 말할 것이다. "너, 시험 기간인데 게임할 때야? 정신이 있는 애야 없는 애야, 빨리 가서 공부 안 해? 아이고 골치야!" 이런 말을 듣고 공부를 열심히 하자고 마음먹을 아이가 있을까? 혼이 난 자녀는 컴퓨터를 끄고 책을 펼치겠지만, 기분만 상한 채 머릿속에는 아무런 내용도 들어오지 않을 것이다. '나 전달법'으로 "시험 기간에 게임만 하고 있으니 엄마는 시험을 잘 못 봤다고 속상해할까 봐 걱정이 되네"라고 말하면 아이는 어떻게 받아들일까? 공부도 스스로 마음에서 우러나야 효율성이 높아진다. 그러니 강요와 지시보다는 마음을 움직이는 대화를 해야 한다.

2

신뢰와
관계 회복을 위한 준비

공감 능력 키우기

인간관계에서 중요한 요소 중 하나가 공감 능력이다. 누군가와 처음 만났을 때 서로 통한다는 느낌이 들면 쉽게 가까워진다. 책을 좋아하는 사람이 같은 분야의 책을 읽고 있는 사람을 만나면, 책이라는 매개체 하나로 경계심을 풀고 다양한 이야기를 나누게 된다. 누구든 내 이야기에 귀 기울이고 고개를 끄덕이며 맞장구 쳐주는 사람에게 호감이 생긴다. 아무리 오랫동안 인연을 맺어온 친구라도 사사건건 시비를 걸거나 관심도 없는 분야의 전문 지식을 자랑하듯 늘어놓으면 싫어질 것이다. 인간관계는 일방통행이 아니라 쌍방통행이다. 사람들은 대부분 다양한 이야기를 주고받으면서 공통분모를 발견하고 그것을 공유하면서 서로 통한다고 느낀다. 그리고 그러한 긍정적인 상호작용을 통해 에너지를 얻는다.

'공감'은 상대방의 기분을 읽는 능력이다. 공감 능력을 가진 사람은 어떤 대상을 만나더라도 소통을 잘할 수 있다. 가족처럼 편안한 관계일수록 서로의 기분을 세심하게 살펴야 하는데, 오히려 습관적으로 대하기 쉽다. 상대의 기분을 헤아리지 못하면, 말하면 할수록 역효과가 난다. 가령 자녀는 원하지 않는데 부모가 자신의 경험담을 들려주거나 충고나 해결책을 제시하면 사이는 점점 멀어질 수밖에 없다. 정혜신은 『당신이 옳다』(해냄, 2018)에서 한 초등학생이 학교에서 선생님으로부터 부당한 일을 당하고 집에 돌아온 일화를 들려준다. 엄마가 자신의 편을 들지 않고 선생님 편에서 말하자, 아이는 "엄마는 그러면 안 되지!"라고 울며 말하더라는 것이다. 그 말을 듣고 엄마는 정신이 번쩍 들었다고 한다. 공감 없는 대화는 피를 철철 흘리는 상처에 약을 발라주지는 못할망정 상처를 덧나게 만드는 격이다.

공감은 상대방의 관점에서 바라볼 수 있게 한다. 어떤 엄마가 크리스마스이브에 어린 자녀를 데리고 멋진 야경을 구경하기 위해 명동 거리를 돌아다녔다고 한다. 엄마는 너무 좋아서 어쩔 줄 모르고 행복한 기분에 취해 있었는데 아이는 짜증을 내며 칭

얼거리기에 아이와 눈높이를 맞추고 주위를 둘러보았더니 아름다운 야경은 하나도 보이지 않고 어른들 엉덩이만 보였다고 한다. 아이를 보살피지 못하고 본인의 기분에 취해 돌아다닌 자신이 부끄러웠다고 한다. 이런 사례들은 주변에서 흔히 만날 수 있다. 많은 사람들이 내가 좋으면 상대방도 좋아할 것이라고 쉽게 단정한다.

부모와 자녀 사이에 가장 어려움을 겪는 시기는 아이들의 사춘기일 것이다. 사춘기 아이들과 함께 보내고 있는 부모들을 만나면 "말을 잘 듣던 아이가 갑자기 문을 걸어 잠그고 반항을 해서 낯설게 느껴진다"고 하소연한다. 왜 그럴까? 사춘기는 뇌를 리모델링하는 시기라고 전문가들은 말한다. 낡고 좁은 집을 크고 멋진 집으로 리모델링하기 위해 모두 뜯어놓은 상태를 생각하면 쉽게 이해할 수 있을 것이다. 사춘기 아이들에게 가장 필요한 것을 꼽으라면 '공감'이라고 한다. 아이도 자신이 왜 그런지 모를 정도로 혼란스러운 상황일 텐데, 부모까지 외계인처럼 취급하면 어떻게 되겠는가. 아이에게 "그럴 수 있다, 나도 그랬다"라는 부모의 한마디는 특효약이 될 것이다.

관심을 가지고 바라보기

광화문 교보문고는 건물 벽에 짧은 글귀를 걸어두고 지나가는 사람들의 발걸음을 붙잡는다. 20년간 그곳에 걸렸던 글들 중 가장 인상적인 글귀를 투표했는데, 나태주의 「풀꽃」이라는 시가 1위를 차지했다고 한다. "자세히 보아야/ 예쁘다// 오래 보아야/ 사랑스럽다// 너도 그렇다." 세 줄밖에 안 되는 시가 어떻게 많은 사람들의 마음을 사로잡았을까? 모두가 공감할 수 있는 내용을 담고 있기에 가능했을 것이다. 나태주 시인은 오랫동안 초등학교 교사로 재직하며 많은 학생들을 만났다. 이 시에는 아이들을 사랑한 사람이 아니면 알 수 없는 진한 감성이 배어 있다. 시인의 말처럼 자세히 오래 보지 않으면 보이지 않는 것이 사람의 마음이다. 우리는 바쁘다는 핑계로 오래 자세히 보지 않고 건성건성 보기 때문에 상대를 잘 모른다.

부모는 흔히 아이를 낳아 양육하는 과정에서 '내 아이는 내가 잘 안다'라는 착각에 빠진다. 하지만 그 사람에 대해 다 안다고 생각하면 그때부터 아무것도 보이지 않는다. 이렇게 생각하는 순간 부모 자식 사이에 균열이 생긴다. 인간은 관계의 밀도에 맞춰 자신의 비밀을 털어놓는다. 나를 낳아서 길러준 부모라는 이유로 당연하게 속마음을 털어놓는 일은 절대 없다. 부모와 관계가 좋으면 좋은 일이건 안 좋은 일이건 상관없이 미주알고주알

이야기를 하지만 관계가 나빠지면 묻는 말에도 대답을 안 한다. 부모와 관계가 나쁠 때 아이들은 친구와 모든 것을 공유한다. 김려령의 『우아한 거짓말』(창비, 2009) 속 자살한 천지는 어머니와 언니 만지에게 감추고 있던 모든 이야기를 아무 상관도 없는 동네 청년에게 털어놓았다. 청년의 말을 듣고 천지의 엄마와 만지는 충격에 빠진다. 아직 세상물정을 잘 모르는 아이들은 친구들의 잘못된 충고도 철석같이 믿고 행동에 옮긴다. 일을 저지르고 난 후 후회는 너무 늦다.

부부간도 마찬가지다. 살아온 세월만큼 잘 알 거라고 생각하지만 그것은 자만이다. 머리가 희끗해질 정도로 세월이 흘러도 서로에 대해 잘 모를 수 있다. 여주도서관에서 '어른도 그림책' 독서토론을 진행할 때였다. 여성 한 분이 아이들은 자신에 대해 잘 아는데 정작 남편은 전혀 모르고 있다는 사실을 얼마 전 발견했다고 말했다. 어느 날 아들이 "아빠, 엄마가 어떤 음식을 좋아해요?"라고 묻자, 남편은 "글쎄"라고 답했다고 한다. "어떤 장르의 영화를 좋아해요?", "글쎄", "엄마 하고 가장 친하게 지내는 사람은 누군가요?", "글쎄". "글쎄"라는 대답의 연속이었단다. 그녀는 남편과 아들의 대화를 듣고 '저 사람은 내 남편이 맞나? 여태 껍데기와 살았구나!'라는 생각이 들어 허탈했다며 쓴웃음을 지었다. 남 이야기가 아니다. 많은 남편들은 아내의 달라진 헤어스타

일도 알아보지 못한다. 참다못해 "여보! 나 달라진 것 없어요?"라고 물어도 "글쎄"라고 말할 사람이 한둘이 아닐 것이다.

자식들도 부모에 대해 잘 모른다. 대부분 부모들은 자식들에게 자신에 관한 이야기를 하지 않는다. 특히 어려운 문제는 더욱 그렇다. 나도 부모님으로부터 자세한 속내를 들어보지 못했고 자식들에게 많은 이야기를 하지 못했다. 다른 사람들로부터 띄엄띄엄 부모님에 대한 단절된 이야기를 들었을 뿐이다. 어머니는 여섯 남매를 키우며 고생만 하시다 90세를 일기로 돌아가셨다. 다른 형제들보다 어머니와 대화를 많이 했지만, 어머니에 대해 모르는 게 참 많았다. 심순덕 시인의 「엄마는 그래도 되는 줄 알았습니다」라는 시가 떠오른다.

무관심하면 아무것도 보이지 않는다. 무관심은 눈을 감는 것과 다르지 않다. 눈을 감고 있으면 눈앞에서 굿을 해도 모른다. 아이가 몇 학년 몇 반인지, 담임교사의 이름이 무엇인지, 가장 친한 친구가 누군지, 어떤 과목을 좋아하고 싫어하는지, 어떤 노래를 좋아하고 연예인 누구를 좋아하는지, 질문을 하면 눈만 껌벅껌벅하고 대답을 못 하는 부모들이 의외로 많다. 유대인 부모들은 아이들이 학교에서 있었던 일을 매일 듣는다고 한다. 부모가 아이의 사소한 이야기에도 경청하고 감탄사를 연발하니 아이는 신이 날 수밖에 없다. 부모에게 더 잘 설명하고 싶은 아이는 다음 날 학교 수업을 열심히 들을 수밖에 없을 것이다.

관심은 관계의 출발이다. 인간은 개성을 갖고 태어나기 때문에 하늘 아래 같은 사람은 없다. 석가모니는 인간을 '천상천하 유아독존天上天下唯我獨尊'이라 했다. 유일무이한 존재이기 때문에 우주에 '나'보다 더 존귀한 것은 없다. 관심을 갖기 시작할 때 각자가 가진 유일하고 귀한 것들이 조금씩 보인다. 나, 너, 세상도 마찬가지다. 같은 부모 아래 태어난 형제자매도 비슷해 보이지만 얼마나 다른지 자식을 키워본 사람은 안다.

『너 때문이 아니고 뇌 때문이야』(프리윌, 2017)의 저자 김의철은 청소년 상담을 할 때 제일 친한 친구와 제일 좋아하는 선생님을 물어본다고 했다. 어떤 친구와 함께 있을 때 가장 행복한지를 알면 그의 성향을 알 수 있기 때문에 그다음부터 이야기하기가 쉬어진다고 한다. 『나는 나무처럼 살고 싶다』(메이븐, 2021)의 저자 우종영은 30년간 아픈 나무를 보살피며 치료해온 나무 의사다. 그는 아픈 나무 옆에 가면 자신도 아프게 된다고 했다. 보통 사람들은 죽어가는 나무를 보고도 나무가 얼마나 힘든지 잘 모른다. 나무의 아픔이 자신의 아픔으로 느껴지는 이유는 관심을 가졌기 때문이다. 이런 능력은 태어날 때부터 가지고 나온 것이 아니다. 관심을 갖기 시작하면 작은 변화도 감지할 수 있는 능력이 생긴다.

상대의 욕구를 알아차리기

젖을 먹고 있는 아이부터 성인에 이르기까지 사람은 각각 다른 욕구를 가지고 있다. 특별한 경우가 아니면 인간은 욕구에 따라 움직인다. 욕구가 채워지면 행복하다 말하고, 욕구가 채워지지 않을 때 불만을 토로한다. 불만이 쌓이면 문제 행동이 나타나기도 한다. 짜증을 내거나 심한 경우 폭력적으로 변한다.

인간관계에서 갈등의 주요 원인 중 하나가 욕구의 충돌이다. 부부는 종종 성장 과정, 가정환경, 성격 등의 차이로 심한 갈등을 겪는다. 상대방에 대한 충분한 이해 없이 사랑만 있으면 모든 것이 다 해결될 거라는 섣부른 판단으로 결혼한 경우 서로 말도 못하는 고생을 한다. 욕구가 다른 경우를 꼽으라고 하면 한두 가지가 아니다. 새벽형 남편과 올빼미형 아내가 만나 부부의 인연을 맺은 경우 생활 습관이 서로에게 고통을 준다. 오랜 세월에 걸쳐 만들어진 습관이라 상대방에게 맞추려고 노력해도 쉽게 고쳐지지 않는다. 식성이 달라 서로를 힘들게 하는 사람도 많다. 일주일 내내 직장 생활하느라 지친 남편은 주말에 소파에 앉아 TV를 보며 쉬고 싶어 한다. 그동안 아이를 돌보느라 집에만 있던 아내는 휴일이 오면 바람도 쐬고 외식도 하고 싶다. 서로 욕구가 다르기 때문에 서로의 입장을 주장하면 할수록 언성이 높아지고 결국 싸움으로 끝이 난다.

욕구는 사람을 움직이는 동력이다. 상대방의 욕구를 정확히 파악해 들어주면 그의 마음을 쉽게 움직일 수 있다. 물고기를 낚을 때도 좋아하는 미끼를 달아야 잘 물지 않는가. 그래서 프로 낚시꾼들은 어종별로 어떤 미끼를 좋아하는지 잘 알고 있다. 상대방이 무엇을 원하는지 먼저 읽는 능력을 키워야 한다. 모르면 물어야 한다. 남편은 아내에게 아내는 남편에게 바라는 욕구가 있다. 부모가 자녀에게, 자녀가 부모에게 바라는 욕구도 있을 것이다. 자신의 욕구만을 충족하려고 상대방의 욕구를 무시하면 갈등은 쌓이고 쌓여 예상하기 어려운 국면으로 이어질 수 있다. 단번에 바뀌기는 쉽지 않다. 어렵다면 이번에는 상대의 욕구를 먼저 들어주고, 다음에는 나의 욕구를 제안해보면 어떨까?

서로에 대한 신뢰 쌓기

'감정계좌'는 인간관계에서 신뢰의 정도를 은유적으로 표현한 것이다. 스티븐 코비는 『성공하는 사람들의 7가지 습관』(김영사, 2017)에서 '감정계좌'라는 단어를 처음 소개했다. 은행에 돈을 저축한 사람과 대출을 받은 사람에 대한 은행 직원들의 대우는 다르다. 은행 계좌에 수십억을 갖고 있는 VIP 고객은 지점장실에 앉아서 차를 마시고 있는 동안 모든 업무가 일사천리로 처리된다. 그러나 돈을 대출 받아 이자를 갚지 못한 고객은 빚 독촉에 시달릴 수밖에 없다. 우리 모두 은행 통장을 몇 개 가지고 살아 가듯 인간은 태어나서 죽을 때까지 수많은 감정계좌를 가진 채 살아간다. 관계를 맺고 있는 사람의 수만큼 감정계좌를 갖고 있는 셈이다.

감정계좌는 부모와 형제자매, 친구와 선생님, 직장생활을 하며 만난 사람들, 결혼 후 배우자와 자녀 등 다양한 관계를 맺을 때 만들어진다. 감정계좌에는 플러스 계좌와 마이너스 계좌가 있다. 마이너스 계좌인 사람은 말을 잘해도 "저 사람은 말은 잘해"라며 비난을 듣는다. 플러스 계좌인 사람은 팥으로 메주를 쑨다고 해도 믿는다. 잘못한 일이 있어도 "사람이 실수 안 하고 살 수 있나?"라며 두둔하게 된다. 플러스 계좌는 신뢰, 마이너스 계좌는 불신인 셈이다. 플러스 계좌인 사람은 생각만 해도 기분이 좋아진다. 어쩌다 만나면 하하 호호 웃음꽃이 핀다. 오랜 시간을 함께 보내고도 헤어지기 아쉽다. 헤어진 지 몇 시간 되지 않았는데 벌써 그리워한다. 이런 사람과 소통은 순조롭다. 눈만 봐도 벌써 통한다. 마이너스 계좌인 사람은 생각하는 것조차 싫어진다. 만나면 한 시간이 1년처럼 지루하게 느껴진다. 두 사람 사이의 분위기는 영하의 날씨처럼 썰렁하다. 같이 밥을 먹으면 체할 것 같다. 헤어져도 꿈에서 나타날까 겁난다. 이런 관계는 소통을 할 때 심한 왜곡 현상이 벌어진다.

아들과 며느리는 세 번 만나고 결혼을 약속했다. 나는 베이징에서 살고 있는 며느리와 가끔 메시지를 주고받았다. 두 사람은 결혼식을 올린 후 9박 10일 신혼여행을 떠났다. 여행은 24시간 함께 있어야 하기 때문에 가면을 쓸 수 없다. 좋고 나쁜 감정을 감출 수 없다. 투명한 유리그릇처럼 다 보인다. 그래서 다정한 모습으로 여행을 출발하지만 돌아올 때는 따로따로 공항에 도착하는 경우를 종종 볼 수 있다고 한다. 이성적인 아들과 감성적인 며느리가 갈등을 일으키지 않고 신혼여행을 잘 마칠 수 있을까? 믿음 반, 걱정 반이었다.

신혼여행이 끝나갈 무렵, 며느리로부터 메시지가 왔다. "아버님, 어떻게 하면 행복한 가정을 이룰 수 있나요?"라는 한 문장이었다. 여행 중 서로 맞지 않아 심한 갈등이 있었다는 걸 짐작할 수 있었다. 답으로 감정계좌 이야기를 써서 보냈다. 부부가 처음 만날 때는 감정계좌가 백지 상태인데 살아가면서 플러스 감정도 쌓고 마이너스 감정도 쌓이게 마련이다. 마이너스 감정을 쌓으면 불행한 가정을, 플러스 감정을 쌓으면 행복한 가정을 이룰 수 있다고 문자를 보냈다. 지혜로운 며느리는 그 말의 뜻을 알아차리고 그때부터 되도록이면 마이너스 감정은 덜 쌓이게 하고, 플러스 감정을 더 쌓기 위해 노력했다고 한다.

만약 이제껏 쌓인 감정이 마이너스 계좌가 되었다면 플러스 계좌로 바꾸어야 한다. 거창하고 대단한 일이 필요한 게 아니다. 사소한 감정이 쌓여서 감정계좌를 만들어간다. 약속 시간을 잘 지키는 사람과 약속 시간에 항상 늦는 사람 중 누구에게 마이너스 감정이 쌓일까? 시간 관리 하나로도 신뢰와 플러스 감정을 쌓을 수 있다. 약속을 하는 것도 중요하지만 약속을 지키는 것은 더 중요하다. 가족 간 관계에서 감정계좌를 잘 살펴봐야 한다. 마이너스 감정이 쌓이고 있는 건 아닌지, 플러스 감정이 얼마나 쌓여 있는지 늘 관심을 갖고 합당한 노력을 기울여야 한다.

3

독서토론 진행자와
참여자의 역할

토론을 지휘하는 진행자

독서토론을 오케스트라 연주에 비유하면 진행자는 지휘자
다. 진행자는 도서 선정, 논제 만들기, 독서토론 진행을 도맡은
이다. 진행자가 토론을 매끄럽게 준비하고 진행하기 위해서는 가
장 먼저 토론 참여자들의 성향을 파악해야 한다. 『철가방에서 스
타강사로』(성하출판, 1997)의 저자 조태훈의 일화를 주목해볼 만
하다. 대부분 음식점에 들어온 손님이 무엇이 맛있냐고 물으면
주인은 비싼 음식, 주방장은 만들기 쉬운 음식을 추천한다고 한
다. 하지만 그는 손님이 육식과 해산물 중 무엇을 좋아하는지 먼
저 묻고 대답을 들은 다음 적합한 음식을 추천했다고 한다. 독서

토론에서 도서 선정도 이와 다르지 않다. 큰맘 먹고 독서토론을 시작했는데 처음부터 자신과 전혀 맞지 않는 책으로 토론하게 되면, 책에 대해 부정적으로 생각하거나 토론이 어렵다는 선입견을 가질 수 있다.

토론에 참여할 사람들의 취향과 수준을 파악하는 게 먼저다. 가장 쉬운 방법은 '질문'이다. 그동안 어떤 책을 읽어왔는지, 가장 감명 깊게 읽은 책이 무엇인지, 최근에 어떤 책을 읽고 있는지 물어보면 대충 파악할 수 있다. 이야기를 듣다 보면 주로 문학을 읽어온 사람, 역사책에 심취한 사람, 간혹 철학책을 좋아하는 사람도 만난다. 가족들에 대해서는 보다 쉽게 파악할 수 있다. 지금 가족들에게 어떤 책이 좋을까? 이 시점에서 필요한 내용이 무엇일까? 질문하다 보면 가족들의 공통 관심사를 알게 되고, 최대공약수를 구할 수 있을 것이다. 첫 책이 중요하다. 토론이 끝나고 그동안 몰랐던 것을 알게 되었고, 그걸 삶에 적용하면 좋겠다는 말을 들으면 첫 관문은 통과한 셈이다.

도서 선정을 한 뒤 다음 단계는 진행자도 참여자와 마찬가지로 책을 읽어야 한다. 참여자는 주관적인 독서를 해도 문제없지만 진행자는 가능한 한 객관적인 독서를 해야 한다. 진행자가 토론할 논제를 만들어야 하기 때문이다. 책의 핵심 키워드가 무엇인지 먼저 파악하면 논제를 뽑기 편하다. 어떤 주제로 토론해야 참여자들이 만족할 수 있을지, 주제에 맞는 발췌문을 어디서 뽑을 것인지 생각하고 읽으면 도움이 된다. 한 번 읽고 논제를 뽑기는 어려울 수 있으니 거듭 읽어야 할 때도 있다. 토론에 참여할 사람들에게 최소 5일 전 미리 논제를 배포해서 준비할 시간을 주어야 한다. 논제 만드는 방법에 대해서는 따로 자세하게 이야기할 것이다.

약속한 날 정해진 시간에 모두 모여 독서토론을 진행한다. 진행자는 토론에 참여한 사람들이 편안한 마음으로 자신의 의견을 말할 수 있도록 분위기 조성에 힘써야 한다. 첫 모임이 중요하다. 첫인상으로 독서토론에 대한 호불호를 결정하게 된다. 첫인상이 좋으면 첫 모임에서 마음에 안 드는 것이 있어도 '첫술에 배부르겠어?'라며 다음을 기약할 테지만, 첫인상이 안 좋으면 조그마한 꼬투리라도 잡아서 '혹시나 했더니, 역시나'라며 다양한 평계를 대고 두 번 다시 토론에 참여하지 않을 것이다.

진행자는 전체를 보는 안목이 필요하다. 오케스트라 지휘자처럼 숲과 나무를 모두 볼 줄 알아야 즐거운 토론을 이끌어 갈 수 있다. 모임 전체의 분위기를 살피고 참여자 개인의 성향도 함께 봐야 한다. 의견을 발표할 때 진행자에게 가장 필요한 능력은 경청이다. 경청을 잘하면 절반의 성공을 거둔 셈이다. 토론자가 발표를 할 때 잘 듣고 있다고 판단되면 주눅 들지 않고 자신의 생각을 거침없이 말하게 된다. 누군가 자신의 말을 잘 들어주면 자존감도 올라가고 존중받는다고 느낀다. 대기업에서 근무한 지 7년 차 되는 대리가 독서토론 입문 과정에 참여한 적이 있다. 처음 참석할 때는 토론이 달갑지 않은 듯한 표정이었으나 횟수가 거듭 될수록 밝아졌다. 그 이유를 물으니 태어나서 자신의 이야기를 이렇게 잘 들어주는 사람을 처음 만났다며 신기해했다. 젊은 친구가 색다른 의견을 이야기하는 바람에, 참여자 모두 열심히 경청한 덕분에, 즐거운 토론을 마칠 수 있었다.

독서토론이 잘 안 되는 이유 중 하나는, 한 사람이 너무 자주 길게 자신의 의견을 발표하거나, 참여한 사람들에게 자신의 의견을 주입시키려고 하는 경우다. 학창 시절 뙤약볕이 쨍쨍 내리쬐는 운동장에서 교장선생님의 훈시를 들어본 사람들은 알 것이다. 얼마나 힘들고 짜증나는 일인지. 사람들은 대부분 주인공이 되고 싶어 한다. 단체 사진을 찍은 후 가장 먼저 자기 얼굴을 살피는 것을 보라. 가장 중요한 인간의 욕구는 인정욕구라는 사실을 잊어서는 안 된다. 진행자는 어떻게 토론에 참여한 모두가 스스로를 주인공처럼 느끼게 할 것인가 고민해야 한다. 세심한 배려와 관심이 필요하다. 특히 독서토론을 할 때 부모와 자식은 수직 관계가 아니라 수평 관계라는 사실을 잊어서는 안 된다. 수직관계로 대하는 순간, 그동안 쌓았던 공든 탑이 하루아침에 무너진다.

진행자는 독서토론을 시작하기 전에 몇 가지 규칙을 먼저 말해줘야 한다. 첫째, 별점과 소감을 말하는 순서는 미리 정한다. 별점과 소감은 한 명의 토론자도 빠지지 않고 순서대로 발표할 수 있게 한다. 그 외에 논제에서는 토론자들이 자유롭게 손을 들고 진행자의 허락을 받은 후 발표한다. 더 이상 새로운 의견이 나오지 않을 때는 "혹시 더 보태주실 분 계신가요?"라고 묻고 확인 후 다음 논제로 넘어가면 된다. 둘째, 발표 시간은 1분 30초에서 2분으로 제한한다. 진행자는 1분 30초가 되면 "네"라고 말해 시간이 임박했음을 알려주고, 2분이 되어도 정리를 못 하면 "네네"라고 신호를 보낼 것을 미리 말해준다. 그리고 신호를 받으면 바로 끊어야 한다고 분명히 말해야 한다. 이런 규칙을 토론 전에 먼저 설명하지 않고 말을 끊으면 무시당했다고 오해하여 기분 나쁘게 생각할 수 있다. 규칙을 미리 고지해야 토론 분위기가 좋아진다.

판소리 공연에는 소리꾼과 고수 두 사람이 등장한다. 소리꾼이 아무리 창을 잘해도 고수를 빼고 공연할 수는 없다. 고수는 추임새로 소리꾼의 흥을 돋우고, 청중의 반응을 유도하여 재미있게 분위기를 이끌어간다. 노련한 고수는 소리가 빨라지거나 느려지는 것을 보완하며, 심지어 소리꾼이 사설을 잊어버렸을 때 알려주기도 한다. 흔히 알고 있는 것과 다르게 판소리에서 고수의 역할이 중요하고 어렵기 때문에 첫째는 고수요, 둘째는 소리꾼이라고 한다. 일고수이명창一鼓手二名唱이라는 말이 그것이다. 독서토론에서 토론자가 소리꾼이라면 진행자는 고수다. 토론자가 의견을 발표할 때 추임새를 넣는 것이 진행자의 몫이다. 전체적인 분위기를 보면서 적절한 멘트를 쉽고 간단하게 하면 경직된 분위기를 부드럽게 만들 수 있다. 어떤 진행자는 토론자의 발표를 매번 정리하기도 하는데, 이는 자칫 분위기를 무겁게 혹은 지루하게 만들어 토론을 망치는 원인이 되기도 하니 주의해야 한다.

독서토론에서 가장 비중 있게 다루어야 할 과정이 있다면 토론 후 마지막 소감을 나누는 시간이다. 시간이 부족해서 다른 논제는 못 다루더라도 소감을 나누는 시간은 반드시 확보해야 한다. 참석자 한 사람씩 오늘 토론을 통해 느낀 점을 발표하는 시간이다. 각자 느낀 바가 다르기 때문에, 이 시간은 참여자 모두에게 다양한 깨달음을 선물한다. 사람은 대부분 본인이 보고 싶고 듣고 싶은 부분에 집중하기 마련이다. 똑같은 책을 읽고 같은 장소에서 의견을 나누었는데 어떤 사람은 감명을 받고 어떤 사람은 흘려보낸다. 소감을 나누면서 토론 내용을 되새기며 흘려보냈던 것들을 귀에 담을 수 있다. 토론 소감 나누기는 오케스트라 연주의 마지막을 장식하는 멋진 피날레인 셈이다.

하모니를 만들어내는 참여자

오케스트라에서 연주자는 현악기, 목관악기, 금관악기, 타악기 등 다양한 악기를 가지고 각자의 소리를 낸다. 토론을 오케스트라 연주에 비유하면 토론에 참여한 사람들은 연주자다. 악기가 다양할수록 아름다운 하모니가 만들어지는 것처럼, 토론참여자도 연령, 직업, 살아온 배경 등이 다를수록 풍성한 정보와정서적 공감, 환대를 맛볼 수 있다. 나이 차이가 많이 나는 사람들과 함께하는 모임에 선뜻 나설 젊은이는 별로 없을 것이다. 그러나 독서토론을 하는 곳에서는 청년도 할아버지, 할머니도 환대를 받는다. 독서토론이야말로 세대 간 벽을 허물 수 있는 좋은방법 중 하나가 아닐까.

주위에서 자신의 기준으로 상대를 평가하거나 바꾸려고 해서 갈등의 골이 깊어지는 것을 자주 목격한다. 이런 생각을 가진기성세대가 "요즘 젊은이들은 버릇이 없다"는 말을 쉽게 한다. 이말의 역사는 생각했던 것보다 깊다. 기원전 1700년 경 수메르 점토판에 '요즘 젊은이들은 너무 버릇이 없다'라는 문장이 기록되어 있다고 한다. 그러나 독서토론에서는 이런 말이 결코 오갈 수없다. 20대 여성과 아버지뻘인 60대가 함께 독서토론에 참여한적이 있다. 그녀는 평소 이해할 수 없던 아버지의 말씀을 토론후 비로소 알게 되었다고 했다. 60대 남성은 딸의 생각과 행동의 의미를 알 수 있는 좋은 기회가 되었다며 서로 고마움을 표했다.

다른 연령의 사람이 같은 공간에 있다고 모두 대화를 나눌 수 있는 건 아니다. 간혹 대화를 하더라도 깊이 있는 생각을 주고받기는 더 어렵다. 그러나 책을 가운데 두고 서로의 생각을 나누다 보면 젊은이들은 어떤 고민을 하고 있는지, 그들의 가치관까지 짐작할 수 있다. 청년도 기성세대의 입장을 이해할 수 있는 좋은 기회가 된다. 유학을 갔다가 형편 때문에 한국에 돌아온 한 대학생은 독서토론에 참여한 후 "기성세대에 대한 본인의 고정관념이 깨진 좋은 경험이었다"는 소감을 남기기도 했다.

참여자는 모임에 고통을 주는 형과 도움을 주는 형으로 나뉜다. 고통을 주는 형은 어떤 책으로 토론을 해도 가슴에 맺힌 자신의 사연을 털어놓기에 바쁘다. 책에는 관심이 없고 하소연할 대상을 찾아온 사람들이다. 문제는 한 번으로 끝나지 않는다는 점이다. 상대방이 얼마나 힘든지 생각도 못 하고 같은 말을 반복한다. 그런 토론자가 발언하기 시작하면, 모임에는 슬슬 불편한 기색이 드러난다. 가족 독서토론에서도 마찬가지다. 가족 독서토론 시범을 보여주기 위해 한 가정에서 진행을 도왔던 적이 있다. 그중 한 사람이 그동안 말하지 못했던 상처를 반복해서 꺼내는 바람에 모처럼 찾아온 화기애애한 분위기가 어색하게 돌아갔다. 이렇듯 자기 이야기에만 몰두하는 것은 모임에 고통을 준다.

도움을 주는 형은 다른 참여자들에게 좋은 정보와 자극을 준다. 누구도 쉽게 생각하지 못한 것을 들려준다. 몇 년 전 김탁환 작가는 한 강의에서 작가는 질문 하나 때문에 소설을 쓴다고 말했다. '얼마나 짓밟히면 혁명을 꿈꾸는가?'라는 질문 때문에 『혁명, 광활한 인간 정도전』(전 2권, 민음사, 2014)이라는 소설을 썼다고 한다. 그러니 책을 읽을 때 작가로 하여금 이 책을 쓰게 만든 핵심 질문이 무엇일까를 염두에 두면 소설이 달리 보인다는 것이다. 토론에 도움을 주는 눈 밝은 참여자는 책에서 핵심 키워드를 잘 찾아낸다. 양질의 토론을 위해서는 공부를 해야 한다. '공부'라고 하면 부담을 느끼는 사람도 있겠지만, 저자에 대해 찾아보고 다른 이의 의견이 담긴 서평을 읽어보는 즐거운 과정이다. 성의껏 준비를 하면 누구나 도움을 주는 토론자가 될 수 있다.

분당도서관에서 독서토론 리더 과정 수업을 한 적이 있다. 8주 과정이 끝난 후 소감을 나누는 시간이 있었는데 한 수강생이 본인의 경험담을 들려주어 모든 수강생들이 기분 좋은 자극을 받았다. 그는 이 과정으로 세 가지를 배웠다고 한다. 첫째, 독서에 대한 방법인데 여덟 권의 책을 모두 네 번씩 읽었다는 것이다. 읽으면 읽을수록 더 많은 것을 알게 되었다며 '재독'의 이점을 이야기했다. 둘째, 글쓰기는 더하기가 아니라 빼기라는 사실을 알게 되었다고 말했다. 그동안 더하려고 노력했는데, 본인이

써놓은 글의 군더더기를 빼자 글이 좋아지더라는 것이다. 셋째, 독서토론의 위력을 실감한 시간이었다고 말했다. 10년 동안 풀리지 않았던 문제가 어떤 토론자의 말을 듣고 단번에 풀리는 신비한 경험을 했단다.

독서토론 입문 과정을 진행할 때 기억나는 한 참여자도 있다. 지방에 거주하고 있는 그녀는 독서토론을 위해 매주 토요일 오후 장시간 버스를 타고 서울역 모임을 찾아왔다. 남부럽지 않은 직장에 다니고 있었는데 항상 표정이 어두웠다. 왜 표정이 어두울까? 볼 때마다 궁금증이 올라왔지만 그렇다고 대놓고 물어볼 수는 없었다. 그러던 어느 날부터 180도 달라졌다. 어두웠던 표정은 언제 그랬냐는 듯 밝아보였다. 이제는 질문해도 되겠다 싶어 독서토론 진행 중에 표정이 밝아진 이유를 조심스레 물었다. 친정 여동생에게 큰돈을 빌려주었는데 받지 못해 남편에게 말도 못하고 끙끙 앓던 차에 책에서 돈을 떼이면 수명이 연장된다는 한 문장을 읽고 무릎을 쳤다고 한다. 다른 참여자들은 그 말을 듣고 모두 박수를 쳤다. 한 사람의 작은 변화가 다른 토론자에게 영향을 미친다.

토론에서 대단한 것을 알려주기 위해 노력할 필요는 없다. 열심히 책을 읽고 본인이 느낀 점을 솔직하게 이야기하는 것만으로 도움을 주는 토론자가 될 수 있다. 우리 가족이 독서토론을 한다는 말을 듣고 가족 독서토론을 시작한 사람들이 하나둘 늘어나고 있다. 아버지, 어머니, 아들, 딸 네 명이 그림책으로 독서토론을 한 달에 두 번씩 진행한 가족이 있다. 부모는 어린 줄만 알았던 아이들의 성숙한 의견을 들을 수 있었으며 취업을 준비하고 있는 자녀에 대한 믿음이 생긴 것이 가장 큰 소득이라고 좋아했다. 토론을 하지 않았으면 서로의 생각을 어떻게 알 수 있었겠는가? 서로에 대한 마음을 열면 도움을 주는 토론자를 넘어 감동을 주는 토론자가 될 수 있다.

독서토론
논제의 역할

2010년 11월 G20 정상회의가 아시아 최초로 서울에서 열렸다. 오바마 대통령이 개최국 한국에 고맙다고 인사하며 그 보답으로 한국 기자들에게 질문할 기회를 먼저 주겠다고 말했다. 하지만 시간이 흘러도 질문하는 기자가 한 사람도 없었다. 오바마 대통령은 영어로 말하는 것에 부담을 느낄 수도 있겠다 싶었는지 한국어로 질문하면 통역하겠다고 친절하게 말하고 기다렸다. 오바마 대통령이 재차 물었다. 시간이 지체되자 참다못해 한 중국 기자가 한국 기자들이 질문하지 않으면 자신이 먼저 하고 싶다고 말했다. 결국 몇 분을 기다려도 한국 기자들의 질문이 없자 중국 기자에게 질문권이 넘어가고 말았다. 그 자리에 참석할 정도의 기자라면 실력과 능력이 검증된 사람들일 텐데 왜 질문을 하지 않았을까? 이 영상을 다른 기자들에게 보여주고 이유를 묻자, 한국에서는 질문도 답으로 생각한다는 대답이 나왔다. 질문을 잘못해서 망신당하는 것은 아닐까, 가만히 있으면 중간은 갈 텐데, 이런 생각이 손 들기를 주저하게 만든다. 어렸을 때부터 들어온 '침묵은 금' 같은 말들이 질문조차 못하게 만드는 게 아닐까? 무의식에 쌓인 잘못된 신념이 의식 한가운데 똬리를 틀고 우리의 발목을 붙들고 있다.

질문으로 살아나는 호기심

2013년 KBS는 '인간은 왜 이토록 공부에 매진하는 것일까? 인류가 추구해야 할 진정한 공부란 무엇인가?'라는 질문이 담긴 다큐멘터리를 방영했다. 방송에서 못다 한 이야기를 책『공부하는 인간』(예담, 2013)에 담아 출간하기도 했다. 이에 따르면 미국에서 유학 중인 한국 학생들이 가장 어려워하는 것 중 하나가 자신의 의견을 당당히 발표하고 질문하는 일이라고 한다. 매사추세츠공과대학교 대학원에서 공부하고 있는 남학생은 1년 동안 한마디도 안 해서 다른 학생들이 언어장애를 가진 사람으로 오해했을 정도였다고 한다.

교수가 문제를 출제하고, 학생들은 그 답을 시험지에 적는 것이 우리네 대학에서 행해지는 시험 방식이다. 학생들은 한 학기 동안 배운 내용을 암기해서 시험지에 그대로 옮겨 쓰기 위해 밤잠을 설치며 준비를 하지만, 이렇게 암기한 내용은 신기하게 시험이 끝나면 모두 잊어버린다. 미시간공과대학교 기계공학과 교수로 20년 근무했으며 현재 고려대학교 석좌교수로 재직하고 있는 조벽은 조금 다른 방식으로 시험 문제를 낸다고 한다. 한 학기 동안 배운 범위 안에서 다섯 가지 질문을 쓰게 하는 것이다. 질문을 보면 이 학생의 실력을 정확히 가늠할 수 있다고 했다. 이 기막힌 방법을 나도 대학에서 학생들을 가르칠 때 몇 번 따라 해본 적이 있다. 학생들은 답을 쓰는 시험보다 질문하는 시험을 더 어려워했다. 질문해본 경험이 없기 때문이다.

　　대개 양육 과정에서 질문의 싹이 잘린다. 아이들이 '폭풍' 질문을 하는 시기는 만 3세 무렵부터다. 만 3~4세 어린이는 1500여 개의 단어를 이해하고, 1000여 단어를 사용해서 말을 할 수 있다. 이 시기에 "이건 뭐야?", "저건 뭐야?" 하며 새로운 단어를 주로 묻는다. 세상에 태어나 처음 보는 것들이기에 호기심은 당연한 것이다. 만 4~5세가 되면 "왜?"나 "어째서?"라는 질문으로 바뀐다. 아이들은 질문하고 답을 구하는 과정에서 어휘가 늘고 논리적으로 생각하고 표현하는 능력이 발달한다. 이때 부모들은 만사를 제쳐놓고 아이와 눈을 맞추고 대답을 해줘야 한다. 당연히 부모도 모르는 것이 있다. 그럴 땐 솔직하게 모른다고 말해주고 아이와 함께 책을 찾아보라. 아이는 책에 답이 있다는 것을 자연스레 알게 되어 책과 친해질 것이다. 성실하게 답해주는 부모도 있지만 많은 이들이 "나중에 크면 알게 돼", "아빠한테 물어봐", "뭐가 그렇게 궁금한 게 많아"라며 호기심의 싹을 잘라버린다. 이런 말을 들은 아이는 '질문하면 어른들이 싫어하는 구나'라고 판단하여 질문을 안 하게 되는 것이다.

학교에 입학하면 잘린 호기심의 싹을 살릴 수 있을까? 〈공부하는 인간〉 다큐멘터리에서는 유대인이 공부하는 방식을 보여줬다. 유대인 초등학교 교실에서 아이들은 모두 너도나도 손을 들어 질문했다. 선생님은 "네 생각은 뭐니?", "왜 그렇게 생각하니?"라고 다시 물었다. 유대인 수업은 학생들이 호기심을 갖고 질문하는 습관을 길러주기 위해 노력한다. 이런 수업 덕분에 100명의 유대인에게는 100개의 생각이 있다고 한다. 자기만의 생각을 갖고 다른 사람과 토론하며 점점 생각을 다듬어간다. 학교에 다녀온 자녀에게 부모는 "오늘 학교에서 어떤 질문을 했니?"라고 묻는다. 우리나라도 가정이나 학교에서 호기심을 갖고 질문하는 아이들이 되도록 도와주어야 한다.

교수가 없고, 강의가 없으며, 시험이 없는 대학교가 있다.

미국 세인트존스대학교다. 교수 대신 학생과 함께 공부하는 튜터tutor가 있고, 강의 대신 꾸준한 독서와 치열한 토론이 존재한다. 인문고전 100권을 읽고 토론하며 배우는 학습공동체인 셈이다. 『세인트존스의 고전 100권 공부법』(바다출판사, 2016)에는 세인트존스대학교 졸업생인 저자가 4년 동안 공부한 경험이 담겨 있다. 세인트존스대학교처럼 창의성과 호기심을 불러일으키는 새로운 교육이 많이 시도되고 연구되고 있다.

독서토론에서 논제가 필요한 이유

질문의 싹을 살리는 좋은 방법이 논제 만들기다. 논제는 독서토론 3요소 중 하나로, 오케스트라 연주에서 악보 역할을 한다. 악보 없는 연주는 불가능하다. 논제라고 하면 어렵게 들릴지 모르지만, 쉬운 말로는 질문이다. 토론 시 한 시간에서 두 시간 정도 이야기 나눌 수 있는 질문을 만들어야 한다. 논제 없이 토론할 경우 배가 산으로 가는 경우를 쉽게 목격할 수 있다. 논제가 없으면 책으로 토론하지만 책 이야기는 잠시뿐이고 사담으로 흐르기 마련이다. 토론을 위한 모임이라는 사실은 까마득히 잊고 신세 한탄의 장으로 변질된다. 시간이 아깝다는 생각이 들면 어렵게 결성된 동아리는 무너진다. 가족 독서토론도 마찬가지다.

토론 내내 쓸데없는 이야기만 오간다면 모처럼 찾아온 소통의 기회를 잃는 것이다. 또 어렵게 시작한 독서토론이 서로 묵은 감정을 뱉으며 상처를 주는 시간이 될 수 있기에 논제가 필요하다.

좋은 논제는 토론의 장벽을 낮추고 활력을 불어넣는다. 그렇다면 어떤 논제가 좋은 논제일까? 우선, 논제는 책의 핵심 주제와 연관성이 높아야 한다. 책과 관련이 없는 논제를 가지고 토론할 경우 속 빈 강정이 되기 쉽다. 포장은 그럴싸한데 허접한 내용물을 보고 허탈함을 느껴본 사람은 무슨 말인지 알 것이다. 토론이 끝나고 배움의 뿌듯함을 느끼기 위해서는 책의 핵심이 잘 담긴 논제가 필요하다.

둘째, 논제는 간결하고 쉬워야 한다. 강사도 급이 있다. 하수는 쉬운 내용도 어렵게 설명한다. 자기 자신도 뭘 말하는지 이해하지 못하는 경우다. 중수는 어려운 내용은 어렵게 쉬운 내용은 쉽게 설명한다. 고수는 어려운 내용도 누구나 이해할 수 있도록 쉽게 설명한다. 논제가 어려울 경우 토론자들이 발언을 망설이게 된다. 토론자들은 진행자에게 논제의 의미를 질문하느라 아까운 시간을 다 보내게 된다. 한동안 정적이 흘러 당황하게 되는 경우도 있다. 논제가 쉽고 간결해야 토론자들이 즉각 자신의 의견을 발표할 수 있다. 서로 발표하려고 한다면 좋은 논제다.

셋째, 논제 발췌문은 구체적이며 질문과 밀접해야 한다. 논제문은 질문과 전제문, 그리고 발췌문으로 구성되어 있다. 논제의 근거는 발췌문으로부터 출발한다. 전제문과 발췌문은 질문을 위해 존재한다. 한 줄의 질문을 위해 이유와 근거를 제공하는 것이 전제문이다. 이유와 근거가 빈약하면 설득력이 약해진다. 전제문은 강을 건널 때 도움을 주는 징검다리이고, 발췌문은 책을 읽지 않고 참여한 이들도 의견을 말할 수 있게 만드는 디딤돌이다.

독서토론 논제문 만드는 법

독서토론을 두 시간 진행한다면, 논제는 대략 여섯 개 이상 필요하다. 논제는 자유논제와 선택논제 두 종류로 나눌 수 있는데, 자유논제는 5~6개, 선택논제는 2~3개 정도 준비하면 알맞다. 자유논제는 책의 핵심을 담은 질문으로, 참여자들이 각자 자유롭게 의견을 말할 수 있다. 대개 1번 자유논제는 책의 별점과 이유, 간략한 독후감을 묻는다. 2번 자유논제는 각자 인상 깊었던 문장과 이유를 발표하게 한다. 선택논제는 책의 주제를 담은 질문에 대해 각자 입장을 선택하고 논리 있게 주장을 펼치는 것이다. 선택논제는 자신의 생각을 정리하고 깊이 있게 이야기 나눌 수 있게 돕는다. 선택이 고루 분배될 수 있게 너무 편파적이지 않은 질문을 정하는 게 좋다. 선택논제로 토론을 하다 보면 본인이 처음 선택했던 주장과 다르게 인식이 바뀌는 경우도 종종 볼 수 있다. 이런 장면을 목격하면 진행자들은 보람을 느낀다.

논제를 만들 때는 참여 대상과 주제를 가장 먼저 고려해야 한다. 성인, 청소년, 어린이 등 독서토론에 참여할 대상의 연령대뿐만 아니라 직업군, 관심사 등에 따라 대상에 맞는 논제를 뽑아야 한다. 대상과 맞지 않는 논제는 토론에 참여한 사람들을 불편하게 하거나 곤혹스럽게 만들 수 있다. 간혹 진행자가 개인적으로 궁금한 내용을 중심으로 논제를 뽑는 경우도 있는데, 이런 논제는 토론자의 흥미를 이끌기 어렵다. 그러므로 논제 만들기에 앞서 참여자들의 관심사를 알기 위해 노력해야 한다.

책의 주제 또한 논제 만들기의 핵심이다. 책을 읽으며 찾은 키워드를 나열해보고, 그중 토론하기 좋은 주제를 몇 개 선택한다. 만약 『프레드릭』(시공주니어, 2013)으로 논제를 만든다면 꿈, 예술, 소수자, 공동체, 일, 자존감 등의 키워드를 뽑을 수 있겠다. 이 중에 참여자의 관심사에 맞춰 토론하고 싶은 주제를 정하면 된다.

그런 다음 키워드와 잘 맞는 발췌문을 책에서 찾아서 기록한다. 발췌문은 책을 읽고 오지 않는 토론자에게 도움을 주기 위한 것이다. 논제문의 절반 이상이 발췌문이다. 하지만 발췌가 너무 많으면 책과 별반 다르지 않아 식상해지고 발췌가 너무 적으면 논제의 근거가 약화되기에, 발췌는 논제문의 40~60퍼센트가 적당하다. 논제를 만들 때 발췌문에 기초하기 때문에 좋은 발췌문을 찾아야 좋은 논제를 만들 수 있다. 발췌문을 중심으로 전제문과 질문을 만든다. 논제문은 여섯 문장 이하의 한 문단으로 정리하며, 주제가 하나인 것이 좋다. 문장과 문장이 논리적으로 연결될 수 있도록 신경을 써야 한다. 한 논제에는 하나의 질문만 담겨야 한다. 그래야 생각이 분산되지 않는다. 복합적인 질문은 어떤 이야기부터 해야 할지 말문을 막히게 만든다. 토론자들이 책의 주제를 중심으로 자신의 의견을 잘 발표할 수 있도록 쉽고 간략하게 논제를 만들어야 한다.

성공적인
가족 독서토론을 위하여

진행자의 솔선수범이 필요하다

독서토론을 진행하기 위해서는 약간의 준비가 필요하다. 열정만 가지고 독서토론을 시작할 경우 오래 지속하기 어렵다. 특히, 독서토론을 이끌 진행자는 진행에 앞서 다양한 독서토론을 경험해야 한다. 도서관이나 구청, 학습공동체 등에서 독서토론 노하우를 전수하는 강연도 많기에 관심을 가지고 찾아보길 바란다. 독서토론 지도자 연수를 받지 않더라도, 여러 독서토론에 참여하면 다른 모임은 어떻게 운영되는지 간접적으로 배울 수 있다. 특히 처음 독서토론을 진행한 이들은 가장 어려운 점으로 도서 선정과 논제 만들기를 꼽는다. 모든 걸 진행자 스스로 준비할 수 있으면 금상첨화이지만, 완벽하게 준비하려면 많은 시간이 소요되기에 진행자가 이미 경험해본 책과 논제로 가족 독서토론을 시작하면 수월하다. 이미 검증된 책과 논제이기에 실패할 확률도 줄어든다.

독서토론의 즐거움을 양껏 경험하고 노하우도 익혔다면 가족들에게 제안할 차례다. 하지만 느닷없이 "우리도 한 달에 한 권씩 책을 읽고 독서토론을 해보자!"라고 하면 어느 누가 쉽게 따라줄까. 평소 TV를 보며 시간을 보내던 이가 갑자기 독서토론을 하자고 나서면 쉽게 받아들이기는 어렵다. 독서토론보다 먼저 독서의 즐거움을 전파해야 한다. 그래서 나는 독서토론을 준비하면서 먼저 책 읽는 모습을 많이 보여주라고 권한다. 이것을 실천한 이들이 이구동성으로 하는 말이 있다. "가족들이 처음에는 이상한 눈으로 보다가 시간이 지나면 관심을 갖기 시작해요." 책 읽기와 독서토론의 즐거움을 느낀 사람들은 생각, 말투, 표정, 행동이 변한다. 함께 사는 가족들은 누구보다 이 변화를 빨리 알아차릴 것이다. 가족들이 변화에 관심을 가지면 독서토론을 통해 배우고 느낀 점을 말해주자. 분명 그들도 관심을 가질 것이다. 강요 대신 배우자나 자녀가 먼저 독서토론을 하고 싶다는 말을 할 때까지 기다려주는 게 필요하다.

모두에게 도움이 되는 책을 골라야 한다

독서를 지겹고 머리 아픈 '공부'라 생각하는 사람들이 의외로 많다. 그 이유는 학교 다닐 때 강압에 못 이겨 책을 읽었던 경험 때문이다. '독후감 쓰기'의 악몽은 어떤가. 책 읽기와 글쓰기가 숙제로 느껴졌기 때문에 트라우마를 가지고 있다. 독서의 즐거움을 되찾으려면 쉽고 재미있는 책부터 시작해야 한다. 처음에는 부담 없는 그림책도 좋다. 많은 사람들이 그림책을 아이들만 본다고 생각하는데, 성인들이 읽고 토론할 만한 좋은 그림책이 너무나 많다. 그림책 독서토론은 아이들도 함께할 수 있다는 장점이 있다. 여주시립도서관에서 '어른도 그림책'이라는 프로그램을 4년째 진행하고 있다. 경험에 비추어 보면 그림책 한 권을 읽는 데 걸리는 시간은 10분 정도이지만 그 안에 담긴 이야깃거리는 두 시간을 나눠도 부족하다. 참여한 분들은 횟수를 거듭할수록 그림책에 빠져들고 그 가치를 발견해간다고 했다. 만약 일주일에 한 권씩 두꺼운 책으로 토론을 진행했다면 4년은커녕 바로 폐강되고 말았을 것이다.

책 선정에서 또 한 가지 유의해야 할 점은 가족들에게 도움이 되는 책이어야 한다는 것이다. 책을 구경하기 위해 가끔 강남 교보문고에 들른다. 책이 너무 많아 정신을 차릴 수 없을 정도다. 보통 사람들은 책의 숲에서 길을 잃기 마련이다. 대부분 자신이 보고 싶은 책에 눈길이 간다. 무작정 베스트셀러를 선택할 수도 있다. 또 좋은 책에 대한 강박이나 욕심이 생기면 어려운 책을 선택하기 쉽다. 가족 한 사람 한 사람을 떠올리며 어떤 책이 필요할까 질문해서 공통분모를 찾아야 한다. 가족들의 의견을 들어보는 방법도 시도해볼 만하다. 제목, 목차, 추천사, 에필로그, 프롤로그 정도는 반드시 읽어보고 구입하자.

진행자는 이렇게 고른 책을 두 번 이상 읽기 위해 노력해야 한다. 책을 한 번 읽고 주제를 찾기란 어렵다. 적어도 두 번은 읽어야 책의 핵심을 제대로 파악하고 좋은 논제를 만들 수 있다. 주제를 찾으면 논제의 실마리를 찾은 셈이다. 문학과 비문학의 주제는 다른 곳에 있다. 문학은 인물과 사건, 인물과 인물의 관계 속에 있다. 비문학은 목차에 주제가 잘 담겨 있다. 책을 읽기 전에 책 소개, 저자 소개, 서평을 읽으면 도움이 된다. 번역서인 경우 역자 후기도 참고할 만하다.

편안하고 즐거운 시간이 되어야 한다

먼저 가족들과 의논해 토론을 위해 한 달에 한두 번, 두세 시간 정도 모일 수 있는 시간을 정하자. '매월 셋째 주 금요일 저녁 7시부터 10시까지' 이런 식으로 일정을 고정하면 편하다. 그러나 가족 구성원 각자의 사정이 다르기 때문에 모두 만족할 만한 시간을 조율하는 것이 관건이다. 출퇴근 시간, 시차, 생활환경 등을 모두 고려하여 유연성을 가지고 조정해보자. 우리 가족의 경우, 외국에 사는 자녀의 시차와 어린 손녀가 자는 시간을 고려해 늦은 시간에 토론을 진행했다. 또 책 읽을 시간을 충분히 주어야 한다. 각자 책 읽는 스타일은 성격만큼 다르다. 한 권의 책을 밤새워 읽어야 직성이 풀리는 사람이 있고, 꼼꼼히 정독하는 습관으로 인해 한 달에 한 권도 못 읽는 사람도 있다. 각자의 독서 습관과 역량을 최대한 존중해서 토론 일정을 잡아야 한다.

토론을 준비할 수 있게 논제문은 최소 5일 전에 가족들과 공유해야 한다. 자녀들이 학생인 경우 논제의 수를 여유 있게 준비해두면 좋다. 진행자 입장에서 이 정도면 충분하다고 생각하고 논제를 만들었는데, 너무 짧게 답변하거나 침묵하는 사람이 많으면 난감해지기 때문이다. 독서토론을 성공적으로 수행할 수 있는 가장 좋은 방법은 참여자들이 책을 읽고 논제를 살펴본 후 본인이 발표할 내용을 간단히 메모해놓는 것이다. 우리 가족은 그동안 메신저로 온라인 독서토론을 해왔기 때문에 답변을 미리 작성한 뒤 참석했다. 미리 답변을 준비할 수 있게 논제를 토론 전에 공유해야 한다.

독서토론이 부담으로 느껴져서는 안 된다. 설사 참여자가 책을 못 읽었더라도 책망하거나 눈치를 주어서는 안 된다. 진행자는 원만한 진행을 위해 토론 전에 참여자들이 책을 얼마나 읽었는지 파악해야 한다. 다 읽은 사람, 절반만 읽은 사람, 1장만 읽은 사람, 안 읽은 사람 등 다양할 수 있다. 책을 못 읽고 참석한 사람이 있더라도 실망하지는 말자. 토론 후 궁금해서 다시 읽어볼 수도 있는 법이다. 각자의 사정이 있을 수 있으니 진행자는 책을 못 읽어도 편하게 참여하라고 다독여주자.

수평적인 분위기를 유지해야 한다

토론하는 동안 수평적인 분위기를 유지해야 한다. 한국의 가족관계는 수직적인 경우가 많다. 과거에 비해 많이 달라졌다고 하지만 수평적 관계까지는 아직 멀었다. 그래서 부모가 묻는 말에 겨우 대답만 해도 다행인 가족도 있다. 아버지와 아들이 같은 공간에 있으면서 한마디도 안 하고 시간을 보내는 경우도 있다고 들었다. 왜 이렇게 되었을까? 부모는 위, 자녀는 아래라는 수직적 관념이 굳어진 탓이리라. 부모는 자녀를 존중하고 자녀는 부모를 존경하는 마음을 가져야 비로소 수평적 관계를 형성할 수 있다. 이런 관계를 맺기 위해서는 서로 마음을 살펴야 한다. 얼어붙은 땅에는 씨앗을 심을 수 없다. 봄비가 내려 땅을 부드럽게 해야 싹이 나오고 꽃을 피우는 것처럼, 먼저 화기애애한 분위기로 바꿀 필요가 있다.

진행자는 중립을 유지하기 위해 노력해야 한다. 운이 좋게 많은 독서토론 강의를 맡고 참여를 이끌었다. 처음 진행을 해본 몇몇 참여자들은 "진행자가 아무것도 하지 않는다고 생각했는데, 막상 진행을 맡아보니 생각보다 어려웠다"고 고백했다. 진행자는 한 사람도 소외받지 않도록 처음부터 끝까지 신경을 써야한다. 또 한쪽 의견이 치우치지 않도록 균형을 유지해야 한다. 진행자가 중립을 지키지 않고 자신의 의견을 말해버리면 진행자와 다른 의견을 갖고 있는 토론자가 말문을 닫을 수 있으니 진행자는 자신의 의견을 밝히는 것을 삼가야 한다. 참여자들이 진행자의 의견을 물을 수 있다. 그래도 절대 말하면 안 된다.

또한, 참여자들로 하여금 존중받고 있음을 느끼게 해야 한다. 독서토론에 익숙하지 않은 토론자들은 부담을 갖고 참여하기 마련이다. 토론이 익숙하지 않은 참여자는 자신의 발표를 듣고 어떤 평가를 내릴지, 말도 안 되는 의견을 발표해서 망신당하는 건 아닌지 괜한 걱정을 한다. 진행자가 "독서토론은 정답이 없으며 다양한 의견을 서로 나누는 과정"이라고 정확히 말해줘야 한다. 한 사람 한 사람 의견을 소중하게 생각하고 경청하면 자연스레 존중받고 있다는 느낌을 받을 것이다. 진행자가 이야기를 잘 듣고 적절하게 호응하면 분위기가 좋아진다. 특히 학생들의 경우 자신의 의견을 존중받아본 경험이 많지 않기에 신바람이 나서 발표하곤 한다.

진행자가 참고해야 할 팁

진행자가 흔히 실수하는 것 중 하나가 참여자의 발표를 매번 정리하는 것이다. '진행자가 어떤 말이라도 해야 하지 않을까?'라는 부담을 가지면 자신도 모르게 발표한 사람의 이야기를 반복하게 된다. 진행자가 매번 발언을 정리해 되풀이하면 다른 참여자들은 같은 말을 두 번 듣는 셈이다. 다만, 참여자의 발표 내용이 너무 장황하거나 이해하기 힘들 때는 한 줄로 요약하듯 명쾌하게 정리해주면 토론에 도움이 된다. 분위기에 맞게 적절한 말을 첨언하는 방법도 있다.

소외받는 사람이 없도록 균등하게 발표 기회를 주자. 토론을 진행하다 보면 크게 두 가지 유형의 참여자를 만난다. 자신의 의견을 활발하게 발표하는 적극적인 참여자와 충분히 알고 있는 내용도 먼저 나서서 이야기하기 힘들어하는 소극적인 참여자다. 외향적이고 적극적인 사람은 상대방을 의식하지 않고 거침없이 발표한다. 내성적이고 소극적인 사람은 상대방을 경계하면서 발표할 기회가 와도 작은 목소리로 간단하게 말한다. 토론 경험이 많은 사람과 몇 번 토론에 참여하지 않은 사람도 금방 표시가 난다. 진행자는 소외받는 느낌이 들지 않도록 세심하게 신경을 써야 한다. 몇 사람이 주도하고 나머지 사람은 들러리라는 생각을 하게 만들면 안 된다. 어떻게 하면 참여한 사람 모두가 주인공이 되게 할 수 있을까, 고민하고 노력하는 것이 진행자의 몫이다.

모두가 필수로 발표해야 하는 '1번 논제'와 '토론 소감 나누기'는 순서를 미리 정하라. 1번 논제는 책에 별점을 매기고 간단한 독후감을 발표하는 시간이다. 토론 소감 나누기는 토론이 다 끝난 후 이번 토론을 통해 느낀 점을 이야기하는 시간이다. 토론에 앞서 진행자가 '1번 논제'는 시계 방향으로, '토론 소감 나누기'는 시계 반대 방향으로 돌아가면서 발표하면 된다고 미리 알려주면 참여자들이 미리 준비하고 대비할 수 있을 것이다.

1번 논제와 토론 소감 나누기를 제외한 나머지 논제는 참여자들이 자발적으로 진행자의 허락을 받고 발표하게 하라. 모든 논제를 참여자 전원이 돌아가면서 발표하게 되면 지루해질 수 있다. 인원이 적을 경우 문제되지 않지만, 인원이 많으면 같은 내용이 반복되거나 진행이 지체될 가능성이 높다. 그래서 매 논제마다 발표 가능한 인원을 알리고 발표를 못 한 토론자는 다음 논제에서 말할 수 있도록 이끌어야 한다. 발표할 때는 반드시 손을 들고 진행자의 허락을 받은 후 의견을 말하도록 미리 설명한다. 그렇지 않으면 우왕좌왕하여 토론 분위기가 산만해질 수 있으며 진행자는 허수아비가 될 수 있다. 이때 한 사람이 발언을 독점하지는 않는지 발표를 안 하는 참여자는 없는지 신경 써야 한다. 발표하지 않는 참여자에게는 넌지시 의견을 물어봐도 좋다.

비슷한 내용이 계속될 경우 다음 논제로 넘어가라. 진행자가 맺고 끊음을 잘하여 토론을 지루하지 않게 이끌어가야 한다. 토론 소감 나누기에서 '내가 미처 생각하지 못했던 것들을 알게 되어 좋았다'고 말하는 참여자들이 많다. 자신과 똑같이 느낀 의견은 신기해하고 다른 관점의 의견에는 귀를 쫑긋 기울인다. 하지만 계속 비슷한 내용이 반복된다면, 진행자는 같은 내용은 빼고 다른 견해를 말하면 도움이 된다고 알려줘야 한다.

3장

가족 독서토론의
5가지 노하우

낭독으로
장벽 낮추기

처음 가족들과 독서토론 모임을 꾸릴 때, 무엇부터 어떻게 시작해야 할지 막막하다는 분들이 많다. 함께 읽을 책도 이야기 나눌 논제도 다 준비되었지만, 가족들을 토론에 참여시키는 일은 또 다른 난관이다. 물론, 평소에 가족 모두 독서를 좋아하고 책에 대해 자주 이야기를 나누었다면 큰 문제가 없다. 문제는 반대의 경우다. 책을 별로 좋아하지 않거나 거부감이 있는 아이에게 독서와 토론까지 '강요'한다면 오히려 역효과가 날 수 있다. 그럴 때 시도해볼 수 있는 방법이 바로 '낭독하기'다.

낭독, 세상에서 가장 좋은 소리

동서고금을 막론하고 예로부터 낭독朗讀, 즉 글을 소리 내어 읽는 일은 언어교육의 중요한 부분이었다. 서당에서 담 넘어 울려 퍼졌던 아이들의 글 읽는 소리는, 오늘날 초등학교에서 반 아이들이 함께 교과서 읽는 소리와 닮았다. 외국어를 배울 때 단어와 문장을 소리 내어 읽거나 선생님의 말을 반복적으로 따라하는 '말하기 연습'은 몇 번을 강조해도 부족하지 않은 최고의 공부법이다. 사실 글자를 익히고 정확한 발음을 훈련하는 데에만 낭독이 효과적인 것은 아니다. 현재 대부분의 독서가 묵독默讀, 즉 소리 내지 않고 눈으로 읽는 '조용하고도 고독한 독서'인 데 반해, 과거 기나긴 시간 동안 인류가 즐긴 독서 방법은 낭독이었다. 막 글을 깨우쳐 문장을 익히는 아이들뿐만 아니라 독서를 즐기는 성인들도 입으로 소리 내어 책을 읽었다는 뜻이다.

"하루라도 책을 읽지 않으면 입안에 가시가 돋는다一日不讀書口中生荊棘." 우리에게 너무나도 잘 알려져 있는 안중근 의사의 유묵이다. 독서가 얼마나 중요한지 이보다 더 절실하게 표현된 말이 또 있을까? 그런데 이상하게 느껴지는 부분이 있다. 왜 눈目이 아니라 입口일까? 하루라도 책을 읽지 않으면 '눈이 근질근질하다'라든지 '눈에 가시가 돋는다'고 표현하는 게 더 맞지 않을까? 바로 여기에 책 읽기에 관한 중요한 포인트가 숨겨져 있다. 우리의 옛 선조들, 아니 불과 100년 전 사람들만 해도 책을 눈으로 보는 동시에 입으로 읽고 그 소리를 귀로 듣는 '공감각적 독서'를 지향했다. 때론 홀로, 때론 함께 모여 문장이나 시를 낭독하고 그 의미를 몸으로 체화시키며 정신에 새겨 넣었다. 고요하고 정적인 독서가 아닌 눈과 입과 귀가 생생히 움직이는 동적인 독서, 서로의 글 읽는 소리를 귀담아 듣고 깊이 교감하는 소통의 독서! 오죽하면 다산 정약용 선생은 '이 세상에서 가장 좋은 소리'를 '눈 쌓인 깊은 산속 글 읽는 소리'라 하였을까.

왜 낭독을 해야 할까?

그렇다면 낭독에는 구체적으로 어떤 효과가 있을까? 우선, 낭독은 기억력과 집중력을 높여준다. 모 중학교에서 독서 동아리 학생들을 대상으로 매주 1회 그림책 토론을 진행했었다. '졸음신'이 가장 많이 강림한다는 월요일 오후, 6교시 수업을 마치고 도서관으로 모여드는 아이들의 발걸음은 벌써부터 지쳐 보였다. 금방이라도 잠이 쏟아질 것 같은 모습에 짠한 마음도 들고, 한편으로는 오늘 과연 토론을 무사히 할 수 있을까, 걱정도 없지 않았다. 하지만 이런 마음도 잠시, 한 명씩 돌아가며 그림책을 낭독하는 아이들의 목소리는 시간이 지날수록 힘이 실리고 감정이 살아났다. 낭독 후 본격적으로 토론에 들어가면 언제 피곤했냐는 듯 너도나도 신나게 이야기를 나눴다. 놀랍게도 동아리 반 아이들은 당일 책을 처음 읽고 토론에 참여했음에도 깊이 있는 발언을 주고받으며 활발한 토론을 이어갔다. 책 줄거리를 거의 명확하게 기억했을 뿐만 아니라 깊은 사유와 통찰을 요하는 논제에 대해서도 자신의 경험이나 평소 생각과 연결하여 자유롭게 의견을 발표했다.

가천대학교 뇌과학연구원에서 진행한 '뇌 활성도 측정' 결과에 따르면, 큰 소리로 책을 읽었을 때 언어중추가 있는 측두엽 상부와 고위정신 기능, 사고창의적 기능, 인식 기능을 담당하는 전두엽 하부, 그리고 운동중추가 많이 움직인 것으로 나타났다.[1] 이러한 결과는 낭독이 뇌의 더 많은 영역을 활성화시키며 나아가 뇌 발달에도 도움을 준다는 의미로 해석할 수 있다. 동아리 반 아이들의 경우, 만일 낭독이 아니었다면 이토록 짧은 시간 안에 책 내용을 기억하고 의미와 주제를 파악하며 깊이 있는 토론까지 할 수 있었을까? 묵독으로 책을 읽을 때는 '눈 따로 생각 따로'가 가능한 반면, 글을 소리 내어 읽을 때는 각각의 문장과 장면, 맥락과 의미에 더욱 집중할 수 있다. 물론 그 사이 '졸음신'은 소리

---

1) 정운섭, 「책, 꼭 소리 내어 읽어야 하는 이유는?」, <TV조선 뉴스9>, 2017.4.6

소문 없이 물러가 있을 테니 낭독이야말로 독서와 학습 효과를 큰 폭으로 증대시키는 최적의 방법이 아닐까 감히 단언한다.

낭독의 또 다른 장점은 바로 소통의 기쁨을 느끼게 해준다는 점이다. 책을 소리 내어 읽을 때, 우리는 입으로 말하는 동시에 귀로 그 소리를 듣는다. 누군가와 함께 낭독하는 자리에서는 다른 사람의 책 읽는 소리를 귀로 듣는다. 낭독은 '말하기'뿐만 아니라 '듣기'를 포함한다. 즉, 듣는다는 행위 없이는 낭독도 의미가 없다. 듣는다는 것은 무엇을 의미할까? 오랫동안 아메리칸 인디언들에 대해 공부하며 '듣기'에 대해 성찰한 서정록 작가는 『잃어버린 지혜, 듣기』(샘터사, 2018)에서 우테-피큐리스족 인디언들의 언어에 주목한다. 책에 따르면, 우테-피큐리스족 인디언들에게 눈은 '요리하는 것', 귀는 '주는 것'을 뜻한다고 한다. 요리라는 행위의 주체는 '나'다. 내가 원하는 재료를 사용하여 원하는 방식으로 요리한다. 보는 행위의 주체 역시 '나'다. 따라서 본다는 것은 일방향적이며 단독적이다. 타인과의 협의나 소통을 필요로 하지 않는다. 반면, 듣는 행위의 주체는 '우리'다. 듣는다는 것은 자신을 내려놓고 상대의 말과 생각과 감정에 오로지 '나를 주는 것'을 뜻한다. 진심을 다해 경청할 때, 타인의 말이 나의 의식을 깨우고 내면에 스며든다. 보이는 대로, 보고 싶은 대로 보고 판단했던 내 단단한 고정관념에 비로소 틈이 벌어지고 물결이 일어난다. 서로 다른 두 사람 사이에 소통할 수 있는 길이 트이는 것이다.

　작년 가을, 백석 시인의 「흰 바람벽이 있어」라는 시를 다시 읽었다. 고등학교 졸업 후 거의 20년 만의 해후다. 10대 때 읽었던 「흰 바람벽이 있어」와 서른 중반에 읽는 「흰 바람벽이 있어」는 완전히 다른 시였다. 한 구절 한 구절 읽어나가며 마음속엔 뜨거운 무언가가 깊게 어렸다. 그 감정을 그냥 담아두기엔 너무나 아쉬워 남편에게 양해를 구하고 그 시를 낭독해 들려주었다. "하늘이 이 세상을 내일 적에 그가 가장 귀해 하고/ 사랑하는 것들은 모두/ 가난하고 외롭고 높고 쓸쓸하니/ 그리고 언제나 넘치는 사랑과 슬픔 속에 살도록 만드신 것이다." 시를 소리 내어 읽다 보니 처음의 감동이 몇 배로 되살아나는 듯했고, 상대에게도 그 감정이 오롯이 전달되고 있는 것 같아 뭉클했다. 몸을 숙이고 가만히 내 목소리에 귀를 기울이는 남편에게 그저 고마웠다. 낭독을 마친 후, 어떤 느낌과 생각이 들었는지 함께 이야기를 나누었고, 이내 깊은 대화에 빠져들었다. 시인 백석, 그가 사랑했고 그를 사랑했던 연인, 설움과 고통의 시대 속에서 시인으로 살아간다는 것의 의미, 아직까지도 많은 이들의 가슴속에 한겨울 따스한 아랫목처럼 기억되는 백석의 시…. 시와 시인에 대한 이야기는 어느덧 우리의 삶은 어떤 존재와 의미 들로 채워지길 바라는지, 살아가면서 가장 소중히 여기고픈 가치는 무엇인지 등 우리 자신과 밀착된 주제로의 대화로 이어졌다. 짧은 낭독이 서로 간의 거리를 좁혀주고 깊게 소통할 수 있는 촉매제가 되어준 것이다. 이후 우리는 시, 고전, 그림책, 에세이 등 분야를 막론하고 자신의 마음에 '탁 박힌' 부분을 발견하면 종종 상대에게 소리 내어 읽어주곤 한다. 토론이라는 형식을 빌리지 않더라도 낭독과 경청, 느낌과 생각 나누기를 통해 충분히 의미 있는 소통의 시간을 만들어갈 수 있다.

낭독, 어떤 책으로 시작할까?

가족이 함께 낭독 모임을 가질 때 가장 고민되는 부분은 아마 '책 선정'일 것이다. 고전을 읽어야 할지, 아이들의 흥미를 끌기 위해 그림이나 사진이 있는 책부터 읽어야 할지 막막할 테다. 사실 가족 구성원(특히 자녀)들이 독서에 흥미를 갖도록 도와주며 함께 이야기 나눌 만한 주제와 내용이 담긴 책이라면, 어떤 책이더라도 낭독의 효과를 거둘 수 있다.

다만 유의해야 할 점은 처음부터 너무 난도 높은 책을, 그것도 많은 분량을 한꺼번에 읽는 일은 피해야 한다. 책 읽기, 특히 낭독이 습관화되지 않은 상태에서 두꺼운 고전이나 많은 배경지식을 요하는 책을 장시간 읽게 된다면 누구든 금세 지치게 된다. 독서에 대한 흥미도 떨어지고 '낭독은 힘든 것'이라는 인상을 갖게 될 수도 있다. 아무리 좋은 음식이라도 급하게 먹으면 체하기 마련이고, 필요 이상으로 과하면 오히려 건강을 해친다.

아이들이 좋아하는 만화책이나 판타지, 무협 소설 등 중독성이 강한 책들도 되도록 피하는 것이 좋다. 이런 종류의 책들은 호흡이 짧고 줄거리가 흥미 위주로 흘러가 쉽게 빠져드는 한편, 복잡하고 깊은 사고를 거의 필요로 하지 않는다. 아무리 많이 읽어도 머릿속에 특별히 남는 것이 없으며, 독서를 통한 사고력과 창의력을 키우는 데에 한계가 있다. 천천히 음미할 만한 내용이 담긴 책, 짧더라도 깨달음을 얻을 수 있는 책을 신중히 골라야 하는 이유가 바로 여기에 있다.

경험에 비춰 이야기하자면, 비교적 짧은 텍스트 속에 다양한 의미가 함축되어 있고 풍부한 감정을 이끌어낼 수 있는 시집이나 그림책부터 낭독하기를 추천한다. 시를 눈으로만 읽을 때와 소리 내어 읽을 때, 시가 선물하는 감동은 차원이 다르다. 한번은 중학교 1~2학년 남학생들과 『시인 동주』(창비, 2015)라는 책으로 온라인 독서토론을 진행한 적이 있다. 윤동주 시인의 삶과 문학을 담은 이 책에는 「별 헤는 밤」, 「자화상」, 「십자가」, 「초 한대」 등 시인이 생전에 가슴으로 써 내려간 주옥같은 시들이 곳곳에 수록되어 있었다. 아이들에게 책을 읽으며 마음에 가장 깊이 남았던 시 한 편을 골라 직접 낭독해보기를 조심스레 제안했다. 쑥스러워하거나 큰 반응이 없을 거라며 내심 각오를 하고 있었는데, 뜻밖에도 모든 아이들이 서슴없이 시를 골라 낭독을 시작했다. 장난기 가득했던 모습은 온데간데없이, 시를 읽는 데에 온 마음을 집중한 아이들의 목소리가 이어폰을 타고 흘러 들어왔다. 경이로운 순간이었다. 내 입으로 아름다운 시 한 편 소리 내어 읽는다는 것, '새로운 언어'를 담은 목소리를 누군가에게 들려준다는 것만으로도 기쁨과 뿌듯함이 찾아온다. 누군가 자신의 목소리에 온전히 귀 기울이고 있는 그 순간, 친밀감과 행복감이 서로의 공간을 서서히 채워줄 거라 믿는다.

평소 시에 별로 관심이 없거나 '어렵고 지루한 공부' 그 이상도 이하도 아니라고 여겼다면, 짤막한 시 한 편을 가족들과 함께 낭독해보는 건 어떨까? 특정 시인의 시집을 정해서 읽어도 좋고 다양한 시인의 시가 여러 편 수록되어 있는 시선집을 선택해도 좋다. 각자 좋아하는 시를 하나씩 준비하여 돌아가며 낭독하는 방법도 괜찮다.

그림책은 일반 책에 비해 글이 적고 주제가 비교적 명료하다. 하지만 어떻게 보느냐에 따라 다양한 해석이 가능하고, 책의 중요한 메시지를 담고 있는 그림에 대해서도 풍부한 대화를 이끌어낼 수 있다. 과거에는 그림책이 어린이들의 언어교육을 돕고 독서 흥미를 고취시키는 '교육용 책'으로 여겨졌다면 현재는 성인들도 즐겨 읽고 함께 낭독하며 다양한 주제로 토론하는 '새로운 장르의 책'으로 주목받고 있다. 다양한 논제를 중심으로 이야기를 나누다 보면, 그림책 또한 일반도서 못지않게 깊이 있는 토론이 가능하다는 걸 깨닫게 된다. 게다가 성인 독자를 위한 심오하고 철학적인 주제를 담은 그림책도 많다. 문학적, 예술적 가치를 지닌 그림책을 가족과 함께 소리 내어 읽어보는 것은 어떨까?

낭독을 위한 그림책을 선정할 때는 여러 독서토론 모임에서 이미 다루어진 경험이 있는 그림책으로 시작하기를 권한다. 물론 도서관이나 서점에서 읽고 싶은 그림책을 직접 고르는 방법도 나쁘지 않지만, 너무나 많은 그림책들이 있기에 어떤 책을 골라야 할지 혼란스럽고 그 자체가 스트레스로 다가올 수 있다. 무엇보다도 다른 독서토론 모임에서 다루어진 그림책은 이야기 나눌 만한 주제와 내용이 풍부하다는 게 검증된 책이기도 하다. 정체성, 자존감, 꿈, 죽음, 관계, 재능, 직업, 행복한 삶, 인권, 사회, 정의 등 다양한 주제가 담긴 그림책을 적절히 준비한다면, 낭독의 기쁨과 더불어 깊이 있는 대화와 소통까지 덤으로 가져갈 수 있다.

낭독하기 좋은 그림책

	그림책	지은이	출판사	핵심 키워드
1	행복한 청소부	모니카 페트 글 안토니 보라틴스키 그림	풀빛	직업, 예술, 행복
2	사자와 세 마리 물소	몽세프 두이브 글 메 앙젤리 그림	분홍고래	협동, 경쟁, 권력
3	여우	마거릿 와일드 글 론 브룩스 그림	파랑새	우정, 외로움, 결핍
4	리디아의 정원	사라 스튜어트 글 데이비드 스몰 그림	시공주니어	가족, 인내, 희망
5	곰씨의 의자	노인경 글·그림	문학동네	관계, 공감, 의사표현
6	꽃을 선물할게	강경수 글·그림	창비	선행, 변화
7	우산을 쓰지 않는 시란 씨	다니카와 슌타로·국제앰네스티 글 이세 히데코 그림	천개의 바람	인권, 다양성, 연대
8	아니의 호수	키티 크라우더 글·그림	논장	고독, 위로, 용기
9	납작한 토끼	바두르 오스카르손 글·그림	진선아이	죽음, 상실, 배려
10	태어난 아이	사노 요코 글·그림	거북이북스	삶, 상처, 치유
11	아모스와 보리스	윌리엄 스타이그 글·그림	비룡소	우정, 사랑, 이별
12	빨간 벽	브리타 테켄트럽 글·그림	봄봄출판사	두려움, 한계, 용기
13	새가 되고 싶은 날	인그리드 샤베르 글 라울 니에토 구리디 그림	비룡소	존중, 사랑, 소통
14	하루거리	김휘훈 글·그림	그림책공작소	소외, 결핍, 우정
15	행운을 찾아서	세르히오 라이를라 글 아나 G. 라르티테기 그림	살림어린이	행운, 불운
16	블레즈씨에게 일어난 일	라파엘 프리에 글· 줄리앙 마르티니에르 그림	그림책공작소	삶, 자아, 행복
17	행복을 나르는 버스	맷 데 라 페냐 글 크리스티안 로빈슨 그림	비룡소	다양성, 이웃, 행복
18	고래가 보고 싶거든	줄리 폴리아노 글 에린 E. 스테드 그림	문학동네	꿈, 기다림
19	눈보라	강경수 글·그림	창비	기후위기, 차별, 편견
20	망가진 정원	브라이언 라이스 글·그림	밝은미래	상실, 감정, 치유

2

천천히
함께 읽기

낭독을 통해 '독서의 맛'을 느꼈다면, 책 한 권을 정해 가족들과 '천천히 함께 읽기'를 시도해보는 건 어떨까? 독서가 좋다는 건 알지만 바쁜 일과 때문에 나중으로 미뤄두거나, 처음에는 열심히 읽다가 뒤로 갈수록 흐지부지되어 결국 완독하지 못하는 경우가 많다. 매번 읽고 싶은 분야의 책만 읽으니, 많은 시간을 독서에 투자해도 좀처럼 성장하는 기분이 들지 않는다. 부모는 아이가 책을 좀 읽기를 간절히 바라지만, 실상은 TV나 컴퓨터, 스마트폰 앞을 떠나지 못하는 자녀의 모습에 애가 탈 뿐이다. 함께 읽기는 혼자 해내기 어려운 독서를 더 쉽고 재밌고 유익하게 할 수 있도록 도우며, 완독이라는 고지를 오르게 하는 강력한

동기부여가 되어준다. 특히 책을 건성으로 읽는 습관에서 벗어나 천천히, 깊이 읽는 습관을 기르는 데에 효과적이다.

디지털 시대 속 깊이 읽기

예전에는 지하철이나 버스 안에서 책을 읽는 사람들이 많았다. 나 역시 중국 유학 시절, 방학을 맞아 한국에 나올 때면 서울 사는 친구들과 곧잘 만나곤 했다. 지하철로 족히 두 시간은 걸리는 그 지루한 여정을 견디기 위해 평소엔 잘 읽지도 않는 무거운 책을 늘 챙겨 나갔다. 지하철 타는 내내 읽다가 졸기를 반복했지만 말이다. 언젠가 책을 품에 꼭 껴안은 채 한참 졸고 일어났는데, 맞은편에서 책을 읽고 있던 분과 눈이 마주쳐 괜히 민망했던 기억도 있다.

이제는 지하철을 타도, 손에 책을 든 사람을 찾기가 쉽지 않다. 대신 그들의 손에는 스마트폰이나 태블릿PC가 들려 있다. 디지털 기기의 효용성과 편리성을 굳이 이 자리에서 언급할 필요는 없을 것이다. 프리랜서로 일하는 나 역시 하루라도 스마트폰과 노트북 없이 지낼 수 없다. 특히 코로나19 확산 이후 독서모임과 토론 수업을 대부분 온라인에서 비대면으로 진행하고 있으니, 그야말로 '스마트 시대'의 덕을 톡톡히 보고 있는 셈이다.

디지털 기기의 수많은 장점과 효과에도 불구하고, 그 이면에 존재하는 각종 부작용 역시 간과하기 어려운 사실이다. '디지털 치매', '스마트폰 중독' 등의 용어가 더 이상 낯설지 않다. 디지털 기기가 우리 생활의 필수불가결한 존재임은 부정할 수 없지만 절제 없는 사용, 과도한 의존은 다양한 문제들을 양산해내고 있으며, 이는 다시 우리의 삶을 위협하는 요소로 작용한다. 그중에서 독서, 즉 깊이 읽기를 기피하는 현상은 디지털 기기 과잉 의존에 의해 발생되는 문제 중 하나다.

독서는 고도의 집중력과 사고력을 요하는 행위다. 매리언 울프는 『다시, 책으로』에서 깊이 읽기의 중요성을 재차 강조한다. 그에 따르면, 깊이 읽기는 비판적, 추론적 사고와 반성적 사유를 가능케 하고, 진실과 거짓을 구별하는 능력과 더불어 타인의 관점을 취하는 능력을 기르게 한다. 하지만 디지털 기기 사용에 익숙해진 오늘날, 길고 어려운 문장을 읽거나 주제와 요점을 제대로 파악하는 일을 어려워하는 사람들이 늘고 있다. 글자는 읽어도 글의 전체적인 맥락과 의미를 이해하지 못하는 '실질적 문맹자'가 증가하고 있다는 뜻이다. 특히 청소년들의 경우, 그 상황이 더욱 심각하다.

2020년 스마트폰 과의존 실태 조사에 따르면, 우리나라 스마트폰 이용자 중 과의존위험군의 비율은 23.3퍼센트로 2019년에 비해 3.3퍼센트포인트 증가했다고 한다.[2] 그중 만 10~19세에 해당하는 청소년의 과의존위험군 비율은 35.8퍼센트(+5.6%p)에 달하는데, 이는 모든 연령층에서의 비율 중 가장 높은 수치다. 코로나19 사태 이후 원격 수업이 진행되면서 인터넷과 디지털 기기 사용 시간이 증가했고, 이에 따라 과의존도 역시 큰 폭으로 높아졌음을 추측할 수 있다. 스마트폰을 과도하게 사용하는 일이 왜 문제가 될까? 스마트폰과 인터넷은 언제 어디서나 쉽고 빠르고 간편하게 원하는 자료를 검색하여 취할 수 있게끔 최상의 환경을 제공한다. 내용이 많고 긴 글도 스크롤을 자유롭게 내리고 올리며 내가 보고 싶은 부분만을 골라 볼 수 있다. 스킵(건너뛰기)과 종료도 간단하다. 눈과 귀를 자극하는 스크린 속 화려한 영상은 어렵고 따분한 글을 애써 읽어야 한다는 부담을 없애준다. 스마트폰을 과도하게 사용하게 되면 우리의 뇌는 쉽고 빠르고 편한 것에만 반응하도록 시냅스(신경세포 간 접합 부위로 서로의 정보를 전달하는 장소)를 발달시키며, 어렵고 낯설고 익숙하지 않은 것들을 해결하는 능력은 저하된다. 그러니 책 읽기가 갈수록 힘들어질 수밖에 없다.

---

2) 서영준, 「스마트폰 과의존위험군 23.3%⋯전년비 3.3%p 증가」, 〈파이낸셜뉴스〉, 2021.3.10

독서, 우리의 뇌를 변화시키다

　인간의 뇌는 '신경 가소성'이라는 성질을 갖고 있다. 신경 가소성Neuroplasticity이란 뇌가 외부환경의 양상이나 질에 따라 스스로의 구조와 기능을 변화시키는 특성을 의미한다. 우리가 어떤 행동을 반복하여 강화할 때, 특정한 경험을 지속적으로 축적할 때, 우리의 두뇌도 그에 따라 변화한다. 20대 시절, 대학원 졸업을 앞두고 중국어 어학능력시험인 HSK 시험을 준비했다. 중국에서 대학원을 다니고 몇 번의 시험 경험도 있었기 때문에 큰 부담을 느낄 이유는 없었다. 하지만 나는 늘 열독阅读 부분에서 고배를 마셨다. 제한 시간 안에 중국어로 된 장문의 지문을 읽은 후 주어진 몇 가지 질문에 답을 하는 방식이었는데, 평소 중국어로 듣고 말하는 데에 전혀 문제가 없었고 기출 문제도 풀만큼 풀었지만 '읽기' 부분에서 만큼은 매번 시간이 없어 쩔쩔맸다. 무엇보다도 과학, 심리, 역사, 사회 등 다양한 주제의 글을 마주하는 순간 머릿속은 하얘졌고, 분명 아는 단어임에도 끝없이 이어지는 문장 사이에서 방황하다 보면 기억은 휘발되었으며 집중력은 떨어졌다. 사정이 이렇다 보니 시험을 쳐도 점수는 늘 기대에 못 미치는 수준이었다.

　그러다 2년 전, 개인적인 사정으로 다시 HSK 시험에 도전했다. 그동안 독서토론을 하며 독서량이 꽤 늘어난 상태였고, 때

마침 책 읽기에 한창 심취했을 무렵이다. 오랜만에 시험을 준비하면서 신기하게도 입안의 가시 같았던 '읽기' 부분이 유난히 편하게 느껴졌다. 글의 주제와 요점, 주제를 이끌어내기 위한 근거와 내용, 새롭게 알게 된 정보들을 하나씩 파악하는 과정이 예전처럼 막막하지만은 않았고, 오히려 나름대로 '읽는 재미'까지 있었다. 전에는 상상도 할 수 없던 일이다. 덕분에 10년 만에 치르는 시험에서 기대 이상의 높은 성적을 받았다. 단지 중국어만 공부했을 때와는 차원이 다른 결과다. 꾸준한 독서가 외국어 실력까지도 향상시킬 수 있다는 사실을 중국어를 배운 지 15년이 지나서야 알게 되었다. 조금 더 일찍 알았으면 어땠을까 하는 아쉬움도 있지만, 이제라도 알게 되어 감사하다.

『공부머리 독서법』(책구루, 2018)의 저자 최승필은 12년 동안 학생들에게 독서 논술을 가르치며 깨우친 '독서와 공부의 상관관계'를 책 속에 상세히 기록했다. 그는 초등학교에 다닐 때까지만 해도 우등생이라 불리던 아이들이 중학교에 들어가면서 성적이 크게 떨어지는 현상을 수없이 목격했다. 속독, 대충 읽기, 암기 위주의 학습이 이런 안타까운 상황을 낳은 원인이었다. 그는 긴 시간 꾸준히 쌓아 올린 독서 이력과 그로 인해 얻어진 탄탄한 언어능력이야말로 진정한 '학습 능력'인 동시에, 상위 학년에 올라가서도 좋은 성적을 거둘 수 있게 해주는 '진짜 중요한 기초'

임을 깨달았다고 한다. 독서, 더 정확히 말해 깊이 읽기는 우리의 뇌를 변화시키고, 배우고 학습하는 능력을 키우게 하며, 나아가 우리 삶의 새로운 지평을 여는 데에 든든한 주춧돌이 되어줄 것이다.

함께 읽기, 어떻게 해야 할까?

가족과 함께 책을 읽을 때 가장 중요한 점은 다름 아닌 '함께' 읽어야 한다는 것이다. 언어유희라고 느낄 수 있지만, 이것은 필수 전제다. 많은 부모들이 자녀에게는 열심히 책을 읽으라고 하면서도 정작 본인들은 TV 앞을 떠나지 못하거나 스마트폰만 붙잡고 있다. 앞에서도 언급했듯이 독서에는 적잖은 인내와 끈기, 노력이 요구된다. 가뜩이나 어려운 독서를 자신에게만 강요하고 있으니, 책을 읽고 싶은 마음이 들 리 만무하다.

어떤 일이든 혼자 하면 힘들지만 함께 하면 훨씬 수월하다. 갖은 유혹 앞에서도 쉽게 흔들리지 않는다. 사람은 생각보다 외부 환경의 영향을 많이 받는 존재다. 전혀 배고프지 않는데도 옆에서 누군가 야식을 먹기 시작하면 덩달아 "한입만"을 외치다가 끝을 보고야 만다. 영화 속 주인공이 감정에 복받쳐 울기 시작하면, 관객들의 얼굴엔 어느새 눈물이 흐르고 여기저기 훌쩍이는 소리가 들려온다. 책 읽기도 마찬가지다. 옆에서 누군가 책을 펼쳐들고 읽기 시작하면 자연스럽게 독서하는 분위기가 조성된다. 읽으라는 100번의 말보다 몸소 읽는 모습을 보여줄 때 효과가 더 큰 법이다.

가족들이 책 한 권을 정해 한 달, 혹은 격주에 한 번 책을 읽고 소감을 나누는 시간을 가져보는 건 어떨까? 매일 꾸준히 읽기 위해 미리 독서 분량을 정한 뒤 공유하는 방법도 괜찮다. 실제로 숭례문학당의 여러 '함께 읽기 프로그램'이 이러한 방식으로 진행되고 있다. 가령 300쪽 분량의 책을 한 달간 읽는 모임이라고 하자. 모임 운영자는 하루 15쪽가량을 20일(평일)에 나눠 읽도록 미리 '읽기 진도표'를 작성하여 참여들에게 공유한다. 쪽수 대신 챕터별로 구성하기도 한다. 매일 아침, 운영자는 그날의 읽기 분량 및 관련 자료를 단체채팅방이나 카페, 밴드 등 온라인 공간에 올린다. 참여자들은 당일 자정까지 해당 분량만큼의 책을 읽고, 인상 깊었던 부분을 발췌하거나 단상을 써서 다른 참여자들과 공유한다. 이 방식은 꽤 효과적이다. 한꺼번에 많은 양의 책을 읽지 않아도 되니 부담은 적고, 함께 격려하며 매일 꾸준히 읽을 수 있어 즐거움과 성취감도 크다. 무엇보다 발췌나 단상을 남기기 위해 책을 더 꼼꼼히 읽게 된다. 인상적으로 다가왔던 부분, 다른 참여자들과 이야기 나누고 싶은 주제, 이해하기

함께 읽기 진도표 샘플

읽기 진도표

도서: 『사람의 목소리는 빛보다 멀리 간다』, 위화 지음, 김태성 옮김, 문학동네, 2012

날짜	일 차	읽기 분량	챕터	읽기 체크	비고
12.02(월)	1일 차	처음~p.19	서문		
12.03(화)	2일 차	p.23~p.39	인민		
12.04(수)	3일 차	p.43~p.57	영수(1)		
12.05(목)	4일 차	p.58~p.70	영수(2)		• 읽기 분량은 코치가 제시하는 양을 따라도 되고, 본인의 속도에 맞게 조절하셔도 됩니다.
12.06(금)	5일 차	p.73~p.87	독서(1)		
12.09(월)	6일 차	p.88~p.109	독서(2)		
12.10(화)	7일 차	p.113~p.134	글쓰기(1)		
12.11(수)	8일 차	p.134~p.147	글쓰기(2)		• 평일에만 진행하고, 주말과 공휴일은 재충전의 시간을 가집니다.
12.12(목)	9일 차	p.147~p.157	글쓰기(3)		
12.13(금)	10일 차	p.161~p174	루쉰(1)		
12.16(월)	11일 차	p.174~p.183	루쉰(2)		• 마감 시간 전까지 단체채팅방에 인상 깊은 부분을 발췌하고 단상을 올립니다. ※ 마감은 당일 자정(밤12시)
12.17(화)	12일 차	p.187~p.205	차이(1)		
12.18(수)	13일 차	p.205~p.217	차이(2)		
12.19(목)	14일 차	p.221~p.238	혁명(1)		
12.20(금)	15일 차	p.238~p.260	혁명(2)		
12.23(월)	16일 차	p.263~p.273	풀뿌리(1)		• '읽기 체크'란은 자율적으로 작성해 주시면 됩니다.
12.24(화)	17일 차	p.273~p.287	풀뿌리(2)		
12.26(목)	18일 차	p.291~p.308	산채(1)		
12.27(금)	19일 차	p.309~p.318	산채(2)		
12.30(월)	20일 차	p.321~p.334	홀유(1)		
12.31(화)	21일 차	p.334~끝	홀유(2)		

어려웠던 내용 등 책을 읽으며 떠오르는 생각을 정리하고 기록하는 과정을 통해 독서는 더욱 능동적인 활동으로 바뀐다. 집중력과 기억력 향상은 자연스럽게 따라온다.

함께 읽고 나누는 즐거움

요즘 주위를 둘러보면 생각보다 다양한 독서 모임이 온·오프라인에서 운영되고 있다. 독서 모임을 어떻게 꾸리고 이끌어가야 하는지 구체적인 사례와 방법을 소개하는 책들도 많다. 누구나 마음만 먹으면 각 지역 도서관이나 북클럽 등에서 운영하는 독서 동아리에 가입해 참여해볼 수도 있고, 직접 모임을 만들어 운영해볼 수도 있다.

나 역시 숭례문학당에서 만난 학우들과 한 달에 한 번, 책 읽고 토론하는 모임을 5년째 이어가고 있다. 책을 읽은 날도, 반만 읽거나 심지어 책을 사놓기만 하고 전혀 읽지 못한 날도 모임은 꼬박꼬박 나가려 노력한다. 다른 멤버들도 마찬가지다. 누군가 급한 사정으로 참여하기 어렵다고 하면, 모임 날짜를 몇 번이고 미루거나 조정하는 한이 있더라도 다 같이 모여 토론할 수 있도록 함께 의견을 모은다. 이토록 독서 모임에 진심인 이유가 뭘까? 혼자서는 결코 안 읽었을(혹은 못 읽었을) 두꺼운 교양서를 모임 덕분에 기어코 완독했던 '마법 같은' 경험 때문일까. 하지만 더 결정적인 이유는, 우리 모두 '함께 읽고 소통하는 일'이 일상에 얼마나 큰 기쁨과 즐거움을 가져다주는지 너무나도 잘 알고 있기 때문이 아닐까 싶다. 나이, 성격, 직업, 사는 곳, 자라온 환경 모두 전혀 다른 사람들이 모여 책이라는 매개체를 통해 다양한 생각을 나눈다는 것, 그 과정에서 뜨거운 공감과 위로, 응원과 격려를 주고받는다는 것은 지적 활동 이상의 의미를 갖는다. 독서 모임은 치유이며, 우정과 환대의 공간이다.

가족 독서 모임에서도 '책'을 소통으로 나아가기 위한 하나의 지름길이자 좋은 도구로 삼아보자. 세상에서 가장 가까운 관계라는 말이 무색할 정도로, 가족이지만 함께 시간을 보내고 추억을 공유하며 마음 속 깊은 이야기를 꺼낼 수 있는 여유는 늘 부족하기만 하다. 하루 중 긴 시간을 서로 다른 공간에서 가족 아닌 사람들과 보내고, 그들과 함께 있을 때 더 편안하며, 해야 할 이야기나 하고 싶은 이야기도 더 많다면, 지금이야말로 가족과의 '함께 읽기'가 절실한 순간이다. 작가가 만들어놓은 책 속 세상을 자유롭게 항해하며 그곳에서 발견한 삶의 지혜를 소중한 사람들과 나눔으로써 마음과 마음은 연결되고 서로에 대한 이해는 깊어진다. 함께 읽고 나누는 즐거움, 이제부터라도 '함께' 만들어가자.

3

별점과
소감 나누기

얼마 전 인기 TV 프로그램에 영화평론가 이동진 씨가 게스트로 출연했다. 팟캐스트 〈빨간책방〉에서 들려준 특유의 편안한 목소리와 책에 대한 인상적인 논평이 순간 머릿속에 스치면서 내심 반가웠다. 평소 영화보다는 예고편을 즐겨보는 나지만 '평론계의 아이돌', '별점 주는 아저씨'와 같은 흥미로운 수식어가 따라다니는 유명 평론가의 영화 이야기가 궁금했다. 특히 매번 화제가 되는 그의 '촌철살인 한 줄 평'과 신뢰도 높은 영화 별점의 비밀을 알 수 있을까 하는 마음에 한동안 TV 앞을 떠나지 못했다. 그가 밝힌 별점의 비밀은 이렇다. 일단 머릿속으로 커다란 좌표 평면을 그린 후 가장 낮은 점수인 별점 1점을 왼쪽에,

가장 높은 점수인 5점을 오른쪽에 배치한다. 여기서 평균값(중앙값)은 별점 3점으로 대체로 많은 영화가 이 평균값 근처에 포진한다. 이동진 평론가는 자신이 본 영화가 이 그래프의 어디쯤 속할까 나름대로 비교 분석한 후 최종 별점을 정한다고 한다. 별점 3.5점은 '추천', 4점은 '강추', 4.5점은 '와, 진짜 좋아요', 그리고 별점 5점은 '못 일어나겠어!(그 정도로 좋아요)'라는 의미라 하니, 과연 아무 근거나 기준 없이 대충 만들어진 별점은 아니었던 것이다. 그를 가리키는 몇몇 수식어에 대해서도 충분히 이해할 수 있었던 것은 물론, 기회가 된다면 높은 별점의 영화도 꼭 봐야겠다는 생각이 들었다. 영화 문외한인 나도 이토록 짧은 시간 안에 마음이 사로잡혔으니, 과연 최고의 홍보가 될 수도, 혹은 반대의 경우로 작용할 수도 있는 별점의 위력이 놀랍기만 하다.

생각보다 어려운 별점 매기기

별점이란 별의 개수로 매겨지는 점수를 뜻한다. 일반적으로 5점 또는 10점이 만점이며 0.5점 또는 1점이 최하점이다. 요즘에는 영화를 포함해 웹툰이나 드라마, 책, 제품, 음식, 카페, 관광지 등 다양한 영역에서 별점이 평가의 한 방법으로 자주 사용되고 있다. 유명 평론가나 전문가뿐만 아니라 누구든지 별점 혹은 '한

줄 평' 등의 형식을 통해 자신의 생각을 표현할 수 있다. 물론 대상에 대해 악의적인 의도를 갖고 지극히 낮은 점수를 가하는, 일명 '별점 테러'는 별점 매기기의 아쉬운 일면이기도 하지만, 소비자나 사용자가 자신의 솔직한 의견을 밖으로 표출할 기회를 얻고 유용한 정보를 서로 교환할 수 있다는 점은 긍정적으로 평가할 만한 부분이다.

비경쟁 독서토론을 진행할 때 토론자들이 가장 처음 만나는 논제가 바로 '별점과 소감 나누기'다. 함께 읽고 토론할 책에 대해 1점부터 5점까지 각자 별점을 매긴 후, 왜 이런 별점을 주었는지 구체적인 이유와 소감을 이야기하는 시간이다. 언뜻 보면 다른 논제에 비해 쉽고 간단해 보이지만, 의외로 이 부분에서 어려움을 느낀다는 반응이 적지 않다. 별점을 어떻게 매겨야 하는지 나름대로의 기준과 원칙이 머릿속에 잡혀 있지 않는 까닭도 있겠지만, 무엇보다도 책을 읽은 후 자신의 생각을 말이나 글로 면밀히 정리해본 경험이 많지 않기 때문일 것이다. '좋았다', '재미있었다' 혹은 '지루했다', '내 스타일이 아니다'처럼 책에 대한 '호불호' 판단만 있을 뿐 막상 어떤 점이 좋았는지, 왜 지루하게 느껴졌는지, 아쉬웠다면 구체적으로 어느 부분에서 그렇게 느꼈고 까닭이나 근거는 무엇인지 등 깊은 고민이 부족했을 가능성이 크다. 이는 곧 별점과 소감을 묻는 논제 앞에서 쉽사리 입을 떼기 어려운 원인이 된다.

그렇다면 별점을 어떻게 정하면 될까? 먼저 별점의 범위를 1점부터 5점까지로 정한다(10점 만점으로 해도 무방하지만 비경쟁 독서토론에서는 보통 5점을 기준으로 한다). '별 세 개', '별 세 개 반' 등 개수로 세는 방법과 '별점 3점', '별점 3.5점' 등 점수로 나타내는 방법이 있다. 점수는 보통 0.5 단위로 매긴다. 별점은 주관적인 평가로 매겨지지만 어느 정도 객관적인 기준도 필요하다. 예를 들어 좋았던 점과 아쉬웠던 점이 같을 때는 3점, 좋았던 점이 더 많을 때는 4점, 매우 많을 때는 그 이상의 점수를 줄 수 있다. 반대로 아쉬웠던 점이 더 많을 때는 2점, 매우 많을 때는 그 이하의 점수를 매기면 된다. 다른 일들과 마찬가지로, 별점도 경험의 축적과 반복적인 훈련을 통해 다듬어지고 정교해진다. 처음에는 자신이 매긴 별점이 못 미덥게 느껴지기도 하고 타인의 별점에 쉽게 영향을 받기도 한다. 청소년들과 토론을 해보면 초반에는 별점이 비슷비슷하게 나오다가 후반으로 갈수록 조금씩 달라지는 경향을 보인다. 경험치와 생각의 재료가 쌓이면서 자신만의 객관화된 평가 기준이 만들어지기 때문이다. 풍부한 경험, 꾸준한 훈련을 하면 자신의 판단에 확신이 생길 것이다.

우리가 책을 읽고 별점을 매기는 과정은 결코 단순하지 않다. 어떤 별점을 줄지 고민하는 순간, 우리는 책 전체를 아우르는 메시지와 흥미로웠던 에피소드, 인상 깊게 다가왔던 부분, 줄거리의 흐름과 짜임새, 장점과 단점 등 다양하고도 중요한 정보들을 기억 저편에서 *끄집어내기* 위해 노력한다. '좋다' 혹은 '싫다' 등 모호한 감정의 근거를 찾고 상대에게 '왜 좋은지' 논리적으로 설득할 수 있는 나만의 텍스트가 필요하기 때문이다. 제대로 된 (혹은 말이 되는) 텍스트를 만들기 위해서는 정보를 기억해내는 것 이상의, 고도의 사고력과 판단력을 요하는 작업들을 기꺼이 수행해야 한다. 정보를 비교·분석하고 판단하며 필요에 따라 서로 연결시키는 과정을 거쳐 '최종 결정'이라는 단계에 도달한다. 이러한 노력 끝에 나만의 별점과 그 별점을 설명할 이야기(소감)가 탄생하게 되니, 별점 매기기를 과소평가한다면 조금 억울하다.

독서토론에서 별점과 소감 나누기 부분은 토론의 시동을 걸어주는 워밍업과 같은 효과를 발휘한다. 다소 경직되었던 우리의 생각을 말랑말랑하게 해주고 본격적인 '토론 모드'로 진입하는 버튼을 눌러준다. 이 첫 번째 논제에서 자신의 이야기를 효과적으로 전달하기 위해 '충분한' 노력을 기울인다면, 이후 토론의 시간도 더욱 알차게 보낼 수 있다. 이미 머릿속으로 책의 주제와 갖가지 주요 내용들을 쭉 한번 훑어보았기 때문에, 다른 논제에서도 어렵지 않게 자신의 생각을 조합하고 정리해서 발표할 수 있는 것이다. 즉, 함께 책을 읽은 후 별점과 소감을 나누는 것만으로도 사고를 확장하고 생각의 깊이를 더하며 이해력과 판단력을 키울 수 있다는 의미이다.

별점으로 대화의 장을 만들다

책뿐만 아니라 영화나 드라마, 주말에 방문한 식당이나 여행지 등도 마찬가지다. 이제부터라도 함께 경험한 것에 대해 서로 별점을 물으며 생각을 나눠보는 건 어떨까? 우리 가족은 독서토론에서뿐만 아니라 다양한 상황에서 별점을 묻고 그에 대해 이야기를 나눈다. 특히 함께 여행을 떠나는 소중하고도 의미 있는 시간에서 별점은 여행의 묘미와 깊이를 좌지우지하는 소금 같은 역할을 충실히 해낸다. 그야말로 여행의 화룡점정이라 할 수 있겠다. 여행은 그 자체로 즐거운 일이지만, 함께 간 누군가와 부족했던 대화도 나누고 마음을 터놓으며 가까워지는 기회가 되기도 한다. 이번 원고 집필을 위해 시아버지와 나, 남편 세 사람은 국내 여러 곳으로 '책 쓰기 여행'을 떠났다. 차로 이동하는 대부분의 시간 동안, 우리는 참으로 많은 이야기를 나눴다. 대화의 주제는 단연 '여행'과 '책'이었다.

시아버지는 종종 우리에게 그날 함께 여행한 지역이나 지인의 추천으로 방문한 맛집, 글을 쓰고 이야기 나눴던 카페, 여행

길에 만났던 사람들, 우연히 목격한 멋진 풍경 등에 대한 소감을 묻곤 하셨다. 이어 별점을 준다면 몇 점을 주고 싶은지, 그 이유는 무엇인지 질문을 이어가셨다. 이는 끊이지 않는 대화와 소통의 기회가 되었다. 우리는 여행의 흔적을 되돌아보고, 그 길에서 움텄던 감정과 생각의 갈래를 정리했다. 어쩌면 쉽게 흘려보낼 수도 있었을, 여행의 어떤 순간에 문득 마주쳤던 낯선 느낌과 새로운 아이디어를 생생히 되살리려 노력했다. 여행은 더욱 깊어지고 풍성해졌다. 무엇보다도 서로의 생각을 묻고 경청하는 분위기가 자연스럽게 이루어지니, 함께 여행하는 이유가 다른 게 아닌 바로 이런 거구나 하는 생각이 들었다. 집에 돌아와서도 얼마 지나지 않아 다시 어디론가 '함께' 떠나고 싶은 마음이 드는 건 이것의 유일한 부작용이 아닐까 싶다.

한 가지 유의해야 할 점은, 때로는 너무나 솔직한 별점이 누군가에게 상처가 될 수도 있다는 사실이다. 모든 책이 다 훌륭하고 유익하며 '내게 딱 맞는' 책일 수는 없다. 토론이 아니었다면 결코 읽지 않았을 책, 좋아하지 않는 분야의 책, 재미있을 줄 알았는데 막상 읽고 보니 배신감이 드는 책을 만날 가능성도 있다. 이럴 때 소위 '1점도 아깝다'는 의미로 최하점을 매긴다면, 책을 추천하고 토론을 준비했던 진행자는 겉으로 표현하진 않더라도 마음에 큰 상처를 입게 된다. 어느 독서토론에 패널로 참여한 적이 있었다. 별점과 소감 나누기 시간이 되자, 대부분의 토론자들이 4점 이상의 별점을 준 상황에서 어느 한 토론자가 "별점 0점!"을 외쳤다. 그는 원래 이런 종류의 책을 좋아하지 않는데다가 등장인물의 행동도 전혀 이해할 수가 없다면서 최하점 이하를 준 이유와 소감을 밝혔다. 토론장 분위기는 순식간에 가라앉았다. 진행자는 물론 다른 토론자들까지 당황했다. 자신의 기준과 판단에 따라 자유롭게 별점을 줄 권리는 분명히 보장되어야 하지만, 함께 토론하는 상대의 마음을 헤아리는 최소한의 배려는 대화와 소통으로 나아가는 데에 큰 버팀목이 된다.

가족 간이라면 별점에 더욱 신중을 가할 필요가 있다. 어떤 지인은 모처럼 가족들에게 한턱내기 위해 긴 시간 검색과 수소문으로 식당을 찾았고, 마침내 유명 맛집에서 식사를 하게 되었다고 했다. 이후 가족들에게 "오늘 저녁은 별점 몇 점?"이라며 넌지시 물어봤는데, 결과는? 아이들은 5점 만점, 남편은 맛이나 분위기 모두 기대보다 별로였다며 1점을 주었다고 한다. 좀 슬퍼지려던 찰나, 아이들이 "엄마가 며칠 동안 열심히 찾아보고, 음식값도 계산했고, 맛도 이 정도면 괜찮은데 1점은 너무 짜다", "마음과 정성도 중요하다"며 아빠를 적극적으로 설득했다고 한다. 때로는 솔직한 마음을 반쯤 접어두고 상대의 노력과 그 과정에 의미를 둘 때, 더 큰 기쁨과 평화가 선물처럼 찾아올 것이다.

정독하며
필사하기

　　전남 보성군 벌교읍에 위치한 태백산맥문학관 2층에 들어
서면 방문객들의 눈길을 사로잡는 광경이 펼쳐진다. 작은 언덕처
럼 이곳저곳 솟아 있는 손때 묻은 노트 더미. 독자들이 조정래
작가의 대하소설 『태백산맥』 10권 전체를 필사한 필사본이다. 원
고지 1만 6500매 분량을 짧게는 몇 개월, 길게는 몇 년에 걸쳐
필사한 그들의 땀과 열의가 공간 안을 가득 메운 듯하다. 긴 시
간, 이토록 방대한 양의 책을 끈질기게 필사할 수 있었던 힘은
어디에서 비롯된 것일까? 어쩌면 전시관 흰 벽에 가지런히 쓰여
있는 글귀에 그 해답이 있을지도 모른다. "필사는 정독 중의 정
독이다." 한 권의 책을 마음에 새겨 넣는 독서. 눈에서 입으로,

손으로, 다시 마음으로 옮기는 능동의 독서. 바로 필사다.

책을 그냥 읽는 것도 쉽지 않은데 손으로 베껴 쓰다니, 이런 중노동이 또 어디 있을까. 노트북이나 스마트폰이 흔한 요즘, 손으로 글을 쓰는 행위는 다소 구시대적 감성처럼 느껴질 수도 있겠다. 손목과 어깨, 경추의 뻐근함은 바늘에 실처럼 따라온다. 몇 분이면 읽을 분량도 필사로는 그 몇 배의 시간이 소요된다. 이런 불편함에도 불구하고 두꺼운 고전소설부터 각종 인문교양서, 한시와 근현대시, 칼럼, 서평까지 다양한 장르의 글을 필사하는 이른바 '필사족'이 꾸준히 늘고 있다. 때론 마음을 두드리는 글귀를 기록하기 위해, 때론 문장력을 키워 좋은 글을 쓰려고, 때론 손으로 쓰는 행위 자체가 좋아서 느리고도 수고스러운 필사를 고집한다. 느림의 미학을 지닌 필사, 그 특별한 '읽기'에는 어떤 비밀이 숨어 있을까?

정독으로 이끄는 필사

조정래 작가는 '필사란 책을 되새김질하는 과정'이라 했다. 되새김질은 소나 양 등의 동물이 한번 삼킨 먹이를 게워내 다시 씹는 행위를 뜻한다. 음식을 제대로 소화시키기 위한 되새김질처럼, 책 속에 깃든 복잡 다양한 메시지와 의미를 충분히 체화시키기 위해서는 일정한 시간과 노력이 필요하다. 아무리 좋은 음식이라도 충분히 씹지 않고 급하게 먹으면 영양분을 제대로 흡수하지 못할 뿐만 아니라 각종 소화불량 증상으로 큰 불편함을 겪는다. 책도 그렇다. 동서고금 만인의 사랑을 받는 고전이라 하더라도 시간과 정성을 들여 정독하지 않으면 그 가치를 제대로 이해하기 어렵다. 인간과 삶과 세계에 대한 저자의 인식, 그만의 독특한 작품 세계를 음미하고 곱씹는 과정을 통해 책은 비로소 우리 정신의 자양분이 된다.

필사는 책을 정독할 수 있는 가장 좋은 방법이다. 손으로 꾹꾹 눌러 쓰는 동안 우리의 눈은 하얀 노트 위에 한 줄 한 줄 채워지는 단어와 문장, 문맥과 의미에 초점을 맞춘다. 글자를 잘못 쓰지 않으려면 온 정신을 집중해야 한다. 딴 생각에 빠질 여유가 없다. 묵독할 때 대수롭지 않게 지나갔던 내용도 베껴 쓰는 과정에서 더 정확히, 자세히 보게 된다. 텍스트 저변에 깔려 있던 메시지가 건져지고 행간이 새롭게 읽힌다. 머릿속에는 색과 형태가 정교하게 더해진 이미지가 떠오르면서 책에 대한 이해를 돕는다. 필사는 정독 중의 정독, 집중과 몰입의 독서다.

중국의 대표 작가 위화는 그의 에세이 『사람의 목소리는 빛보다 멀리 간다』에서 지독하리만큼 열심이었던 필사 경험에 대해 고백한다. 문화대혁명 시기, 책이 없는 시대에 성장했던 작가는 우연히 알렉상드르 뒤마 피스의 『춘희』 축약 필사본을 손에 넣는다. 이튿날 책 주인에게 돌려줘야 하는 이 소설을 영원히 점유하고 싶었던 그는 친구와 필사본을 직접 베끼기로 한다. 낮에는 집에서, 한밤중엔 몰래 교실에 들어와 교대로 필사 작업에 몰두한 그들은 마침내 인생 최대의 과업을 달성한다. 기쁨도 잠시, 뒤로 갈수록 휘갈겨 쓴 친구의 글씨는 도저히 읽을 수 없을 지경이었고, 그는 하는 수 없이 친구를 불러내 글자를 물어가며 더듬더듬 책을 읽었다고 한다.

위화 작가는 이 당시 경험에 대해 '나의 독서는 마치 입으로 음식을 먹는 것 같다'고 표현한다. 책을 영원히 소유하고픈 마음에서 시작한 그의 필사는, 한 글자 한 문장 입으로 떠먹고 씹고 삼키는 정독으로 이어진 것이다. 나는 감히 확신한다. 필사야말로 책이라는 영양 가득한 음식을 입으로 먹고 몇 번이고 곱씹으며 그 맛을 제대로 음미할 수 있는 최고의 방법임을 말이다.

글쓰기 실력을 높이는 필사

아이들과 독서토론을 하다 보면 종종 "토론은 재미있지만 책 읽는 건 싫다"는 하소연을 듣는다. 독서가 공부나 숙제처럼 느껴져서 아무리 재미를 붙이려 해도 힘들다는 것이다. 충분히 이해되는 현실이 그저 안타까울 뿐이다. 게다가 이어진 "책 읽기보다 더 싫은 건 글쓰기 숙제예요"라는 말에 뜨끔했다. 매번 토론 논제를 나눠준 후 미리 읽고 생각을 정리해서 간단히 써오라며 숙제까지 내줬는데, 그때마다 얼마나 괴로웠을까. 사실 나에게 있어서도 글쓰기는 시작하자니 망설여지고 포기하자니 죄책감이 드는, 마치 오래 묵혀둔 방학 숙제 같았다.

글쓰기는 쉽지 않다. 글을 잘 쓰기란 더 어렵다. 세상에는 글 잘 쓰는 사람들이 너무 많다. 어쩜 이토록 명료하고 깔끔하게 썼을까. 이런 어휘는 다 알고 쓴 걸까. 감탄이 절로 나오다가도, 막상 짧은 단상조차 쓰기 힘들어하는 내 자신을 돌아보며 씁쓸함을 삼킨다. 하고 싶은 말이 머릿속에 맴돌아 금방이라도 쭉쭉 써 내려갈 것만 같은데 늘 첫 문장에서 막힌다. 어찌어찌해서 쓰다 보면 주제는 갈 곳을 잃고 글은 장황해진다. 애당초 어떤 주제로 뭘 쓰려 했는지 까먹기도 한다. 문장은 상투적 표현으로 가득하고 주술 호응도 오류투성이다. 문제는 누가 알려주기 전까지 내 글의 '실체'가 제대로 보이지 않는다는 점이다.

글은 하루아침에 좋아지지 않는다. 글쓰기 방법을 알려주는 교재를 수십 권 읽는다고 해서 실력이 단번에 오르는 건 아니다. 수영을 잘하기 위해서는 물에 들어가 '음파' 호흡부터 시작해 팔 돌리기, 발차기, 물에 뜨기 등 수영 기술을 직접 몸으로 배우고 익혀야 한다. 그 다음엔 길고도 지난한 연습의 시간이 남아 있다. 꾸준한 훈련과 여러 시행착오를 겪으며 자세와 호흡은 다듬어지고 실력은 조금씩 향상된다. 막연히 두려웠던 물속은 어느덧 내 몸을 자유로이 움직이며 유영할 수 있는 공간으로 바뀐다. 글도 마찬가지이지 않을까? 어떻게 써야 하는지 방법을 배우고, 꾸준히 다듬고 연습하는 과정 속에서 글은 조금씩 나아진다. 문장은 섬세해지고 힘이 붙는다. 글 쓰는 즐거움이 무엇인지도 조금씩 깨닫는다. 어느새 글쓰기라는 공간에서 한결 자유롭고 편안한 스스로를 발견할지도 모른다.

필사는 글쓰기 훈련과 실력 향상에 도움을 주는 좋은 방법이다. 『필사 문장력 특강』(북바이북, 2018)의 공저자 김민영 작가는 다년간의 글쓰기 수업을 통해 "필사가 최고의 문장력 향상 훈련"임을 확신할 수 있었다고 말한다. 명문장을 필사하고 분석하는 과정에서 어떤 글이 보다 더 나은 글인지 파악하는, 즉 '글 보는 눈'이 생긴다. 나의 글이 나아가야 할 방향성을 깨닫게 되는 것이다. 장황한 문장, 빈약한 어휘력, 애매한 표현, 앞뒤가 맞지 않는 논리가 독자들의 읽기 몰입을 방해한다는 사실을 체득한다. 내 글을 객관적으로 보게 되며 좋지 않은 습관은 고치려 노력한다. 이만큼 효과적인 훈련이 또 있을까? 풍부한 어휘와 탄탄한 논리, 명쾌하고 깔끔한 문체의 글이 좋은 표본이라면, 이를 필사하는 작업은 표본의 장점을 내 글로 체화시키는 최적의 훈련 방법이다.

마음을 치유하는 필사

내가 처음 필사의 세계에 입문한 계기는 시아버지의 권유에 의해서였다. 2018년 가을, 두 번째 떠났던 유럽 여행에서 막 돌아와 '이제부터 뭘 하지?'라는 질문을 끊임없이 던지고 있던 무렵이다. 잘 다니던 직장을 호기롭게 그만두고 남편과 이곳저곳을 유랑한지도 어느덧 1년 6개월. 세상은 저마다의 이유와 목적으로 잘도 흘러가는데, 나는 아무도 찾지 않는 섬이 되어 침잠하고 있는 것 같았다. 이제는 뭘 위해, 무엇을 하며, 어떻게 살아야 할까. 새로운 삶을 살고 싶어 내린 결정이었지만, 결국 그건 회피이며 시간 낭비에 불과했던 걸까. 답을 찾기 위해 떠난 여행에서 오히려 더 큰 물음표만 짊어진 채 돌아오니, 막막한 현실보다 더 견디기 힘든 건 스스로를 몰아붙이는 나 자신이었다. 답답함은 불안으로, 다시 극심한 우울과 무기력한 생활로 이어졌다.

그 즈음 시아버지께서 혹시 필사를 해보지 않겠느냐고 물으셨다. 숭례문학당에서 『삶을 위한 철학수업』(문학동네, 2013)이란 책으로 필사 모임을 운영 중인데 며느리도 함께 하면 좋을 것 같다는 제안을 하셨다. 순간 지난번 태국 여행 중 시아버지의 제안으로 신청했던 100일 글쓰기 프로젝트가 떠올랐다. 원고지 네 장 이상 분량의 글을 매일 손으로 쓰거나 워드로 쳐서 카페에 업로드했다. 학생 때도 이토록 열심히 글을 썼던 기억이 없다. 하루하루 '나의 글'이 쌓여갈 때마다 예전엔 전혀 기대하지도, 예상하지도 못했던 것들이 조금씩 내 일상을 채우고 생각을 변화시켰다. 이번에도 답은 정해져 있었다. 다음날, 나는 모임 단체채팅방에 초대되었다.

『삶을 위한 철학수업』은 예전에 한번 읽고 토론까지 했던 책이다. 그 당시 굉장히 감명 깊게 읽었던 터라 반가웠다. 새벽 5시 반, 단체채팅방 게시판에는 한 편의 필사문이 올라왔다. 필사문은 진행자가 책에서 발췌한 다섯 문장 정도의 글이다. 하단엔 내용의 핵심을 파악하고 깊이 있는 분석을 할 수 있도록 도움을 주는 일명 '글 분석 포인트', 그리고 진행자가 모든 참여자들에게 건네는 다정한 응원의 글도 있었다. 초반에는 하루 중 마음 내키는 시간에 필사를 했다. 저녁까지 미루다가 다음 날 필사문이 올라오고 나서야 부랴부랴 쓸 때도 있었다. 대중없었던 필사 시간은 점차 비슷해졌다.

나는 특히 새벽 필사가 좋았다. 아무도 깨지 않은 이른 시간, 조용히 부엌으로 나와 주전자에 찻물을 끓였다. 머그컵 속

찻잎이 우러나오기를 기다리며 필사문을 가만히 읽어 보았다. 마음에 콕 박히는 글도 있었고, 몇 번씩 반복해서 읽어야 그 의미가 비로소 이해되는 글도 있었다. 차 한 모금을 삼킨 후, 노트 위 하얀 종이에 글을 옮겨 적었다. 창문 밖 뒷산으로부터 들려오는 새들의 지저귐을 배경 삼아 나는 글 속으로, 필사 속으로 온전히 몰입했다. 삶, 자유, 용기, 긍정, 고통, 타인, 세계… 각각의 단어는 서로 다른 목적과 이유로 연결되고 혹은 대치되어 새로운 의미로 떠올랐다. 만난 적도, 함께 이야기 나눈 적도 없는 저자의 목소리가 저 멀리 들려오는 듯했다. 너의 삶은 절대 무가치하지 않다고. 다른 누군가가 가리키는 방향이 아닌 너의 손가락 끝을 보라고. 보다 더 자유롭고 싶은 너에게 필요한 건 거창한 선택이나 결단이 아닌 단지 한 줌의 용기라고.

　　필사를 하고 단상을 적는 시간만큼은 마음 속 답답함과 불안이 잊혀졌다. 나에게 진정 해주고 싶었던, 하지만 어떤 언어로 어떻게 전해야 할지 몰라 차마 건네지 못했던 그 말을 내 손으로 꾹꾹 눌러 썼다. 필사는 책을 읽기만 할 때 얻는 감동과는 또 다른 결의 뭉클함을 선물한다. 나에게 그건 위로이자 치유였다. 거울을 보듯 내가 옮겨 쓴 다섯 문장을 마주보며, 그 속에 놓인 잉크가 번지고 삐뚤삐뚤한 글씨를 다시 한번 천천히 읽을 때의 그 감동, 그 뿌듯함, 마음에 새기고픈 문장을 내 손으로 기록했다는 기쁨. 그 힘에 이끌려 2년 넘게 매일 필사를 이어갔다. 치유와 위로, 그것만으로도 필사의 이유는 충분하지 않을까 싶다.

가족과 함께하는 필사, 어떻게 하면 될까?

꼭 책 전체를 필사할 필요는 없다. 가족과 재미있게 읽었던 책 한 권을 골라 인상 깊었던 부분을 베껴 쓸 수도 있고, 관심 있는 책을 함께 읽으며 각자가 기록하고 싶은 내용을 발췌해서 필사해도 좋다. 처음부터 책 필사가 부담스러우면 시를 옮겨 쓰는 방법도 괜찮다.

나는 숭례문학당에서 1년 넘게 '하루 한시漢詩 필사'라는 온라인 글쓰기 모임을 운영하고 있다. 새벽 6시 반, 우리 옛 선조들의 한시나 중국 명시를 단체채팅방 게시판에 올리면 이른 아침부터 자정까지 참여자들의 필사 사진이 올라온다. 연필, 만년필, 붓펜 등 다양한 필기구로 한 획 한 획 써 내려간 한시는 옛 명필가의 글씨에 견주어도 손색이 없을 만큼 멋스럽다. 사실 필사보다 더 큰 감동을 주는 건 각자의 생각을 적은 단상이다. 오언절구의 짧은 한시를 읽고도 느낀 바, 생각한 바가 놀라우리만치 다르다. 시인의 삶, 인생에 대한 통찰, 내면의 고민, 함께 풀어나가야 할 문제 등 한 편의 시에서 이끌어내는 각기 다른 생각과 감정이 서로의 인식을 확장시키고 마음의 빗장을 풀어낸다. 격렬한 토론이나 경쟁은 없다. 서로의 필사와 공부, 성장과 행복을 응원하는 공기만이 단체채팅방을 가득 채울 뿐이다.

가족과 매일 짤막한 시 한 편을 골라 필사해보는 건 어떨까? 종이 위에 새기는 시와 함께 나누는 이야기가 늘어날수록, 상대의 마음에 한 발자국 더 가까이 다가선 자신을 발견하게 될지도 모른다. 정독, 글쓰기 훈련 모두 필사의 의미 있는 목적임은 분명하다. 하지만 필사라는 도구를 통해 서로의 목소리에 귀를 열고 진심 어린 이해와 공감을 주고받는다는 사실은 그 어떤 이유와 목적을 능가할 소중한 가치를 지닌다. 느리지만 천천히 나아가는 필사의 힘이 가족 간의 소통을 보다 더 효과적으로, 끈기 있게 이끌어줄 것이다.

책·영화·여행으로
토론하기

독서는 즐겁다. 즐거움이 없었다면 책은 이 땅에서 진작 사라졌을 테다. 물론 모든 독서가 다 즐거운 건 아니다. 때로는 한 장 넘기기가 고역인 책을 만나기도 한다. 꾸역꾸역 다 읽고 나서야 시간 낭비, 돈 낭비였다는 사실을 깨닫기도 한다. 나에게 딱 맞는, 좋은 책을 고르는 일도 쉽지 않다. 긴 시간, 경험과 노하우가 축적되어야 한다. 하지만 한 순간에 깊이 빠져드는 책을 만났을 때, 한 권의 책으로 현실 너머의 세상과 조우할 수 있을 때, 우연히 시선이 머문 어떤 문장이 나의 내면에 돌이킬 수 없는 파장을 일으켰을 때, 그래서 생각이 달라지고 삶이 변화되는 일을 경험했을 때, 우리는 책의 강한 인력을 느끼며 독서의 세계로 빨려 들어간다.

독서의 즐거움이 뭐냐고 묻는다면, 나는 가장 먼저 '여행'이라고 답할 것이다. 책은 독자를 어느 곳, 어느 시대, 어느 상황으로나 묵묵히 데려가주는 최고의 가이드다. 덕분에 우리는 200여 년 전 어느 찌는 듯한 여름으로 돌아가 사행단 일행과 압록강을 건너 청나라 열하熱河로 향하기도 한다. 그리스 크레타섬에서 어느 깊은 밤, 쏟아질 듯 반짝이는 은하수 아래 앉아 밀려오는 파도를 바라보며 조르바의 산투르 연주를 듣기도 한다. 혹은 가늠이 불가능할 정도로 광대하고 끝없는, 가슴 시리도록 아름다우면서도 괴이하고 외로운 우주 어딘가에서 푸른 지구를 향해 그리움의 시선을 보낼 수도 있다.

책으로 떠나는 다채롭고 '가성비 좋은' 여행을 실제로 해볼 수는 없을까? 물론 시간을 되돌려 200년 전 조선에 가거나 단숨에 그리스 어느 해변가에 갈 방법은 아직까지 없다. 우리가 직접 우주선을 타고 화성 탐사에 나설 가능성도 크지 않다. 대신 발길 닿을 수 있는 곳, 직접 방문할 수 있는 지역을 여행하며 책 속 인물들의 삶을 조금이나마 더 가깝게 느껴보는 일은 가능하다. 작가가 집필을 위해 오랜 시간 머물고 사색에 잠겼던 장소도 좋다. 오감을 열어 공간이 들려주는 이야기에 귀 기울이는 것은, 책 속으로 한 발자국 더 깊숙이 걸어 들어갈 수 있는 특별한 방법이다. 머릿속 모호했던 텍스트는 보다 더 선명하게 다듬어지고 이미지는 생생하게 되살아난다. 여행과 책, 토론이 더해지면, 독서의 즐거움은 한층 더 풍요롭고 깊어지며 우리 내면을 가득 채울 것이다.

여행의 깊이를 더해주는 영화와 토론 그리고 예술

"오스트리아 국민들이 가장 사랑하는 두 화가가 있는데 누군지 아세요?" 2017년 가을, 베이징 생활을 정리하고 남편과 세계여행을 시작한 지 세 달쯤 지났을 무렵이다. 우리는 루마니아, 헝가리, 슬로베니아, 스위스를 거쳐 그토록 염원했던 오스트리아의 수도 빈 땅을 밟았다. 인생 영화 〈사운드 오브 뮤직〉의 배경인 오스트리아를 여행한다는 이유만으로도 잔뜩 흥분해 있던 우리는, 민박집 사장님의 뜬금없는 질문에 서로의 얼굴을 멀뚱멀뚱 쳐다보기만 했다. 그때까지 내 머릿속엔 〈사운드 오브 뮤직〉, 비엔나커피, 모차르트하우스가 전부였는데, 갑자기 화가라니? 이때 알게 된 두 화가가 바로 그 유명한 구스타프 클림트와 에곤 실레다. 오스트리아 국민들이 사랑하는 그들의 작품에는 도대체 어떤 매력이 숨어 있을까? 우리는 원래의 계획을 변경해 두 화가의 작품이 전시되어 있다는 벨베데레 궁전으로 향했다.

벨베데레 궁전은 오스트리아의 현대 미술품과 중세, 바로크 미술품이 한데 모여 있는 곳이다. 원래 이탈리아 사보이아 왕가의 여름 궁전으로 지어졌지만, 현재 미술관으로 사용되고 있다고 한다. 아름답고 웅장한 건물 내 어느 조용한 전시관, 그 한편에 에곤 실레의 작품들이 걸려 있었다. 어둡고, 쓸쓸하며, 다소 기괴하기까지 한 그의 그림들을 보고 있자니 머릿속에는 자연스레 화가의 인생에 대한 물음표가 그려졌다. 젊고, 아름답고, 한창 청춘의 꽃을 피우는 시기의 천재 화가는 왜 이토록 처연한 분위기의 그림을 그렸을까. 그의 내면은 어떤 아픔과 고통으로 가득 차 있는 걸까. 왜곡되고 뒤틀린 육체, 불안과 욕망에 휩싸인 인간을 거칠게 그려낸 그의 작품에 이토록 수많은 이들이 열광하는 이유는 뭘까. 전시관 내부를 찬찬히 거니는 와중에도 머릿속에는 많은 질문이 떠올랐다.

숙소로 돌아온 후, 나는 남편에게 영화 〈에곤 쉴레: 욕망이 그린 그림〉(2016)을 함께 보고 토론하자고 제안했다. 사실 토론이라고 해서 어떤 특별한 형식에 맞춰 거창한 이야기를 나누자는 의미가 아니다. 그림을 마주하며 떠올랐던 감정과 질문들, 영화를 통해 새롭게 알게 된 점과 궁금한 부분 등에 대해 '속 시원히' 털어놓고 자유롭게 나눈다면, 이 또한 유의미한 토론이 될 수 있지 않을까? 나와는 다른 시각의 이야기를 들어볼 수 있을 뿐만 아니라, 여행이라는 생생한 경험이 동반되어 서로의 내면을 더 깊이 들여다볼 좋은 기회이니 놓치기 아쉬웠다.

에곤 실레가 활동했던 20세기 초반의 유럽은 전쟁으로 무척 혼란스러웠던 시기다. 평탄하지 않았던 시대적 배경과 가정환경 속에서 그림에 대한 천부적 재능을 키워나간 에곤 실레. 그는 동시대를 살았던 클림트를 존경하고 그로부터 많은 영향을 받았지만, 어느덧 자신만의 독특한 화풍을 발전시켜 나갔다. 한편, 에곤 실레는 끊임없는 논란의 중심에 섰던 인물이기도 하다. 인간의 나체를 적나라하게 표현한 그의 작품은 외설이라는 비난을 받으며 기존 화단의 멸시와 저항을 받기도 했다. 미성년자를 유인했다는 혐의로 법정에 섰고, 유치장에 수십 일 동안 구금되기도 했다. 그의 오랜 연인이자 뮤즈인 발리 노이질을 떠나 중산층 여성과 결혼을 감행한 일도 잘 알려진 일화 중 하나다.

에곤 실레는 28세라는 젊은 나이에 생을 마감한다. 곧 태어날 아이를 기다리는 마음으로 그렸던 〈가족〉(1918)은 끝내 '미완성'의 걸작으로 남게 되었다. 이제 막 예술가로서 인정과 주목을 받기 시작한 그에게 갑작스레 찾아온 죽음은 비극적이면서도 한없이 처연했다. 나와 남편은 천재 화가로서의 에곤 실레가 아닌 한 인간으로서의 에곤 실레를 생각했다. 그는 행복했을까? 끊임없는 논란과 화제의 중심에 섰던 그는, 자신의 생 마지막 페이지에 어떤 문장을 써 넣고자 했을까? 타인의 기대에 부응하는 삶과 나의 뜻을 관철시키는 삶, 그 어딘가에서 늘 힘겹게 저울질하는 내 모습이 자연스레 떠올랐다. 각자에게 주어진 단 한 번뿐인 인생을 어떤 시간들로 채우고 싶은지, 우리는 묻고 경청하며 서로의 삶에 격려와 응원을 보냈다.

예술에 대한 화두도 자연스레 흘러나왔다. 지금까지 예술은 우리에게 있어 '가깝고도 먼 당신'이었지만 이제는 알고 싶었다. '예술이란 무엇인가' 하는, 다소 큰 질문을 사이에 두고 우리 둘은 많은 이야기를 나눴다. 여행과 토론처럼, 이제는 예술을 가까이하고 나아가 향유하는 삶을 살아가고 싶다는 바람이 두 사람의 내면에 서서히 자라나고 있음을 느꼈다. 여행에 대한 별점, 소감 나누기도 토론에서 빼놓을 수 없는 필수 코스다. 예술을 다시 보게 했던, 새로운 세상으로 마음을 열게 한 이 특별한 여정에 두 사람 모두 5점 만점을 주었다. 남편은 여행 이후 부적 그림에 대해 관심을 갖기 시작했는데, 지금까지도 2년 넘게 '1일 1그림'에 도전 중이며 매일같이 그림 관련 책과 자료를 찾아보고 있다. 그는 이를 계기로 그림책 작가라는 새로운 꿈을 자신의 버킷리스트에 추가했다. 언젠가 그의 꿈이 현실이 되어 또 다른 세계로의 문을 열 수 있을 거로 생각하니 나도 덩달아 가슴이 뛴다. 책과 토론, 영화와 여행은 인생이라는 토양에 햇살, 물, 바람이 되어주는 고마운 존재다. 우리는 여전히, 그 토양 위에서 더디지만 천천히 자라고 있다.

가족여행에 독서토론이 더해지면

일상에서 벗어나 새롭고 낯선 것과 마주하는 여행에 독서토론을 곁들여보는 건 어떨까? 특히 가족여행에서의 독서토론은 여행의 맛을 한층 더 다채롭고 풍부하게 만들어주는 양념 같은 역할을 한다. 요리에 양념을 너무 과하게 넣으면 원재료의 맛을 방해하지만 적절하게 사용하면 맛과 향에 깊이를 더한다. 어떤 양념을 넣느냐에 따라 요리의 결과물도 달라진다. 가족여행에서도 어떤 책을 읽고 토론을 하느냐에 따라 전혀 다른 주제, 다른 즐거움이 있는 여행이 될 수 있다.

가족과의 독서토론 여행을 준비할 때 가장 먼저 해야 하는 일은 자료 수집이다. 여기에서 자료란 여행하려는 지역과 관련된 전반적인 정보를 의미한다. 그 지역만의 특색을 나타내는 곳, 역사적 인물이나 사건과 연관된 장소, 가볼 만한 박물관이나 기념관 등을 살펴본다. 이렇게 모인 정보들을 바탕으로 가족이 함께 읽고 토론할 책을 선정한다. 책은 구성원(자녀)의 연령대와 관심 분야, 독서 수준 등을 고려하여 결정한다. 책 선정에 따라 여행의 주요 방문지와 전체적인 경로를 수정·변경하기도 한다. 책이 정해졌으면 기한을 정해 함께 읽는다. 가능하면 여행 2~3일 전에는 완독할 수 있도록 서로 독려한다. 진행자는 가족이 함께 이야기 나눌 만한 책 속 주요 키워드를 바탕으로 논제를 만들어 여행 전에 공유한다.

어느 정도 준비가 되었으면 이제는 가족 토론을 할 만한 장소를 섭외해보자. 여행하는 곳 주변의 카페도 좋고, 요즘처럼 실내에 모이기 어려울 때는 야외에서 하는 토론도 나쁘지 않다. 카페에 미팅룸이 있는지, 인원과 시간에 제약이 있는지, 예약이 가능한지 등 관련 사항을 미리 확인해야 현장에서의 수고를 덜 수 있다. 야외에서 토론하는 경우 당일 날씨와 주변 환경이 가장 큰 변수로 작용하므로 여행 시기와 장소 선정에 신중을 기해야 한다. 여행지에 야외 벤치나 쉴 만한 공간이 있는지, 주변 관람객들에게 피해를 주지 않고 사용할 수 있는지 미리 확인하자. 당일치기 여행이 아니라면 숙소에서 토론하는 방법도 좋다. 그날의 여행을 천천히 되돌아보며 좀 더 여유를 갖고 대화할 수 있으니, 어쩌면 가장 '마음 편한' 장소일 수도 있겠다.

가족 독서토론 여행을 추진할 때 가장 주의해야 할 점은, 구성원 모두 자발적으로 참여할 수 있도록 진행자가 충분한 시간을 갖고 준비와 설득을 해야 한다는 것이다. 아무리 좋은 일이라도 강제적이면 반발심이 생기기 마련이다. 진행자가 처음부터 무리하게 밀어붙이다가 자칫 '가족여행은 공부'라는 인상을 남길 소지도 있다. 이 경우 제2, 제3의 가족 토론 여행을 기대하기란 쉽지 않다. 폭넓은 체험과 가족 간의 '찐한' 소통을 위한 활동이라는 점에 모두가 충분히 공감할 수 있도록 여유를 갖고 접근해야 한다. 여행에 대한 각자의 의견과 아이디어를 적극 수용하고 최대한 반영할 수 있도록 노력하는 자세도 필요하다.

책 대신 관련 영화나 영상을 함께 보는 방법도 있다. 반드시 책일 필요는 없다. 가족이 한자리에 모여 나눌 이야기가 있다는 것, 부모든 자녀든 함께 배우고 깨우친 생각들을 허심탄회하게 털어놓으며 자유로이 소통하는 것이 가족 독서토론 여행의 핵심이자 우리가 도달하게 될 최종 목적지이다.

| 4장 |

가족 독서토론
들여다보기

1

우리 가족은
이런 책을 읽었어요

독서토론을 잘하기 위해 넘어야 할 첫 관문은 도서 선정이다. 가족 독서토론은 어떤 책으로 진행하면 좋을까? 그동안 토론자로 여러 독서토론에 참여해왔고, 오랜 기간 많은 독서토론을 진행해본 경험에 따르면 독서토론이 오래 가기 위해서는 무엇보다 책 선정이 중요하다. 시간과 공간을 초월하여 독자들의 사랑을 받은 고전부터 출간한 지 얼마 안 된 따끈따끈한 신간까지 좋은 책은 너무나 많다. 아무리 내용이 좋더라도 토론에 맞지 않는 책은 무용지물이다. 그렇기 때문에 내용은 물론 토론자의 독서 이력이나 성향을 파악하여 맞춤한 책을 골라야 한다. 참여자의 수준을 고려하지 않고 너무 어려운 책을 고르면 토론을 시작도 못할 가능성이 높다. 같은 책이라도 어떤 토론자는 좋은 책을 읽을 수 있어서 좋다고 하는 반면 어떤 토론자는 불평불만을 토로한다. 책이 아니라 참여 대상을 제대로 파악하지 못해 벌어진 문제다. 독서와 독서토론은 등산과 비슷하다. 체력이 바닥인 사람을 데리고 지리산 천왕봉에 오를 수 있을까? 욕심을 부렸다가는 사고가 나기 쉽다. 처음부터 지독한 등산을 경험한 사람은 다시는 산을 쳐다보기도 싫을 것이다. 등산을 하는 데 체력이 필요하듯, 독서에는 독서력이 필요하다. 독서력은 곧 이해력이다. 이해력이 높으면 어려운 책도 수월하게 받아들이지만, 이해력이 부족하면 앞의 내용이 떠오르지 않아 자꾸 앞장으로 돌아가고 책만 읽으면 잠이 온다.

가족 모두에게 도움이 되는 책

아들, 며느리의 제안으로 가족 독서토론을 결심하고, 부모이자 시부, 장인인 내가 진행을 맡게 되면서 '어떤 책으로 가족 독서토론을 시작을 할 것인가?' 고민에 고민을 거듭했다. 만약 첫 토론이 실망스러우면 모처럼 찾아온 좋은 기회를 잃을 수 있기에 신경이 곤두섰다. 아들과 며느리, 큰딸과 사위, 작은딸이 즐겁게 읽으면서도 그들에게 도움이 될 만한 책이 뭐가 있을까? 고심 끝에 선정한 첫 책은 『비폭력 대화』였다. 신혼 때 많은 부부들이 서로에게 상처 주는 말과 행동을 한다. 상대를 바꾸려다 서로에게 돌이킬 수 없는 상처를 주고 난 후 포기한 채 투명인간처럼 사는 사람들도 의외로 많다. 다른 환경에서 성장하고 다른 개성을 가진 두 사람이 만났는데, 갈등을 겪지 않으면 이상한 일이다. 하지만 괜한 오해로 벌어지는 갈등과 시행착오는 줄일 수 있지 않을까, 하는 생각으로 이 책을 선정했다. 400쪽이나 되는 책이라 걱정이 됐지만 가족들의 독서력을 믿고 선정했다.

두 번째 토론할 책으로는 『부모라면 유대인처럼』(위즈덤하우스, 2010)을 선정했다. 외손녀가 태어난 지 얼마 되지 않았고, 예비 부모도 미리 공부를 해야 한다는 생각 때문이다. 자동차를 운전하기 위해서는 필기시험과 기능시험, 도로주행까지 합격해야 한다. 운전보다 훨씬 복잡하고 어려운 양육은 왜 미리 공부하지 않는 걸까? 자녀를 다 키우고 난 후 '좀 더 공부를 하고 키울걸' 후회하는 부모가 너무 많다. 이 책은 자녀교육을 다섯 개 영역(가정교육, 지능계발, 창의력, 인성교육, 진로상담)으로 나눠서 친절하게 설명해준다. "무한 경쟁 학습을 멈추고 진짜 창의력을 키우는 질문 교육을 시작하라"는 투비아 이스라엘리 주한이스라엘 대사의 조언도 담겼다. 손녀와 앞으로 태어날 손주들은 성공이 아닌 행복을 목표로 살아갈 수 있게 돕는 방법을 얻을 수 있지 않을까,

하는 작은 소망을 가지고 이 책을 함께 읽기로 했다.

세 번째 책은 『태초 먹거리』(새숲, 2013)였다. 당시 중국 베이징에서 근무하고 있던 아들 내외는 대기오염 때문에 골머리를 앓고 있었다. 어떤 날은 방독면까지 쓰고 출근한다고 하니 더 말해 무얼 하겠는가? 몇 년 전 업무차 방문한 베이징은 대낮인데 밤처럼 깜깜했다. 난생처음 목격한 최악의 대기오염이었다. 아이들의 말을 듣고 그날 그 장면이 떠올랐다. 쉬는 날도 공기가 좋지 않아서 밖에 나가 운동도 마음대로 할 수 없다는 말을 듣고 가슴앓이만 하던 차에 『태초 먹거리』를 읽었다. 충남대학교에서 분석화학을 연구하고 가르치는 저자 이계호는 대학생 딸을 유방암으로 떠나보내고 암에 대해 공부를 시작했다고 한다. 대부분의 암환우들이 완치 판정을 들으면 건강한 몸이 되었다고 생각하고 무리하기에 병이 재발한다는 것이다. 저자는 충청북도 옥천군에 '태초먹거리 학교'를 만들어 교육하고 있으며, 자연의 법칙에 순응하는 먹거리, 환경, 생활습관을 통해 잃어버린 건강을 회복하라고 권한다. 건강을 잃으면 전부를 잃는다는 말이 금과옥조다.

네 번째 책은 『행복일기 기초편』(책으로여는세상, 2015)로 정했다. "최성애 박사가 40년간 실천해온 행복의 비결!"이라는 카피가 끌렸다. 우리 사회는 행복보다 성공에 초점이 맞춰져 있다. 그러나 많은 사람들이 밤낮 죽어라 일해서 번 돈을 병원에 치료비로 갖다 바친다. 일흔이라는 나이에 가까워지고 보니 자녀들이 성공보다 행복에 가치를 둘 수 있게 도와주고 싶었다. 최근 뇌과학을 통해서 밝혀진 행복한 사람들의 공통점은 규칙적인 운동, 건강한 인간관계, 감사하는 마음, 이타적인 선행 등으로 나타났다고 말한다. 책은 운동일기, 다행일기, 감사일기, 선행일기, 감정일기로 나눠져 있는데, 책을 읽고 마는 것이 아니라 단계에 맞게 실천한 내용을 직접 쓸 수 있게 되어 있다.

다섯 번째 책은 『나미야 잡화점의 기적』(현대문학, 2012)으로 선정했다. 건강을 위해 편식하지 말라는 말은 많이 들어왔을 것이다. 나는 독서법을 강의할 때 가장 경계해야 할 것이 편독이라고 말한다. 편독을 하면 균형을 잃게 된다. 문학, 인문학 등 여러 분야의 책을 고루 읽어야 이성과 감성이 균형을 이루며 성장한다. 조정래 작가는 인간을 이해하기 위해 문학을 읽어야 한다고 주장한다. 소설 속에 등장하는 다양한 인물과 갈등을 간접경험하고 이해할 수 있기 때문이다. 가족 중에도 이성적인 성향을 가진 사람과 감성적인 성향을 가진 사람이 있다. 독서토론을 하다 보면 성향이 잘 보인다. 이성적인 자녀들에게 도움이 되길 바라는 마음으로 재미있는 소설을 읽고 토론하고 싶었다.

여섯 번째 책은 『세계 명문가의 독서교육』(바다출판사, 2010,

구판)이었다. 이 책은 몇백 년 동안 위대한 업적을 남긴 인재를 배출한 세계 최고 명문가들의 독서교육 방법을 소개하고 있다. 이들은 부모가 평생 자녀의 독서 멘토 역할을 성실히 수행했다. 부모와 자녀가 함께 책을 읽고 대화를 나누었다는 공통점을 갖고 있다. 강진으로 유배를 갔던 다산 정약용 선생은 닭을 키우겠다는 둘째 아들에게 닭을 잘 키우려면 책을 읽어야 한다고 강조한다. 그는 자녀들에게 왜 책을 읽어야 하는지 소상히 알려주었다. 이는 『유배지에서 보낸 편지』(창비, 2019)에 잘 담겨 있다. 독서 습관은 부모가 자녀에게 물려주어야 할 무형의 유산이다. "책을 읽어라"라는 말만으로는 자녀의 독서 습관을 기를 수 없다. 부모가 책 읽는 모습을 보여줘야 한다. 독서 습관의 대물림을 이해하고 가족이 함께 책을 읽는 것의 중요성을 되새기기 위해 이 책을 골랐다.

가족의 취향이 담긴 책

외국에서 근무하던 아들 내외가 휴가차 한국에 들어오면 숙소를 빌려 1박 2일 독서토론을 하자는 의견이 모아졌다. 나는 더욱더 특별할 그 시간에, 함께 읽고 토론할 책으로 『생각의 좌표』(한겨레출판, 2009)를 선정했다. 저자 홍세화는 "내 생각은 어떻게 내 생각이 되었나?"라는 질문을 던진다. 그동안 받아온 주입식 교육은 '사유하는 사람'으로 성장하는 걸 방해한다. 내가 갖고 있는 생각이 내 생각인지, 다른 사람의 생각을 내 생각으로 착각하고 있는 건 아닌지, 돌아보아야 한다는 점에 통감했다. 미디어나 다른 사람의 생각에 휘둘려 살았던 과거를 단절하고 각자 자신의 생각을 갖고 주체적인 삶을 살았으면 하는 마음으로 이 책의 문들 두드렸다. 1박 2일 동안 책만 가지고 토론하기에는 지루할 수도 있기에 영화를 함께 보기로 했다. 영화는 책만큼이나 좋은 토론 소재다. 할레드 호세이니의 소설 『연을 쫓는 아이』(현대문학, 2010)를 원작으로 한 〈연을 쫓는 아이〉(2007)를 함께 시청하고 토론하기로 정했다. 이를 보고 우리는 아프카니스탄의 실상뿐만 아니라 우정, 인류애 등에 대해 많은 이야기를 나눌 수 있었다.

경제에 남다른 관심을 갖고 열심히 공부하고 있는 사위가 함께 읽을 책을 선정한 적도 있다. 경제 관련 책으로도 토론을 해보고 싶다고 의견을 피력했기 때문이다. 사위가 추천한 책은 『EBS 다큐프라임 자본주의』(가나출판사, 2013)였다. 우리는 책을 읽고, 덤으로 동명의 5부작 다큐멘터리도 보기로 했다. 책은 세계 32명의 석학들이 밝히는 금융·소비·돈에 관한 33가지 비밀을 담고 있다. 책이 우리에게 던지는 질문에 말문이 막혔다.

『여우』(파랑새, 2012)라는 그림책으로 독서토론을 하기도 했다. 화재로 날개를 다친 까치와 한쪽 눈이 보이지 않는 개는 서로 돕는다. 개는 까치를 등에 태우고 까치의 다리가 까치는 개의 눈이 되어준다. 행복한 둘 사이를 시샘하듯 어느 날 외로움과 분노가 가득한 여우가 찾아온다. 하늘을 날고 싶다는 까치의 욕망을 알아챈 여우는 까치와 개 사이를 갈라놓는다. 욕심 때문에 개를 배신한 까치를 여우는 사막 한가운데 떨어뜨려 놓았다. 짧은 그림책이지만 인간관계에 대해 많은 이야깃거리를 제시하고 있다. 이 책을 읽고 토론하면 각자의 인간관계에 대해 점검해볼 수 있을 것이란 확신을 갖고 추천했다. 그림책으로도 훌륭한 토론이 나올 수 있다는 걸 확인한 시간이기도 했다.

우리 가족은
이런 논제를 나눴어요

우리 가족은 숭례문학당에서 토론한 논제와 직접 뽑은 논제들을 가지고 가족 독서토론을 진행했다. 더 치열하고 깊이 있는 논제를 뽑을 수도 있겠지만, 가족끼리의 토론이다 보니 각자의 내면을 들여다보고 서로를 이해하는 것에 초점을 맞춰 주로 편안한 질문들로 꾸렸다. 논제 만드는 방법도 진화에 진화를 거듭했으나 따로 보완하지 않았다. 부끄럽지만 우리 가족이 토론한 논제를 날것 그대로 공개한다.

1

『비폭력 대화』

마셜 B. 로젠버그 지음, 캐서린 한 옮김, 한국NVC센터, 2017

토론 전 주의할 점

1. 각 논제에 대한 의견을 요약해주세요.

2. 굳이 할 말이 없는 논제에는 침묵할 권리도 드립니다.

3. 6월 17일(금) 저녁 10시부터 토론이 시작됩니다.

4. 온라인 토론으로 진행되오니 PC에 메신저를 미리 깔아주세요.

5. 논제를 보고 사전에 답변을 준비해놓아야 편안하게 토론할 수 있습니다.

| 자유 논제

1. 저자는 새로운 소통 방식을 제안합니다. 우리의 삶에서 폭력을 줄이고 원하는 바를 평화롭게 충족할 수 있는 방법, 바로 비폭력 대화(NVC)입니다. 비폭력 대화법은 서로 마음에서 우러나는 연민을 가지고 타인과 유대 관계를 맺을 것을 권유합니다. 여러분은 이 책을 어떻게 읽으셨나요? 별점을 주고 그 이유를 말해봅시다.

2. 인상적인 부분과 쪽수를 올리고 발췌 이유를 소개해주세요.

3. 저자는 연민을 서로 주고받음을 즐기는 것이 인간의 본성이
   라고 말합니다. 하지만 서로 상처를 주는 말과 행동으로 인해
   연민으로부터 멀어지게 된다고 하면서, 비폭력 대화의 상대
   개념으로 '삶을 소외시키는 대화'를 언급하고 있습니다. '삶을
   소외시키는 대화' 사례(37~49쪽) 중에 가장 와닿는 것은 무엇
   인가요?

도덕주의적 판단: 다른 사람에 대한 분석은 실제로 자신의 욕구와 가

치관의 표현

비교하기: 비교는 판단의 한 형태

책임을 부정하기: 우리의 언어구조는 개인적 책임감에 대한 의식을 흐

림

강요하기: 우리가 사람들에게 무엇을 억지로 하게 할 수 없음

상과 벌: 누구는 무엇을(상이나 벌) 받아야 마땅하다는 사고는 연민의

대화를 막음

사회구조: 삶을 소외시키는 대화 방법은 위계, 지배적인 사회구조에서

발생하고 유지됨

---

4. 저자는 우리가 일상적으로 하는 말들 중에서 다른 사람과 공감으로 연결하는 데 방해가 되는 장애물을 열거합니다. 다음 중에서 여러분이 (가정에서, 직장에서) 가장 많이 사용하는 세 가지를 골라보세요(157~158쪽).

조언하기: "내 생각에 너는 ~해야 해", "왜 ~하지 않았니?"

한술 더 뜨기: "그건 아무것도 아니야, 나한테는 더한 일이 있었는데…"

가르치려 들기: "이건 네게 정말 좋은 경험이니까 여기서 배워."

위로하기: "그건 네 잘못이 아니야. 너는 최선을 다했어."

말을 끊기: "그만하고 기운 내."

동정하기: "참 안됐다. 어쩌면 좋으니."

심문하기: "언제부터 그랬어?"

설명하기: "그게 어떻게 된 거냐 하면…"

바로잡기: "그건 네가 잘못 생각하고 있는 거야."

---

5. 이 책은 'NVC로 감사 표현하기'라는 장으로 마칩니다. 저자는 "칭찬 뒤에 숨은 의도를 알아차리고 나면 생산성이 떨어진다"고 경고합니다. NVC 감사 표현은 다음 세 가지 요소입니

다. 첫째는 우리의 행복에 기여한 그 사람의 행동, 둘째는 그 행동으로 충족된 나의 욕구, 셋째는 그 욕구들이 충족되어 생기는 즐거운 느낌입니다. 우리 모두 NVC 감사 표현 방법으로 실습을 해보겠습니다.

감사를 잘 이해하고 자주 하는 전문가가 될수록 분노와 우울, 절망에 덜 빠지게 된다. 감사는 에고(소유하고 지배하기를 원하는)의 굳은 껍데기를 서서히 녹이는 특효약이 되어 우리를 관대한 존재로 바꾸어준다. 감사하는 마음은 우리를 고결하고 도량이 넓은 영혼으로 자라게 해주는 진정한 영적 연금술이다. (297쪽)

| 선택 논제

1. 저자는 다른 사람의 행동에 대해 생각을 나타내는 말과 느낌을 나타내는 말을 구별하라고 충고합니다. "나는 기타 연주자로서 부족하다고 느낀다." 이 문장은 느낌에 대한 것이 아니라 자신의 능력을 평가하는 말입니다. "나는 기타 연주자로서 좌절감을 느낀다"(78쪽)라는 말이 느낌을 표현하는 데 더 적당한 말이지요. 여러분은 평소 생각을 나타내는 단어와 느낌을 나타내는 단어 중 어느 쪽을 많이 사용하는 편인가요?

다른 사람의 행동에 대한 우리의 생각이나 해석을 나타낸다. 다음은 그런 낱말들의 예이다.

갇힌 / 방해받은 / 오해받은 / 강요당한 / 배신당한 / 위협받은 / 거절당한 / 버림받은 / 의심받은 / 공격당한 / 사기당한 / 이용당한 / 속박된 / 선동당한 / 인정받지 못한 / 궁지에 몰린 / 불신받은

다음 목록은 다양한 감정 상태를 분명하고 명확하게 표현하는 힘을 기르는 데 도움이 되도록 느낌말들을 정리한 것이다.

감격한 / 마음이 넓어지는 / 용기를 얻은 / 감동한 / 마음이 놓이는 / 유쾌한 / 감사하는 / 마음이 열리는 / 의기양양한 / 감탄한 / 만족스러운 / 자신만만한 / 고마운 / 머리가 핑도는 / 자신에 찬 / 고무된 / 멋진 / 자유로운 / 관심이 가는 / 명랑한 / 기운나는 / 기대되는 / 반가운 / 즐거운 (78~80쪽)

☐ 느낌을 나타내는 말   ☐ 생각을 나타내는 말

2. 저자는 "다른 사람의 말과 행동이 우리의 느낌을 불러일으키는 자극이 될 수 있어도, 결코 우리 느낌의 원인은 아니"(89쪽)라고 단언합니다. 우리의 느낌은 순간의 '필요와 기대' 때

문에 생기거나 다른 사람의 말과 행동을 '어떻게 받아들일 것인가'를 선택하는 겁니다. 책에 따르면 사람들은 다른 사람들의 말과 행동을 받아들이는 데 네 가지 선택을 합니다. 자기 탓하기, 남 탓하기, 자신의 느낌과 욕구 인식하기, 다른 사람의 느낌과 욕구 인식하기입니다. 다른 사람이 여러분을 비난할 때 다음 중 어떤 선택을 주로 하는 편인가요?

"당신은 내가 지금까지 본 사람 중에서 가장 이기적인 사람이야!"

1. 비난과 비판을 개인적으로 받아들인다.

– "아, 내가 좀 더 신경을 써야만 했는데!"

2. 상대방의 잘못을 찾아 비난한다.

– "당신은 그런 말을 할 자격이 없어요!"

3. 자신의 느낌과 욕구에 의식의 빛을 비춘다.

– "당신이 만난 사람 중에서 제가 가장 이기적이라는 말을 듣고 마음이 아팠어요. 왜냐하면 당신이 원하는 것에 대해 내가 얼마나 신경 쓰고 노력을 했는지 인정받고 싶었기 때문입니다."

4. 상대방이 지금 표현하고 있는 느낌과 욕구를 우리 의식의 불에 비춘다.

– "당신이 원하는 것에 좀 더 배려를 받기 원했기 때문에 실망

☐ 자기 탓하기   ☐ 남 탓하기

3. NVC 모델은 서로 마음으로 주고받는 관계를 이루기 위해 네 가지 의식에 초점을 둬야 한다고 말합니다. 그리고 이를 두 가지 방법으로 나눌 수 있다고 합니다. 하나는 네 가지 요소를 말이나 다른 방법으로 명확하게 표현하는 것이고, 다른 하나는 상대방으로부터 네 가지 정보를 듣는 것입니다. 여러분은 솔직하게 말하기와, 공감하며 듣기 중 어떤 것이 더 어렵게 느껴지십니까?

> NVC 모델의 네 단계
>
> 1. 우리 삶에 영향을 미치는 구체적 행동을 관찰한다.
>
> 2. 위의 관찰에 대한 느낌을 표현한다.
>
> 3. 그러한 느낌을 일으키는 욕구, 가치관, 원하는 것을 찾아낸다.
>
> 4. 우리 삶을 풍요롭게 하기 위해 구체적인 행동을 부탁한다.

☐ 네 가지 요소로 솔직하게 말하기

☐ 네 가지 요소로 공감하며 듣기

| 가족 독서토론에 참여한 소감을 나눠봅시다.

※ 『비폭력 대화』에 관한 우리 가족의 온라인 독서토론 내용은 280쪽에 수록되어 있습니다.

2

『부모라면 유대인처럼』

고재학 지음, 위즈덤하우스, 2010

| 자유 논제

1. 이 책은 평범한 아이도 세계 최강의 인재로 키워내는 탈무드
   식 자녀교육을 소개한 책입니다. 여러분은 이 책을 어떻게 읽
   으셨나요? 별점과 함께 읽은 소감을 나눠봅시다.

2. 인상 깊게 읽은 부분이 있다면 소개하고, 그에 대한 소감을
   나눠주세요.

3. 저자는 서울대학교 인문대학을 졸업하고 〈한국일보〉 기자를
   거쳐 책을 쓸 당시 논설위원으로 근무하고 있었습니다. 저자
   소개를 보면 고등학생 두 자녀를 둔 아버지로서 "아이들을
   '한국식 모범생'으로 키우고 싶지 않다는 교육철학을 갖고 있

다"고 말하는데요. 그는 다섯 가지 주제를 가지고 책을 썼습니다. 여러분은 아래 주제 중 어떤 내용에 공감했습니까?

가정교육: 뿌리가 튼튼해야 열매도 튼튼, 자녀교육의 뿌리는 가정교육이다.

학습능력: 머릿속 지혜는 생존의 무기, 자녀의 두뇌 계발은 부모 책임이다.

창의력: 창의력은 성공의 씨앗, 아이의 질문을 최대한 끌어낸다.

인성교육: 역사라는 씨줄과 사회라는 날줄, 공동체 의식을 가르친다.

진로상담: 꿈꾸는 대로 흘러가는 삶, 현실 속에서 꿈꾸게 한다.

---

4. 한국의 교육과 유대인의 교육은 많은 차이가 있습니다. 한국의 부모들은 자녀를 학교에 맡기면 책임을 다한 것으로 생각하며, 자녀를 사랑하는 법도 자녀와 대화하는 법도 모릅니다. "성적이 왜 이 모양이냐", "공부해라"라는 잔소리가 다반사인데요. 여러분은 한국의 부모들이 어떻게 달라져야 한다고 생각하십니까?

우리나라의 교육은 학교 중심이지만, 유대인의 교육은 가정 중심이다. 유대인들은 부모가 아이들의 가장 좋은 친구이자 최고의 선생님이라고 믿는다. 당연히 자녀가 태어나면 교육을 할 의무가 있다고 여기고 좋은 부모가 되기 위해 노력한다. 헨리 키신저는 어렸을 때 부모에게 물려받은 책상과 책을 "내가 받은 가장 귀한 선물"이라고 입버릇처럼 말했다. (67~68쪽)

5. 한국의 부모들은 자녀를 수동적으로 키웁니다. 질문을 하도록 유도하기는커녕 아이들이 자발적으로 던지는 질문에 답하는 것도 귀찮아합니다. 그 결과 한국 학생들은 조용히 수업을 경청합니다. 질문을 하지 않으면 창의력과 거리가 멀어집니다. 창의력 있는 아이들이 되기 위해 가정과 학교에서 어떤 노력이 필요할까요?

어린아이는 태어나서 만3세까지는 부모의 말과 행동을 모방하면서 학습한다. 주어지는 정보를 받아들여 반복적으로 익히는 수동적인 방식의 학습이다. 하지만 4세가 넘어가면서부터 "이게 뭐예요?" "왜 이렇지요?" "이렇게 하면 안 되나요?"와 같은 질문을 끝없이 던지는 등 능동적인 태도를 보인다. 아이들의 이런 지적 호기심을 제대로 충족시켜주는 것은 매우 중요하다. 부모의 대응 방식에 따라 아이가 지적으로 한 단계 성숙하는 계기가 될 수 있는 반면, 주입되는 정보만 받아들이는 수동적인 아이로 굳어질 수도 있기 때문이다. 아이들의 호기심을 억누르면 그만큼 지능 발달이 뒤쳐진다. (164쪽)

6. 돈은 행복한 삶을 꾸려 나가기 위해 중요한 요소입니다. 어렸을 때 저축하는 습관 또는 낭비하는 습관을 들이면 그 습관이 평생 지속됩니다. 앞으로 자녀들에게 경제에 관련하여 어떤 점을 강조하고 싶으신가요?

아이를 현명한 경제 주체로 키우려면 어렸을 때부터 경제가 무엇이며, 왜 중요한지를 가르치는 과정이 필요하다. 전문가들은 경제교육은 빠르면 빠를수록 좋다고 말한다. 어렸을 때부터 돈이 무엇이며, 언제 어떻게 쓰는지를 익히는 것은 행복한 삶을 꾸리기 위한 필수조건이기 때문이다. 아이에게 올바른 경제교육을 시키려면 부모부터 경제를 제대로 알아야 한다. 평소 신문의 경제면과 관련 서적 등을 꾸준히 읽어 경제에 대한 기본지식을 넓히자. (230쪽)

1. 유대인 부모들은 자녀들을 키울 때 단점보다 장점을 보려고
   애씁니다. 잘못했을 때는 꾸지람보다 칭찬과 격려로 자녀들을
   키웁니다. 작은 실패나 결점을 꼬투리 잡아 꾸짖거나 질책하
   는 것은 자녀의 올바른 성장에 결코 도움이 되지 않습니다.
   여러분은 부모의 칭찬과 격려 중 어떤 것이 더 자신감을 갖
   게 할까요?

   동기 부여를 확실히 하는 데는 '칭찬'과 '격려'보다 더 좋은 방법
   이 있을 수 없다. '칭찬은 고래도 춤추게 한다.'는 말이 있듯이,
   아이들의 장점을 찾아내 때때로 칭찬하는 것은 성취동기를 이
   끌어내는 최고의 방법이다. 격려는 칭찬보다 더 중요하다. 칭찬
   은 일의 결과가 좋거나 어떤 성취를 이뤄냈을 때 "정말 잘했어"
   라고 평가를 내리는 것이고, 격려는 결과가 나쁠 때에도 부족하
   지만 잘했다고 용기와 자신감을 북돋워주는 말이다. "열심히 했
   으니 괜찮아. 용기를 잃지 마. 다음에는 더 잘할 수 있어." (중략)
   결과보다는 아이의 노력을 더 평가하는 이런 격려의 말은 아이
   들이 실패하거나 좌절했을 때, 힘들어하거나 지쳐 있을 때 다시
   의욕을 불어 넣는 중요한 동력이 된다. (131~132쪽)

☐ 칭찬   ☐ 격려

2. 한국의 중고등학생 성적은 다른 나라 학생들과 비교해도 우
   수한 편입니다. 그러나 대학만 들어가면 학습경쟁력은 곤두박
   질합니다. 미국 명문대에 입학은 하지만 중도 탈락자가 너무
   많이 나온다는 연구결과도 있습니다. 여러분은 이런 문제가
   어디에서 기인한다고 생각하십니까?

김승기 박사의 콜럼비아대 박사 논문에 따르면, 미국 명문대에
입학한 한국인 학생 가운데 44퍼센트가 중도 탈락한다. (중략)
김박사는 한국학생들이 대학에 들어가는 데만 노력을 기울이
지, 들어간 다음에 어떻게 공부해야 하는지는 잘 모른다는 분석
이다. 대학이나 대학원의 공부 환경은 철저히 자기주도 학습을
요구한다. 타율에 의한 학습에 익숙한 한국 학생들이 부모와 교
사의 강요에 의한 공부에서 해방되는 순간, 공부의 동력을 잃어
버리는 것이다. (141쪽)

☐ 학생과 부모   ☐ 교사와 교육부처

3. 유대인들은 미국의 여러 분야에서 놀라울 정도로 리더십을

발휘하고 있습니다. 그 원인에 대한 여러 가지 의견이 있습니다. 여러분은 유대인들이 여러 분야에서 리더십을 발휘하고 있는 이유가 어디에 더 있다고 보십니까?

미국의 3대 공중파 방송인 ABC, CBS, NBC는 모두 유대인이 설립했고, 말이 생명인 코미디언의 80% 이상이 유대인이다. (중략) 미국 내 변호사 74만 명 중 16%가 유대인이다. 뉴욕과 워싱턴에 밀집해 있는 로펌 중 40%가 유대인과 직접적인 관련이 있다. (중략) 유명대학 로스쿨 학생의 약 30%가 유대인이고, 미국 법과대학 교수의 26%가 유대인이다. (125쪽)

□ 부모의 역할　　□ 자녀의 노력

| 가족 독서토론에 참여한 소감을 나눠봅시다.

『세계 명문가의 독서교육』

최효찬 지음, 바다출판사, 2010(구판)

| 자유 논제

1. 저자는 오랫동안 기자로 지내면서 자녀교육과 독서교육에 관심을 갖게 되었다고 합니다. 그는 열 곳의 세계 명문가에서 이뤄진 독특한 독서교육의 특징을 찾아 책에 담았습니다. 명문가는 저마다 상황에 맞는 다양한 독서방법으로 인재를 키웠는데요, 여러분은 이 책을 어떻게 읽으셨나요?

2. 밑줄 그은 부분과 그에 대한 소감을 나눠주세요.

3. 저자는 자녀의 독서교육에 직접 참고할 수 있도록 몇 가지 모델을 제시합니다. 여러분은 다섯 가지 중 어떤 방법을 따라 시도해보고 싶으신가요?

> 1. 집안에 서재나 작은 도서관을 갖추어 자녀를 독서의 세계로 이끌어라.
>
> 2. 고전을 필독서로 삼아라. 명문가들은 하나같이 고전과 역사책을 중

시했다.

3. 독서를 한 후에는 토론을 시켜라.

4. 독서에 그치지 말고 글쓰기를 병행하게 하라.

5. 책 속에 머물지 말고 여행을 하면서 견문을 넓혀라.

4. 자녀교육은 한 사람의 운명을 넘어서 인류에도 큰 영향을 미칩니다. 저자는 "자녀가 성공하기를 바란다면 독신讀神으로 키우라"고 주장합니다. '독신'으로 키울 수 있는 방법으로 10명의 세계 명문가 독서교육을 제시합니다(8쪽). 여러분은 어떤 가문의 독서교육이 가장 인상적이었나요?

1. 역사책을 즐겨 읽고 외국어로 독서하는 습관을 키워라. - 처칠 가

2. 책만으로는 부족하다. 신문으로 세상 보는 안목을 넓혀라. - 케네디 가

3. 200통의 편지로 독서교육을 하면 누구나 큰 인물로 만들 수 있다.

   - 네루 가

4. 어릴 때 역할모델을 정하고 독서법을 모방하라. - 루스벨트 가

5. 한 분야의 전문가가 되려면 다른 사람보다 다섯 배 더 읽어라. - 버핏

   가

6. 어린 시절에 듣는 이야기들도 독서만큼 중요하다. - 카네기 가

7. 추천 도서 리스트에 너무 연연해하지 마라. - 헤세 가

8. 사람마다 취향이 다른 법, 끌리는 책을 먼저 읽어라. - 박지원 가

9. 고전을 중심으로 읽고 반드시 토론하라. - 밀 가

10. 아이의 재능에 따라 맞춤형 독서로 이끌어라. - 이율곡 가

5. 케네디 가는 〈워싱턴포스트〉가 꼽은 미국 10대 정치 명문가 중 1위에 올랐을 정도로 명망 있는 집안입니다. 그 시작은 어머니 로즈 여사의 자녀교육에서 비롯되었습니다. 로즈 여사는 자녀를 기르는 동안 육아일기를 썼으며 독서리스트를 만들었고 신문을 읽고 토론을 할 수 있는 환경을 만들어주었습니다. 여러분은 명문가를 만드는 데 부모의 역할이 얼마나(%) 작용된다고 보십니까?

"세계의 운명은 좋든 싫든 간에 자기의 생각을 남에게 전할 수 있는 사람들에 의해 결정된다."

이 문구는 로즈 여사가 아이들과 토론하면서 노트에 써 놓은 것이다. 케네디가 토론의 달인, 연설의 달인이 될 수 있었던 것은 어머니의 이런 철학에서 비롯되었다.

로즈 여사는 회고록 『케네디 가의 영재교육』에서 "자녀들을 유

능한 인물로 키우려면 그 훈련은 어려서부터 시작해야 한다."고 조언한다. 적어도 네다섯 살부터 책 읽기와 토론훈련을 시작해야 한다고 주장하는데 이른바 조기 토론교육의 필요성을 강조한 말이다. 어쩌면 요즘 초등학생 때부터 유행하고 있는 조기 선행학습보다 로즈 여사처럼 조기 토론교육을 하는 것이 더 바람직하지 않은지 생각해 볼 대목이다. (47쪽)

6. 버핏은 뛰어난 투자실력과 기부활동으로 '오마하의 현인'으로 불립니다. 그는 성공의 비결로 좋은 스승, 좋은 습관, 올바른 가치관, 원칙을 꼽습니다. 버핏은 다른 사람의 좋은 성격, 품성, 습관, 사고방식을 자기 것으로 만들기 위해 관찰과 메모를 한다고 합니다. 여러분이 현재 갖고 있는 가장 좋은 습관은 무엇이며, 그 습관을 만들기까지 어떤 노력을 하셨는지 소개해주시기 바랍니다.

버핏은 대학생들과 자주 대화와 토론을 하는데 이때 항상 하는 말이다. 그는 좋은 스승과 좋은 습관, 그리고 올바른 가치관과 원칙이 있다면 누구든 성공할 가능성이 높다고 강조한다. 특히 친구를 고를 때에도 성적이 좋거나 잘 생긴 친구보다 좋은 습관과 올바른 가치관과 원칙을 지닌 친구를 고르면 성공 가능성이 더 높아진다고 조언한다. 그래서인지 버핏은 다른 사람의 성격과 특징 가운데 장점을 관찰하여 수첩에 적어 두기를 권한다. 청소년 시절부터 이런 관찰과 메모 습관을 들인다면 타인의 좋은 성격이나 품성, 습관, 사고방식을 자기 것으로 만들 수 있다는 것이다.

그는 무엇보다 성공하기 위해서는 날마다 꾸준히 읽고, 배우고, 귀담아 듣고, 우선순위를 정하는 습관을 가져야 한다고 한다. 버핏은 지금도 하루의 3분의 1을 각종 교양서적과 투자관련 자료, 신문과 잡지를 읽는 데 보낸다. (127쪽)

| 선택 논제

1. 존 스튜어트 밀은 영국의 유명한 사상가입니다. 그는 역사에 남을 만한 수많은 저서를 남겼는데 그중 사상과 언론의 자유를 주장한 『자유론』이 대표 저서입니다. 이 책은 아버지의 토론식 독서교육의 결실이라 할 수 있습니다. 밀은 독서만 한 것이 아니라 틈틈이 여행을 통해 지적인 성장을 모색했는데요, 여러분은 지적 성장을 위해 독서와 여행 중 어떤 것이 더 필요하다고 보시나요?

어쨌든 밀은 음악을 듣고 시를 읽으면서 마음의 평정을 찾았다. 특히 콜라쥬의 시를 읽으며 마음의 위안을 찾았다. 또 앙투안 마르몽텔의 『회상록』을 읽기도 하고 윌리엄 워즈워스의 시 「루시의 노래」, 「서곡」 등을 읽으면서 과도한 공부 스트레스를 이겨 나갈 수 있었다.

독서를 한 뒤에는 1년 동안 프랑스에 머물면서 스위스 등지를 여행하기도 했다. 밀은 프랑스 여행을 통해 학문과 사유의 영역을 확대하여 음악과 시, 미술 등으로 관심의 폭이 확장되었다. 이를 통해서 알 수 있듯이 여행은 지적 성장에 필수적이다. (229쪽)

☐ 독서   ☐ 여행

2. 독서의 중요성은 동서고금을 막론하고 강조되어 왔습니다. 미국 교육과학연구소가 발표한 미국을 이끌어가는 지도자들에 대한 분석이 눈길을 끕니다. '초등학교 시절에 읽은 책이 그 사람의 인생을 결정한다'라는 주장에 대해 공감하십니까?

미국 교육과학연구소가 2002년에 발표한 <미국의 리더는 어떻게 만들어지는가>라는 보고서를 보면 미국 사회를 이끌어 가는

지도자들은 초등학교 시절에 좋은 책을 많이 읽은 공통점을 지니고 있다고 한다. 반면 범죄자들은 대부분 거의 책을 읽지 않았거나 교육적인 가치가 없는 책을 읽은 것으로 조사되었다. 이 보고서는 "초등학교 시절에 읽은 책이 그 사람의 인생을 결정한다"는 결론으로 끝을 맺고 있다. (264쪽)

☐ 공감한다　　☐ 공감하기 어렵다

| 가족 독서토론에 참여한 소감을 나눠봅시다.

4

『공부머리 독서법』

최승필 지음, 책구루, 2018

| 자유 논제

1. 『공부머리 독서법』은 저자가 12년 동안 아이들과 독서 논술 수업을 하면서 축적한 노하우를 집약한 독서교육 지침서입니다. 여러분은 이 책을 어떻게 읽으셨나요? 별점과 소감을 함

께 나눠봅시다.

2. 책에서 인상 깊었던 부분이 있었다면 소개해주세요.

3. 저자는 교육 과정 전체로 관찰 폭을 넓히면 상급 학교로 진학할 때 성적의 변화가 일어난다고 합니다. 그는 "초등 성적은 엄마 성적, 중등 성적은 학원 성적, 고등 성적은 학생 성적이라는 말이 있을 정도"(27쪽)라고 말하는데요. 여러분은 저자가 말한, 우등생이 이탈되고 부진했던 아이의 성적이 오르는 1~2차 급변동 구간을 어떻게 보셨습니까?

도대체 이 두 번의 시기에 어떤 일이 일어나는 걸까요? 설명의 편의상 성적이 바뀌는 중학교 1학년(자유학년제 시행 후에는 중학교 2학년)을 1차 급변동 구간, 고등학교 1학년을 2차 급변동 구간이라고 부르겠습니다. 1, 2차 급변동 구간은 성적이 급격히 변한다는 공통점이 있지만, 그 성격은 조금 다릅니다. 먼저 중학교 진학과 함께 찾아오는 1차 급변동 구간의 특징은 '초등 우등생의 대거 이탈 현상'이라고 할 수 있습니다. 초등 우등생 중 70~80%에 이르는 아이들이 이 시기에 평범한 성적으로 주저앉습니다. 80점 초반 정도로 낙폭이 적은 경우도 있지만 병호처럼

20~30점씩 폭락하는 아이도 꽤 많습니다. 심지어 60점대까지 곤두박질치는 경우도 있죠. (중략) 초등학교 때는 공부를 못하는 편이었는데 중학생이 되면서 갑자기 평균 90점 이상을 거두는 우등생이 되는 겁니다. 공부를 잘했던 아이가 못하게 되고, 공부를 못했던 아이가 잘하게 되는 기현상이 여기저기서 속출합니다. (27~28쪽)

4. 이 책에서는 "뇌를 많이 쓰면 시냅스 연결 방식이 개선, 강화되고 많이 쓰지 않으면 연결이 퇴보하거나 끊어"(61쪽)진다고 설명합니다. 우리나라 중장년층의 실질 문맹률은 OECD 22개 회원국 중 3위를 기록하고 있다고 조사 결과를 인용합니다. 저자는 언어능력이 독서율과 깊은 관련이 있다고 하는데요, 여러분은 우리나라 중장년층의 '실질 문맹률'에 대해 어떻게 생각하시나요?

2014년 OECD는 22개 회원국의 국민 15만 명을 대상으로 실질 문맹률 조사를 실시했습니다. 실질 문맹이란 글자를 소리로 읽을 줄은 알지만 뜻을 파악하는 능력이 현저히 떨어지는 경우를 말하는데, 그 조사 결과가 자못 충격적입니다. 우리나라 중장년층의 실질 문맹률이 22개국 중 3위를 기록한 것입니다. 우리나라 중장년층 상당수는 전자제품 설명서나 약 사용법 같은 간단한 글조차 제대로 이해할 수 없는 수준이라고 합니다. 우리나라 중장년층의 언어능력이 이렇게 낮은 것은 세계 최저 수준의 독서율과 깊은 관련이 있습니다. 평소 길고 어려운 글을 읽는 훈련을 거의 하지 않으니 글을 읽고 이해하는 시냅스 연결이 죄다 풀려버린 것이지요. (62쪽)

5. 지은이는 "학교 공부한 기간이 고작해야 중등 1학년 때 1년, 고등 3학년 때 6개월밖에 되지 않습니다"(255쪽)라고 말하며, 그는 본인의 지식 처리 능력의 90퍼센트는 『코스모스』(사이언스북스, 2004)로 길러졌다고 말합니다. 내신 9등급이었던 저자는 대학수학능력시험에서 전국 상위 4퍼센트 안에 들 수 있었던 이유를 '『코스모스』를 10번 읽은 덕분'이라고 하는데요. 여러분은 이런 저자의 독서법을 어떻게 읽으셨나요?

내신이 9등급이었던 저는 대학수학능력시험에서 전국 상위 4% 안에 들었습니다. 본고사와 논술고사도 무사히 통과해 서울 안에 있는 두 개 대학에 합격했고, 제가 원하는 대학에 갈 수 있었습니다.

참고로 저는 지능이 높은 사람이 아닙니다. 기억력도 형편없고, 다소 덜렁거리는 성격이기도 합니다. 그런 제가 4개월 동안 고등 교과 3년 치의 공부를 할 수 있었던 이유가 무엇일까요? 저는 그게 칼 세이건의 『코스모스』를 읽었기 때문이라는 사실을 의심 치 않습니다. 『코스모스』는 우주 역사 137억 년을 다룬 700페이지 분량의 천체물리학책입니다. 이 책은 초등 1학년부터 고등 3학년까지 전 과목 교과서를 합친 것보다 많은 정보량과 고3 교과서를 훌쩍 뛰어넘는 난이도를 갖고 있습니다. 저는 그 책을 10번 가까이 읽었습니다. 『코스모스』에 비하면 고등학교 교과서는 굉장히 쉬운 책이었고, 습득해야 할 지식의 양도 그다지 많은 편이 아니었던 겁니다. (254~255쪽)

6. 저자는 "빨리 읽을수록 언어능력 상승효과가 낮다면 반대로 책을 샅샅이 곱씹으며 읽을수록 언어능력 상승효과가 커지지 않을까?"(304쪽)라고 생각하던 중 하시모토 다케시의 『슬로 리딩』(조선북스, 2012)을 접하면서 천천히 읽을수록 좋다는 사실을 확신하게 되었다고 합니다. 다케시 선생의 파격적인 국어 수업 덕분에 많은 인재가 배출되었다고 하는데요, 여러분

은 '슬로 리딩'의 효과에 대해 어떻게 생각하십니까?

다케시 선생은 학생들에게 『은수저』 외에 한 달에 한 권 자유 독서를 하게 했는데, 이 한 권 한 권의 독서의 깊이가 학생들의 언어능력을 엄청나게 끌어올렸을 것은 불을 보듯 뻔한 일입니다. 다케시 선생의 제자들은 그 언어능력의 힘으로 명문대에 진학했고, 더 나아가 고위 공무원, 유명 문학가, 대학 총장, 정치인, 대기업 임원이 될 수 있었습니다. (305쪽)

슬로리딩은 이렇게 이야기의 요소요소를 깊이 사색하는 독서입니다. 책을 읽다가 멈춰서는 순간이 많은 독서지요. 슬로리딩은 좋은 질문을 던지는 것에서부터 시작됩니다.
'왜 이렇게 이야기를 시작했을까?'
'왜 이 인물은 이런 직업을 가졌을까?'
좋은 질문을 던지고 그 질문의 답을 이치에 맞게 찾아내는 것, 이 과정에서 아이의 사고력이, 언어능력이, 상징을 읽는 눈이, 사람과 세상을 이해하는 마음이 폭발적으로 성장합니다. (309쪽)

1. 저자는 영유아기 독서 지도 목표를 하나는 책과 친해지는 것, 다른 하나는 이야기 구조를 내면화하는 것이라고 주장합니다. 그 방법으로 아이가 원할 때 즐겁게 읽어주고, 책의 선택권도 아이에게 주라고 주문합니다. 여러분은 저자의 이런 주장이 영유아 독서법으로 충분하다고 보시나요?

> 영유아기 독서 지도의 목표는 크게 두 가지입니다. 하나는 책과 친해지는 것이고, 다른 하나는 이야기 구조를 내면화하는 것입니다. 이 두 가지 목표만 달성하면 이해력, 어휘력, 발표력 향상은 저절로 이루어집니다. 이 모든 것을 이루는 가장 쉬운 방법은 아이가 원할 때 즐겁게 읽어주는 것입니다. 아이가 지쳐 쓰러질 때까지 읽어주거나 독후 활동에 치중해서는 안 됩니다. 그리고 독서의 주도권을 모두 아이에게 넘겨주어야 합니다. 아이가 원하는 책을, 원하는 만큼 읽어줘야 한다는 것이지요, 이것이 영유아기 최고의 교육입니다. (170쪽)

☐ 충분하다　　☐ 부족하다

2. 저자는 "진정한 읽기독립은 '책이 재미있어서 스스로 읽는 아

이'가 되는 것"(200쪽)이라고 주장합니다. 부모의 관리 없이 스스로 책을 재미있게 읽는 아이가 되는 것을 방해하는 요소로 저자는 다섯 가지를 지적하고 있는데요. 여러분이 생각하는 가장 문제되는 요소와 그 이유를 발표해주세요.

전집: 전집은 나쁜 책이 아닙니다. 다만 아이의 취향과 상관없이 여러 권의 책을 한꺼번에 구비하게 되면, 책 읽기가 공부이자 의무로 변질되기 쉽다는 점이 문제죠.

학습만화: 학습만화에 한 번 발을 들이면 그 비중이 점점 늘어납니다. 결국 대부분의 독서가 학습만화로 점철되게 되죠 한 줌도 안 되는 얕은 지식을 얻기 위해 언어능력을 올리는 데 도움이 안 되고, 독서 습관마저 망칠 수 있는 학습만화를 읽힐 필요가 있을까요?

속독: 읽기독립 시기에 가장 주의해야 할 것이 속독입니다. 속독을 시작하는 순간, 독서 교육은 중대한 위기에 빠지게 됩니다. 아무리 많이 읽어도 독서 효과를 볼 수 없기 때문입니다. 속독이 나쁜 독서라는 점을 강조해주세요.

사교육: 사교육의 효과는 초등 저학년 때 가장 높고 학년이 올라갈수록 낮아지다가 중등 2학년이 되면 사실상 사라집니다. 결국 스스로 읽고 이해하는 공부를 해야 합니다. 초등학교만 다니고

말 게 아니라면 사교육을 시키느라 책 읽을 시간을 빼앗지 말아 주세요.

스마트폰: 스마트폰은 반드시 겪어야 할 통과의례가 아닙니다. 어릴 때부터 스마트폰을 한 아이일수록 훨씬 더 심각하게 스마트폰에 빠집니다. 가능한 한 늦게 줘야 합니다. (200~201쪽)

① 전집   ② 학습만화   ③ 속독   ④ 사교육   ⑤ 스마트폰

| 가족 독서토론에 참여한 소감을 나눠봅시다.

5
『공부하는 힘』

황농문 지음, 위즈덤하우스, 2013

| 자유 논제

1. 이 책은 서울대학교 재료공학부 황농문 교수의 저서입니다. 살아가면서 만나게 되는 크고 작은 도전에 몰입을 실천함으로써 경쟁력을 키우고, 행복과 자아실현을 모두 성취할 수 있

는 궁극의 학습법을 소개하고 있습니다. 여러분은 이 책을 어떻게 읽으셨나요? 별점과 소감을 나눠봅시다.

2. 책을 읽으면서 인상 깊었던 부분이 있었다면 소개해주세요.

3. 저자는 중간고사나 기말고사를 1000미터 달리기에, 수험 공부를 마라톤에 비유합니다. 후회 없는 수험 공부를 위해서는 하루 7시간 자고 꾸준히 운동하며 15시간 몰입해서 공부해야 한다고 합니다. 마라톤처럼 "오버페이스를 해서도, 언더 페이스를 해서도 안 된다"(57쪽)며, "최상의 컨디션을 유지하면서 수험공부에 몰입하려면 다음 10가지를 유념해야 한다"(58쪽)고 말하는데요. 저자가 말한 열 가지 중 여러분이 가장 중요하다고 생각한 두 가지를 골라 그 이유를 설명해주세요.

---

1. 수면이 부족해서는 안 된다.

2. 매일 규칙적으로 30분간 운동한다.

3. 온몸에 긴장을 풀고 느긋하게, '슬로우 싱킹' 방식으로 공부한다.

4. 두뇌가동률을 최대로 올려야 한다.

5. 과목을 수시로 바꾸지 말고 한 과목을 충분히 오래 공부한다.

6. 암기보다는 이해와 사고 위주로 학습을 한다.

---

7. 자투리 시간에 몰입도를 떨어뜨리지 않도록 주의한다.

8. 선택과 집중을 한다.

9. 반복 학습을 한다.

10. 공부에 대한 최대 구동력이 만들어지도록 의도적인 노력을 수시로
    한다.

4. 재능은 후천적으로 발달한다고 뇌과학에서 분명하게 밝히고
   있습니다. 저자는 "재능이 뛰어나다는 것은 재능을 발휘할 수
   있도록 많은 시냅스가 배선되었다는 것을 의미한다"(96쪽)고
   덧붙입니다. 만 3세 아이들의 시냅스가 어른보다 두 배 많다
   고 합니다. 시냅스를 사용할수록 발달하고, 사용하지 않으면
   사라진다며, "사람들이 조기교육에 관심을 많이 두는 이유도
   여기에 있다"(97쪽)고 하는데요, 여러분은 저자의 '시냅스' 발
   달에 대한 견해를 어떻게 보셨나요?

   만 3세가 되면 1,000조 개의 시냅스가 존재하는데 이는 어른보
   다 거의 2배나 많은 것이다. 처음에는 연결이 제멋대로 이루어
   져 있지만 그 뒤로 쓰이지 않는 시냅스는 사라지고 쓰이는 시냅
   스는 더 발달한다. 다시 말해서 시냅스는 사용하면 할수록 발달

하고 사용하지 않는 시냅스를 계속 유지함으로써 쓸데없이 에너지를 낭비하지 않기 위함이다. (96쪽)

한편, 시냅스 발달은 어릴수록 큰 효과가 있다. 사람들이 조기교육에 관심을 많이 두는 이유도 여기에 있다. 그러나 동시에 아이가 어릴수록 좋지 않는 환경도 심각하게 영향을 미친다는 사실을 간과해서는 안 된다. 후천적 자폐증이 그 예라고 할 수 있다. (97쪽)

5. 저자는 창의성을 기르기 위한 방법으로 조기교육에 대해 소개합니다. 보리스 시디스는 아들 시디스에게 조기 영재교육을 시켜 만 11세에 하버드대학 최연소로 입학하게 만들었습니다. 하지만 심각한 정서불안과 대인 기피증으로 불행한 삶을 살았던 윌리엄 제임스 시디스를 저자는 "과도한 조기교육의 희생자로 생각된다"(155쪽)고 말합니다. 반면 칼 비테는 아들에게 나이에 맞는 조기교육을 실천하여 사회에 공헌하도록 양육했습니다. 저자는 칼 비테의 교육이 "현대의 유아교육인 몬테소리와 프뢰벨 교육법 등에 많은 영향을 미쳤다"(157쪽)고 이야기하고 있는데요. 여러분은 조기교육의 빛과 그림자에

대해 어떻게 생각하십니까?

칼 비테는 "영재는 태어나는 것이 아니라 교육에 따라 만들어진다"는 주장을 펼쳤다. (중략) 이러한 아버지의 철저한 교육 때문에 아들 칼 비테는 9세가 될 무렵 6개국어를 자유롭게 구사하였고 10세에 괴팅겐 대학에 입학하였고 13세에 기젠 대학에서 철학 박사 학위를 받았다. (중략) 16세 때 하이델베르크대학에서 법학 박사 학위를 받은 후 베를린 대학의 법학부 교수로 임명되었다. 그는 83세까지 장수하였고 언제나 활동적이고 가정생활과 대인관계 면에서도 원만하였으며 사회에 많은 공헌을 하였다고 한다. (156~157쪽)

6. 저자는 '정신적 성숙'이야말로 최선의 노력을 유도할 수 있는 강력한 동기라고 말합니다. 그는 정신적으로 성숙하기 위해서는 힘들고 고통스러운 상황을 필요로 한다고 덧붙입니다. 저자는 고통을 경험할 일이 별로 없는 요즘 아이들에게 "조상이 겪은 수난을 잊고 역사를 망각하는 민족에게는 내일이 없다"(192쪽)고 가르치는 유대인 교육을 예로 들고 있습니다. 여러분은 '정신적 성숙'을 위해 어떤 교육이 필요하다고 보시나요?

헬렌 켈러는 인간의 정신은 편안한 생활 속에서는 발전할 수 없다고 하였다. 시련과 고생을 통해서 인간의 정신이 단련되고 어떤 일을 올바로 판단하는 힘을 길렀을 때 비로소 더욱 큰 야망을 품고 그것을 성공시킬 수 있다는 것이다. (189쪽)

유대인 교육의 중요한 특징 중 하나는 어린 시절에 처절한 고통의 역사를 사실 그대로 가르친다는 것이다. 초등학생이나 중고생 시절에 아우슈비츠 수용소를 의무적으로 방문해야 한다고 한다. 아우슈비츠 방문한 아이들은 그 당시 사용했던 독가스 통이나 수감자들이 남긴 소지품을 보게 된다. 또한 나치에 의해서 발가벗겨진 채 가스실에 고통스럽게 죽어가는 처참한 장면을 있는 그래로 보는 것이다. 이곳을 방문한 학생들은 상당수가 울음을 터뜨린다고 한다. (192쪽)

| 선택 논제

1. 저자는 "불운한 성장 환경이 커다란 도전으로 작용하고 이에 대한 응전이 발달한 경우"(116쪽)로 여러 인물의 사례를 듭니다. 불우한 환경을 이겨내고 역사에 남는 인물로 레오나르도 다 빈치, 아이작 뉴턴, 알베르 카뮈 등입니다. 영국의 역사학

자 아놀드 토인비는 "인류가 발전한 원동력이 바로 도전과 응전"(117쪽)이라고 설명하는데요. 여러분도 도전과 응전이라는 메커니즘을 삶에 적용하여 얼마나 성과를 내고 싶으신가요?

몰입도는 도전해야 올라가고, 몰입도가 높은 상태가 되어야만 열정이 생기고 창의적인 결과를 얻을 수 있다. 즉 도전정신이 없으면 열정과 창의성은 기대할 수 없다. 결국 우리의 창의성과 지능은 도전과 응전이라는 메커니즘에 의해 발달한다는 것을 알 수 있다. 도전이 크면 클수록 응전도 커지면서 발달 속도도 빨라진다. (113쪽)

설정한 목표를 추구하기 위해서 우리 뇌는 그 목표에 가까워지면 쾌감이나 즐거움을 준다. 성공에 대한 일종의 보상인 것이다. 그러나 그 목표를 달성하지 못하거나 목표에서 멀어지면 짜증이 나게 만든다. 이것은 곧 실패에 대한 처벌이다. 결국 당근과 채찍을 통해 설정한 목표를 추구하도록 유도하는 것이다. (113~114쪽)

☐ 많이 그렇다　　☐ 적당히 그렇다

2. 대표적인 교육 선진국으로 이스라엘과 핀란드가 있습니다. 이

들의 교육 방식은 우리나라와 많이 다릅니다. 유대인의 교육 방법은 "질문과 토론을 통하여 어려서부터 사고력과 창의력을 발달시키는 것입니다"(224쪽). 그 덕분에 유대인들이 노벨상을 휩쓸고 있습니다. 핀란드에서는 "한 반에 교사가 최대 3명"이며 "2명의 교사는 교육 지도에 집중하고, 1명의 교사는 수업을 따라가지 못하는 학생들을 지도한다"(226쪽)고 합니다. 그 덕분에 한명의 낙오자도 없다고 하는데요. 여러분은 우리나라 인재를 육성하기 위해 이스라엘과 핀란드 중 어느 나라의 교육 방법을 먼저 도입해야 된다고 보시나요?

☐ 이스라엘　　☐ 핀란드

| 가족 독서토론에 참여한 소감을 나눠봅시다.

※ 『공부하는 힘』에 관한 우리 가족의 온라인 독서토론 내용은 349쪽에 수록되어 있습니다.

6

『감옥으로부터의 사색』

신영복 지음, 돌베개, 1998(구판)

︱ 자유 논제

1. 이 책에는 영어의 몸이 된 저자가 20년 20일간 옥중에서 보
   낸 삶의 흐름과 저자의 고뇌 어린 사색이 잔잔히 펼쳐지고 있
   습니다. 여러분은 이 책을 어떻게 읽으셨나요? 별점과 함께
   소감을 나눠봅시다.

2. 밑줄 그은 부분과 그에 대한 소감을 나눠주세요.

3. 저자가 별도의 책이나 이야기로 꺼낼 만큼 '청구회의 추억'
   은 의미 깊은 지점입니다. 가난하고 똑똑하지 못한 아이들과
   의 우연한 만남. 이는 사소한 일부터 독서, 봉사, 진학에 대한
   고민, 아이들이 주인공인 봄 소풍, 저자 집으로의 초대 등 다
   양한 관계로 2년간 이어지는데요. 여러분은 「청구회의 추억」
   (30~46쪽)을 어떻게 읽으셨나요?

4. 저자는 "돕는다는 것은 우산을 들어주는 것이 아니라 함께

비를 맞으며 함께 걸어가는 공감과 연대의 확인"(244쪽)이라고 합니다. 이는 『담론』에서도 이어지는 이야기인데요. 여러분은 이 부분을 어떻게 읽으셨습니까?

남을 도울 힘이 없으면서 남의 고충苦衷을 듣는다는 것은 매우 마음 아픈 일입니다. 그것은 단지 마음 아픔에 그치지 않고 무슨 경우에 어긋난 일을 하고 있는 느낌을 갖게 합니다.

도운다는 것은 우산을 들어주는 것이 아니라 함께 비를 맞는 것임을 모르지 않습니다만, 빈손으로 앉아 다만 귀를 크게 갖는다는 것이 과연 비를 함께 하는 것인지, 그리고 그것이 그에게 도대체 무슨 소용이 있는지 의심스럽지 않을 수 없습니다. (325쪽)

5. 감옥에 있는 젊은 친구들이 운동장 구석에 눈사람을 만들어 세웠습니다. 그들이 얼마나 자유를 갈망했으면 눈사람 가슴에 "나는 걷고 싶다"라고 썼을까? 짠한 마음이 드는데요. 저자는 눈뭉치로 이마를 맞은 것 같다며 충격을 고백합니다. 저자의 입장에서 3일간의 '자유'가 주어진다면, 어떻게 시간을 보내고 싶으신가요?

눈이 내리면 눈 뒤끝의 매서운 추위는 죄다 우리가 입어야 하는
데도 눈 한 번 찐하게 안 오나, 젊은 친구들 기다려쌓더니 얼마
전 사흘 내리 눈 내리는 날 기어이 운동장 구석에 눈사람 하나
세웠습니다.

옥뜰에 서 있는 눈사람. 연탄조각으로 가슴에 박은 글귀가 섬뜩
합니다.

"나는 걷고 싶다."

있으면서도 걷지 못하는 우리들의 다리를 깨닫게 하는 그 글귀
는 단단한 눈뭉치가 되어 이마를 때립니다. (388쪽)

| 선택 논제

1. 저자는 책 읽기를 "실천의 현장에서 멀리 떨어져 있는 너무나
   흰 손에 의하여 집필된 경험의 간접 기록"(139쪽)이라 정의하
   기도 합니다. 저자에 따르면 책에서 지식을 얻었다 하더라도
   사태를 처리하는 능력과는 무관하며 독서는 실천이 아니기도
   합니다. 여러분은 '독서'에 대한 저자의 이런 태도에 공감하시
   나요?

대개의 책은 실천의 현장에서 멀리 떨어져 있는 너무나 흰 손에

의하여 집필된 경험의 간접 기록이라 할 수 있습니다. 집필자 개인의 관심이나 이해관계 속으로 도피해버리거나, 전문분야라는 이름 아래 지엽말단枝葉末端을 번다하게 과장하여 근본을 흐려놓기 일쑤입니다. 그래서 책에서 얻은 지식이 흔히 실천과 유리된 관념의 그림자이기 쉽습니다. 그것은 실천에 의해 검증되지 않고, 실천과 함께 발전하지도 않는 허약한 가설, 낡은 교조敎條에 불과할 뿐 미래의 실천을 위해서도 아무런 도움이 못되는 것입니다. (139쪽)

징역 속에 주저앉아 있는 사람들이 맨 처음 시작하는 일이 책을 읽는 일입니다. 그러나 독서는 실천이 아니며 독서는 다리가 되어주지 않았습니다. 그것은 역시 한 발 걸음이었습니다. 더구나 독서가 우리를 피곤하게 하는 까닭은 그것이 한 발 걸음이라 더디다는 데에 있다기보다는 '인식→인식→인식……'의 과정을 되풀이하는 동안 앞으로 나아가기는커녕 현실의 튼튼한 땅을 잃고 공중으로 지극히 관념화해 간다는 사실입니다. (279쪽)

☐ 공감한다   ☐ 공감하기 어렵다

2. 저자는 '동정'을 경계하기도 합니다. 남을 돕고 도움 받는 일

을 자기만의 시선으로 해석해 보이는데요. 이어 저자는 "동정은, 공감의 제일보라는 강변에도 불구하고 그것은 공감과는 뚜렷이 구별되는 값싼 것임에 틀림없"다고 풀어놓습니다. 여러분은 '동정'에 대한 저자의 의견에 공감하시나요?

남을 돕고 도움을 받는 일이 경우에 따라서는 도움이 되기는커녕 더 큰 것을 해치는 일이 됩니다. (중략) 도움을 받는 쪽이 감수해야 하는 주체성의 침해와 정신적 저상이 그를 얼마나 병들게 하는가에 대하여 조금도 고려하지 않고 서둘러 자기의 볼일만 챙겨가는 처사는 상대방을 한 사람의 인간적 주체로 보지 않고 자기의 환경이나 방편으로 삼는 비정한 위선입니다. (중략) 동정이란 것은 객관적으로는 문제의 핵심을 흐리게 하는 인정주의의 한계를 가지며 주관적으로는 상대방의 문제해결보다는 자기 양심의 가책을 위무慰撫하려는 도피주의의 한계를 갖는 것입니다. (중략) 동정은, 공감의 제일보라는 강변强辯에도 불구하고 그것은 공감과는 뚜렷이 구별되는 값싼 것임에 틀림없습니다. (중략) 사실 남의 호의를 거부하는 고집에는 자기를 지키려는 단단한 심지가 박혀 있습니다. 이것은 얼마간의 물질적 수혜에 비해서 자신의 처지를 개척해나가는 데 대개의 경우 훨씬 더 큰 힘이 되어줍니다. (243~244쪽)

□ 공감한다   □ 공감하기 어렵다

| 가족 독서토론에 참여한 소감을 나눠봅시다.

7

『태초 먹거리』

이계호 지음, 새숨, 2013

| 자유 논제

1. 이 책은 저자가 사랑하는 딸을 암으로 잃고 암환우의 생활 습관과 먹거리에 대해 연구·조사한 후, 3년간 국내외 강연을 하면서 겪은 이야기를 엮은 것입니다. 여러분은 이 책을 어떻게 읽으셨나요? 별점과 함께 읽은 소감을 나눠봅시다.

2. 인상 깊게 읽은 부분이 있다면 소개하고, 그에 대한 소감을 나눠주세요.

3. 지은이는 인간을 흙집에 비유하여 설명합니다. 그는 "인간은 자연의 법칙에 순응해야지 거슬러서는 살 수 없다"(24쪽)고

말합니다. 흙집은 관리만 잘하면 더욱 견고해지는 특징을 갖고 있다고 희망의 메시지를 던지는데요. 책을 읽고 난 후 여러분은 자신의 흙집 관리를 어떻게 해오셨는지 가장 잘한 것 하나, 아쉬운 것 하나씩 이야기 해주세요.

대부분의 사람은 자신들의 집은 절대로 무너지지 않는 철근 콘크리트로 지은 집이라고 착각하곤 한다. 특히 10년, 20년밖에 되지 않은 새집이라고 생각하는 젊은 사람들은 50년 또는 60년을 사용하고 난 다음 집을 관리하면 된다고 생각한다. 그러다 인생의 태풍이 휘몰아쳐 집 이곳저곳이 망가지면 그때서야 두려움에 부랴부랴 보수작업을 한다. 이미 무너지고 망가진 후에 고치려고 하면 몇 배의 노력과 시간을 투자해야 하는데도 말이다. 또한 회복할 수 없는 경우도 많다. 다만 한 가지 다행인 것은 제대로 지은 흙집은 잘 관리하면 시간이 지날수록 더욱 견고해지는 특징이 있다는 것이다. 흙집은 주인의 노력과 애정으로 더 강한 내구성을 갖게 된다. (26쪽)

4. 저자는 "분노를 가슴에 품고 살면, 나쁜 종류의 각종 호르몬이 과다하게 분비되면서 면역력이 회복되지 못하는 가장 큰

원인이 된다"(156쪽)고 이야기합니다. 그는 '분노'의 자리에 감사와 헌신을 채우면 면역력이 회복되어 기적이 일어난다고 단언하는데요. 여러분은 요즈음 어떤 일에 헌신을 하며, 어떤 경우에 감사의 마음을 갖게 되나요?

'분노'가 자리 잡고 있었던 공간을 '감사'와 '헌신'으로 채우게 되면 기적이 일어나게 된다. 분노를 비우고 그 빈자리에 감사와 헌신으로 채웠을 때, 면역세포가 춤을 추게 되는 것이다. 인터넷, 책, 언론, 또는 방송 등을 통하여 말기 암환우들의 기적적인 치유에 대해 많은 소식을 접하게 된다. 심지어는 병원에서 치료를 포기한 시한부 말기 암환우들이지만, 현대의학으로서는 이해할 수 없고 설명할 수 없는 일들이 많이 발생하는 것이 사실이다. 이러한 기적은 바로 자기 자신을 철저하게 비우고 가지를 치고, 감사하는 마음을 가지고 다른 사람들을 위하여 봉사하고 헌신할 때 시작되는 것이다. 그 가운데 면역력이 원래대로 회복되어 기적과 같은 치유가 일어나는 것이다. (156쪽)

5. 저자는 육식으로 섭취하는 지방에 대해 부정적인 견해를 갖고 있습니다. 그 이유는 축산물에 유해 물질이 농축되어 있

기 때문이라고 합니다. 유해 물질에 농축된 축산물을 불판에 구워먹는 삼겹살 문화도 위험하다고 경고합니다. 대안으로 자연산 생선과 식물성 단백질 섭취를 권하고 있습니다. 여러분은 이런 저자의 주장에 어느 정도(%) 공감하십니까?

지방에는 온갖 종류의 농약, 항생제, 환경호르몬 등과 같은 유해 물질들이 과량으로 농축되어 있기 때문에 건강에 심각한 문제를 발생한다. 아울러 필요 이상의 지방을 섭취하게 되면, 담즙 분비량이 많아져서 대장암의 원인이 되고 있다. (241쪽)

전 세계적으로 '삼겹살'의 존재감을 한국의 젊은이들이 바꾸어 놓았다. 불판 청소를 쉽게 하려고 '알루미늄' 호일을 사용하여 치매와 관련 있는 '알루미늄'을 보너스로 제공하여, 검게 탄 불판 위에 벤조피렌과 알루미늄의 유해 물질 퓨전식이 된 것이다. (중략) 가장 안전하게 고기를 섭취하는 방법은 삶아서 먹는 방법으로, 전 세계의 모든 장수촌에서 고기를 섭취하는 방법이다. 암환우들은 될 수 있으면 소, 돼지, 닭, 오리 등과 같은 동물성 고기를 섭취하지 말고, 대구, 조기, 명태 등과 같은 자연산 생선과 콩, 잡곡 등과 같은 식물성 단백질을 섭취하는 것이 좋다. (242쪽)

6. 활성산소는 적당히 있을 때는 유용하지만 많아지면 인체를 순환하면서 나쁜 영향을 미치게 된다고 저자는 말합니다. 과식과 스트레스가 활성산소를 만드는 주요인이라고 이야기하고 있는데요, 여러분이 스트레스 해소를 위해 평소 사용하던 방법이나 책에서 얻은 팁이 있다면 소개해주시기 바랍니다.

아침에 출근하여 직장 상사로부터 꾸지람을 받아서 스트레스를 받게 되면 스트레스를 받은 사람의 혈액 내에 '과산화수소'라는 활성산소가 즉각 형성되어 혈액과 함께 전신을 돌아다니면서 인체에 심각한 피해를 주게 된다. 그런데 사람들은 퇴근 후에 운동을 하거나 주말에 하게 되면 운동을 해서 스트레스를 풀었다고 생각하는데, 실제로 내 몸에서는 운동하러 가기 전까지 '과산화수소(활성산소)가 인체 내에 돌아다니면서 나쁜 짓을 이미 하였다. 이미 몸은 피해를 입었는데 스트레스를 풀었다고 오해 및 착각을 하고 있는 것이다. (275쪽)

| 선택 논제

1. 저자는 인체의 면역기능이 저하되면 병이 걸린다고 말합니다. 그 원인으로 먹거리, 환경, 잘못된 생활습관을 꼽습니다. 잘

못된 부분을 제거하면 인체 자체에서 놀라운 회복력을 발휘한다고 주장하는데요. 여러분은 잘못된 먹거리, 잘못된 생활습관 중 어느 것을 먼저 제거해야 된다고 보시나요?

사람의 건강이 나빠졌다는 것은 정신적, 육체적인 삶에서 문제가 장기간 지속됐고, 그 결과 인체의 면역기능이 저하되면서 질병이 싹트고 자라게 됐다는 것이다. 즉, 매일 섭취하는 먹거리, 환경, 그리고 잘못된 생활습관으로 인체 내의 모든 기능에서 불균형이 초래됐고, 그 불균형의 결과로 질병이 노출된 것이다. 따라서 잃어버린 건강을 회복하는 방법은 매우 간단하다.

먹거리, 환경, 생활습관에서 잘못된 부분을 제거해 새로운 삶을 산다면 불균형 상태인 인체의 모든 기능이 자연적으로 균형을 잡아가면서 건강을 회복할 수 있다. 인체의 자체 회복력은 놀라울 정도로 대단한 능력을 갖추고 있다는 사실을 믿어야 한다. 그런데 사람들은 본인들의 잘못된 습관을 고치는 것을 매우 어렵게 생각한다. 죽음과 삶의 갈림길에 선 암환우들마저, 자신의 잘못된 습관을 고치는 것을 매우 어려워하는 경우가 흔하다.

(119쪽)

☐ 잘못된 먹거리   ☐ 잘못된 생활습관

2. 저자는 "백미의 영양가는 현미의 5퍼센트에 불과하지만 대부분의 가정에서 백미를 먹는다고" 안타까워합니다. 그는 면역세포의 3분의 2가 장에서 존재하는데 덜 씹은 음식물이 장에서 부패되어 면역세포의 활동이 저하된다고 충분히 씹기를 강조합니다. 여러분은 현미, 통밀가루 먹기와 음식물 충분히 씹기 중 어떤 것을 먼저 실천해야 된다고 보시나요?

생명력으로 본다면 백미는 죽은 쌀이요, 현미는 살아있는 쌀이라고 할 수 있다. 현미는 쌀눈을 비롯해 생명의 싹이 나올 수 있는 모든 영양분, 효소, 식이섬유가 골고루 포함된 완전식품이지만 백미는 대부분이 탄수화물로 구성돼 있고, 적은 양의 단백질만이 포함된 불완전 식품이다. 밀가루도 마찬가지로 '통밀가루'는 비록 흰색은 아니지만 영양학적으로 전체식이고, 흰 밀가루는 도정을 해 영양분이 거의 빠진 상태에서 눈에 보암직하게 탈색해 상품화시킨 제품이다. (191쪽)

신체 면역세포의 60~70%가 장에 존재하기 때문에, 장의 기능이 정상적으로 작동되지 않으면 건강에 심각한 문제가 발생한다. 영양분이 흡수돼야 할 장소에 온갖 음식물이 들어와 부패가 된다면 장에 있는 면역세포들의 활동이 저하될 것은 당연하며,

저하된 면역기능으로 발생할 수 있는 질환의 종류는 아주 많다. 따라서 면역기능을 하고 유지해야 하는데, 충분히 씹지 않은 음식물이 장에서 부패하는 상황을 만들지 말아야 한다. (198쪽)

☐ 현미와 통밀가루 먹기　　☐ 음식 충분히 씹기

3. 지은이는 건강관리의 팁을 다양하게 제시하고 있습니다. 책에서는 짬짬이 운동, 족욕, 일찍 자기, 천천히 걷기 등 우리가 즉시 실천할 수 있는 방법을 많이 소개하고 있습니다. 여러분은 일찍 자기와 30분 이상 천천히 걷기 중 어느것이 더 건강에 도움이 된다고 보십니까?

밤 10시가 되면(늦어도 11시 전에는) 잠을 자는 게 좋다. 저녁식사를 마치고 2~3시간 정도가 지나면 위를 비롯한 모든 인체기관들이 휴식을 하게 된다. 소화에 관련된 모든 기관들이 휴식을 할 때, 면역세포들이 더 활발하게 생성되기 시작하고 활동하기 시작한다. 따라서 면역력을 원래대로 회복하려면 무조건 10시 또는 11시 이전에 잠을 자야 하는 단순한 생활방식으로 바꾸어야 한다. (292쪽)

가장 자연스럽고 단순한 자연해독 방법은 '걷기'이다. 그렇다. 걷기가 바로 자연이 인간에게 준 가장 큰 자연해독 방법이다. 걷게 되면 호흡이 빨라지면서 폐를 통하여 노폐물을 추가로 신속하게 제거해 준다. 또한 심장 박동 수가 늘어나면서 세포 구석구석까지 혈액을 충분히 공급하여 다양한 종류의 노폐물을 제거할 수 있다. (297쪽)

☐ 일찍 자기　　☐ 30분 이상 천천히 걷기

| 가족 독서토론에 참여한 소감을 나눠봅시다.

8
『행복일기 기초편』

최성애 지음, 책으로여는세상, 2015

| 자유 논제

1. 이 책은 최성애 박사가 40년간 실천해온 일기를 토대로 쓴 책입니다. 최근 뇌과학을 통해서 밝혀진 바에 의하면 성공하고

행복한 삶을 산 사람들의 공통점은 '운동, 건강한 인간관계, 감사의 마음, 선행' 등으로 밝혀졌다고 저자는 이야기하고 있습니다. 이는 그가 써온 일기와 대부분 일치한다고 합니다. 여러분은 이 책을 읽고 일기를 써보았는데요. 별점과 함께 책을 읽고 일기를 써본 소감을 나눠봅시다.

2. 인상 깊게 읽은 부분이 있다면 소개하고, 그에 대한 소감을 나눠주세요.

3. 저자는 행복일기 중 첫 번째로 운동일기를 쓰라고 합니다. 운동을 하면 의욕과 흥미 증가, 숙면, 적절한 체중유지 등 많은 효과를 본다고 강조합니다. 여러분은 운동을 하고 운동일기를 쓰면서 어떤 효과를 보았는지 소개해주시기 바랍니다.

운동은 두뇌에 산소 공급량을 늘려주고, 뇌의 가소성을 자극하여 뇌세포의 노화를 방지하며, 새로운 뇌세포를 생성하고, 기억을 증진시키며, 사고력과 문제해결력 및 균형 감각 증진에 좋은 효과가 있습니다. 많은 전문가들이 효과적인 치매 예방법으로 운동을 꼽는 이유도 이 때문입니다. 이처럼 운동의 효과는 이루 다 나열하기 어려울 정도로 많고 그 효과도 뛰어납니다. (20쪽)

4. "행복 만들기는 장점 찾기로부터 시작한다"고 합니다. 192쪽
부터 193쪽까지 나와 있는 단어 중 본인에게 조금이라도 해
당되는 단어를 모두 골라(50가지 이상) 표시하세요. 그중 세 가
지를 꼽고 이유를 설명해주시기 바랍니다.

예쁘다. 매력적이다. 아름답다. 귀엽다. 잘생겼다. 호감을 준다 등
이타적이다. 동정심이 있다. 인간미가 있다. 희생적이다. 박애정
신이 있다 등
생동감이 있다. 정력적이다. 탄력적이다. 활동적이다. 남에게 줄
게 많다 등
남에게 유익함을 준다. 호탕하다. 지식이 많다. 손재주가 있다
등 (192~193쪽)

5. 행복일기 Day37에는 작은 일을 조금씩 자주 하라는 가트맨
박사의 말이 쓰여 있습니다. 사소한 일을 자주 하는 것이 생
일에만 외식을 하거나 결혼 30주년에 다이아몬드 반지를 선
물하는 것보다 훨씬 좋다고 말이지요. 상대방의 어떤 행동이
여러분의 마음을 따뜻하게 하게 만드나요?

가트맨 박사에 따르면 긍정성의 효과는 얼마나 '자주' 하느냐(빈도)에 달렸지 얼마나 돈이 들었는지, 얼마나 새롭고 거창한 것을 해주었는지에 달린 게 아니었습니다. 평소에는 배우자에게 관심을 거의 보이지 않다가 생일에만 외식을 한다거나 결혼 30주년을 맞아 5캐럿짜리 다이아몬드 반지를 선물하는 것보다 사소한 일을 자주 하는 것이 좋다는 뜻입니다.

평소에 긍정적인 언행을 많이 하되 행동으로 표현하는 것이 훨씬 좋습니다. 배우자가 힘들어 할 때 아무 말 없이 어깨를 두드려준다든지 말입니다.

일상에서 긍정적인 마음 전달하는 일(선행)

뒷사람을 위해 잠시 문을 잡아주기 / 부탁한 일에 '고맙습니다. 감사합니다'라고 말하기 / 요리해주기 / 어깨 주물러주기 / 짐 같이 옮기기 / 길 비켜주기 / 쓰레기 줍기 / 격려하기(장점찾기) / 자리 양보해주기 / 옷 털어주기 / 어려운 일 친절하게 알려주기 / 설거지하기 / 방청소하기 (145쪽)

6. 저자는 "본의 아니게 서로에게 감정 상하는 언행을 했을 때 가능한 빠른 시간 안에 보수작업을 하여 관계가 더욱 망가지

는 것을 예방해야 한다"고 말합니다. 최성애 박사의 스승 가트맨 박사가 발견한 효과적인 화해 시도의 표현으로 '소중한 사람에게 가장 필요한 4문장'을 소개하고 있는데요, 문장을 완성해서 발표해주시기 바랍니다.

소중한 사람에게 가장 필요한 4문장

- 네가 나한테   해준 것에 대해 고마워.

- 내가 너에게   한 점에 대해 미안해.

- 내가   한 것에 대해 용서를 청한다.

- 너의   한 점을 사랑해.

| 선택 논제

1. 최성애 박사는 오랜 세월 행복일기를 써오면서 효과를 실감했다고 이야기합니다. 요즈음은 학생과 내담자들에게 행복일기를 써보도록 권하고 있다고 합니다. 그들은 부담을 느끼지 않고 재밌어했으며, 큰 성과까지 얻고 있다고 하는데요, 여러분은 트라우마 극복을 위한 내담자와 자기 관리를 못 하는 청소년 중 누구에게 행복일기 쓰기를 권하시겠습니까?

오랜 세월이 흘렀고 학생과 내담자를 만나면서 그들에게 행복일기를 써 보도록 권했습니다. 우선 트라우마 후유증에서 벗어나고 싶어 하는 내담자들, 그리고 목표의식이 없고 생활의 변화를 두려워하거나, 위축되거나, 자기 자신을 잘 관리하지 못하는 청소년들에게 적용을 해 보았습니다. (중략) 요즈음은 제가 만나는 거의 모든 내담자들에게 행복일기를 소개해주고 있고, 치료 기간의 단축과 재발 방지에 큰 성과를 얻고 있습니다. (14쪽)

☐ 내담자 (트리우마 극복)   ☐ 청소년 (관리를 못 하는)

2. 최근 20~30년 동안 뇌과학은 급성장했으며 긍정심리학, 의학, 경영 등 과학적 연구가 동시다발로 활발하게 진행되고 있습니다. 아래 다섯 가지 일기 중 21세기를 살아가는 30대 직장인들에게 도움을 줄 수 있는 일기는 어떤 일기인가요? 가장 도움이 되는 순으로 번호를 매겨주시기 바랍니다.

'운동'이 정신 건강에 미치는 놀라운 효과(운동일기), '긍정적 사고와 감정'이 신체 인지 관계에 미치는 영향(다행일기), 스트레스성 질환을 경감시키는 '감사'의 의학적 효과(감사일기), 그리고 '감정적 자기 모니터링'이 감정 조절과 외상후 스트레스 증상의 치료에 미치는 효과(감정일기), 마지막으로 회복탄력성을 높여주는 '선행'의 효과(선행일기)가 점점 더 명확하게 밝혀지고 있습니다.

다시 말해, 이런 모든 연구에서 운동, 긍정적 사고와 감정, 감사와 선행의 습관화, 감정 모니터링의 치유 효과가 입증되었습니다. (16쪽)

① 운동일기 ② 다행일기 ③ 감사일기 ④ 선행일기 ⑤ 감정일기

| 가족 독서토론에 참여한 소감을 나눠봅시다.

※ 『행복일기 기초편』에 관한 우리 가족의 온라인 독서토론 내용은 314쪽에 수록되어 있습니다.

9

『EBS 다큐프라임 자본주의』

EBS <자본주의> 제작팀 지음, 가나출판사, 2013

| 자유 논제

1. 이 책은 세계 32명의 석학들이 밝히는 금융·소비·돈에 관한 33가지 비밀을 담고 있습니다. EBS 다큐프라임 〈자본주의〉편

5부작을 책으로 펴낸 것으로, 방송에서 미처 다 보여주지 못한 내용을 심층적으로 보완했다고 하는데요. 여러분은 이 책을 어떻게 읽으셨나요? 별점과 소감을 나눠봅시다.

2. 책을 읽으면서 인상 깊었던 부분이 있었다면 소개해주세요.

3. 자본주의 세상에는 우리가 모르는 돈에 대한 비밀이 숨어 있다고 말합니다. 우리는 돈에 대한 비밀을 학교에서 배운 적도 없을 뿐 아니라, 성인이 된 후 누구도 알려주지 않습니다. 자본주의 본질을 모르고 살면 "자칫하면 모든 것을 잃고 생존 자체에 위협을 받을 수도 있다"(8쪽)고 경고 합니다. 여러분은 저자의 이런 주장을 어떻게 생각하십니까?

자본주의의 본질을 모르면서 자본주의 사회를 살겠다는 것은 아무런 불빛도 없는 깊고 어두운 터널에서 아무 방향으로나 뛰어가겠다는 것과 마찬가지다. 앞을 밝혀줄 불빛이 없으면 부딪히고 넘어지고 상처가 생긴다. 이것이 그냥 상처만 생기고 마는 일이라면 상관없을지 모른다. 하지만 자칫하면 모든 것을 잃고 생존 자체에 위협을 받을 수도 있다. 돈이 없으면 살아갈 수 없고 생존이 위태로워지는 사회, 바로 그곳이 당신이 살고 있는 자

본주의 세상이다. (8쪽)

4. 브랜드 컬설턴트인 마틴 린드스트롬은 마케터들에 의해 '길들여진' 습관이 어른이 된 후뿐만 아니라 자녀에게도 대물림된다고 합니다. 저자는 "성인이 된 우리의 소비 습관과 성향은 이미 수십 년간 진행된 '키즈 마케팅'의 산물"(203쪽)이라고 주장합니다. 여러분은 저자의 이런 견해를 어떻게 보셨나요?

내가 어렸을 때부터 먹던 과자를 어른이 된 지금도 집어 들고 또 내 아이에게도 먹인다. 어렸을 때의 습관이 어른이 된 후에도, 그리고 자녀들에게까지 대물림되는 것이다. (197쪽)

어린 시절부터 광고에 익숙해진 아이들은 청소년기에 접어들면서 광고의 논리와 메시지를 그대로 내면화하면서 소비를 통해 자신의 정체성을 구축해 가는 과정을 겪는다. (중략) 결국 성인이 된 우리의 소비 습관과 성향은 이미 수십 년간 진행된 '키즈 마케팅'의 산물이라고 할 수 있다. 우리는 매 순간 합리적으로 결정해서 소비하는 것처럼 보이지만, 사실은 어린 시절에 형성되었던 습관의 산물로 소비하게 된다는 것. 그리고 부모는 상당수가 아이들의 영향에 의해 소비하고 있다는 것은 자본주의 세상에서 살고 있는 우리가 의식하지 못했던 놀라운 비밀 중의 하나이다. (202~203쪽)

5. 대부분의 사람들은 은행에 대해 좋은 이미지를 갖고 있습니다. 책을 읽은 독자들은 은행에 대한 생각이 바뀌었으리라 짐작됩니다. 마크 트웨인은 "은행은 맑은 날에는 우산을 빌려줬다가 비가 오면 우산을 걷는다"(126쪽)고 말했다고 합니다. 이 책은 "함정과 숨어 있는 이면을 보기 위해 안목을 키워야 한다"(157쪽)며 공부할 것을 권하는데요. 여러분은 안목을 키우기 위해 경제 공부를 하고 싶은가요?

금융상품에 투자하고 그것으로 돈을 벌기 원한다면 우리도 공부를 해야 하고, 그것의 함정과 숨어 있는 이면을 보기 위해 안목을 키워야 한다. 그렇지 않으면 우리는 '금융전문가'의 말에 속아 당장 눈앞에 제시되는 엄청난 이익에 속아 결국에는 많은 것을 잃을 수밖에 없는 것이다. (157쪽)

6. 현대인들은 과소비를 부추기는 세상 한 가운데 살고 있습니다. 행복을 얻기 위해 돈을 벌고 소비를 하지만, 전문가들은 "소비와 행복은 결코 정비례하지 않는다"(268쪽)고 주장합니다. 저자는 행복을 찾고 싶다면 "소비에서 행복을 찾기 보다는 내 주변 사람들과의 관계 맺음에서 답을 찾아야 할지도 모른다"(275쪽)고 조언합니다. 여러분은 저자의 이런 의견을 어떻게 생각하시나요?

우리는 불안이나 소외감 때문에, 친구 때문에, 카드 때문에, 슬픈 감정 때문에 자꾸자꾸 과소비를 하게 된다. 이쯤에서 궁금해지는 것이 있다. 똑같이 감정적 공격을 받아도 왜 누구는 과소비를 하고 누구는 과소비를 하지 않는 것일까? 나쁜지 알면서도 자꾸 과소비를 하게 되는 내 안의 근본적인 원인은 무엇일까? (256쪽)

소비가 늘어나면 늘어날수록 행복지수는 점점 올라갈 것처럼 보인다. 그러나 사실은 소비는 유한한 것이다. 한 사람이 소비할 수 있는 능력은 한정되어 있다는 사실을 상기해 보자. 욕망이 가득 차면 행복은 자리할 수 없다. 그렇다면 소비를 그대로 놔둔 채 욕망을 줄여보면 어떨까? (272쪽)

자본주의 사회에서 쇼핑은 패배가 예정된 게임이다. 우리가 자본주의 사회를 살면서 정말로 행복하고 싶다면, 소비에서 행복을 찾기 보다는 내 주변 사람들과의 관계 맺음에서 답을 찾아야 할지도 모른다. 내 안의 감정을 관찰하고, 주변 사람들과의 관계 개선에서 스스로의 자존감을 회복하는 과정, 그 속에서 우리는 진정한 행복을 찾을 수 있을 것이다. (275쪽)

| 선택 논제

1. 케인즈는 '정부의 계획적인 개입'이란 처방을 내렸습니다. 이 처방에 따라 루스벨트 대통령은 대공황을 뉴딜 정책으로 벗어났습니다. 하이에크는 정부의 역할보다 시장의 역할을 더욱 중요하게 생각했습니다. 마가렛 대처는 침체에 빠진 영국 경제를 "하이에크의 신자유주의에 기반을 둔 대처리즘"(337쪽)으로 돌파했습니다. "결국 케인즈주의와 하이에크주의는 지금도 첨예하고 대립하고 있는 것이 사실"(344쪽)이라고 하는데요. 여러분은 케인즈주의와 하이에크주의 중 어느 의견에 더 공감하시나요?

케인즈의 이론은 맨 먼저 하버드대학 경제학부의 젊은 학자들을 매혹시켰다. 그리고 이어 미국 정부의 경제 각료들까지 설득시켰다. 그에 따라 루스벨트 대통령은 그의 이론을 적극적으로 받아들여 뉴딜 정책을 만들었다. 실업자와 굶주린 사람을 위한 복지정책을 마련하고, 댐, 고속도로 등을 건설해 일자리를 만들기 시작한 것이다. 또한 전례 없이 강력한 규제방안을 실시했다. (330쪽)

하이에크는 경쟁적인 과정에서 많은 의사결정자가 다양한 결정을 내리는 환경에서 의사결정을 선택하는 것이 좋다고 말합니다. 노력하고 배우고 진화하는 과정을 통해 어떤 결정이 옳고 어떤 결정이 실패하는지 알 수 있다는 것입니다. 하지만 개인이나 기업이 아니라 정부가 모든 의사결정을 하면 실수할 가능성이 높아집니다. 그 실수는 지대한 영향을 미치죠. 이게 하이에크의 주요 사상입니다. (336쪽)

양측의 비판과 논박이 모두 다 정확하다고 볼 수는 없다. 어떤 면에서는 정확한 현실을 반영하고 있지만, 또 다른 한편으로는 현실에 대한 정확한 진단과 대책을 내놓지 못하고 있기 때문이다. 결국 케인즈주의와 하이에크주의는 지금도 첨예하게 대립하고 있는 것이 사실이다. (344쪽)

□ 케인즈주의   □ 하이에크주의

2. 이 책은 "자본주의는 부의 생산 엔진입니다." 하지만 "누구를 위한 부인가요?"(381쪽)라고 근본적인 질문을 던집니다. 아울러 "인도 야무냐 공원의 마하트마 간디의 추모공원에는 간디가 말한 7가지 악덕이 있다", 그중 간디는 "국가를 망하게 하는 첫 번째 악덕으로 '철학 없는 정치'를 꼽았다"(382쪽)라고 합니다. 여러분은 간디의 주장에 공감하십니까?

> 인도 야무냐 공원의 마하트마 간디의 추모공원에는 간디가 말한 7가지 악덕惡德이 있다.
>
> 철학 없는 정치, 도덕 없는 경제, 노동 없는 부富, 인격 없는 교육, 인간성 없는 과학, 윤리 없는 쾌락, 헌신 없는 종교 (382쪽)

□ 공감한다   □ 공감하기 어렵다

| 가족 독서토론에 참여한 소감을 나눠봅시다.

10

『우리도 행복할 수 있을까』

오연호 지음, 오마이북, 2014

| 자유 논제

1. 이 책은 UN이 발표한 세계행복보고서에 2012~2013년 2년 연속 행복지수 1위를 차지한 덴마크에 대해 1년 6개월에 걸쳐 심층 취재한 내용을 담고 있습니다. 저자는 덴마크인들이 생각하는 행복한 삶, 행복한 사회의 비결을 자유·안정·평등·신뢰·이웃·환경이라는 6개의 키워드로 살펴보고 있는데요. 여러분은 이 책을 어떻게 읽으셨나요? 별점과 소감을 함께 나눠봅시다.

2. 책에서 인상 깊었던 부분이 있었다면 소개해주세요.

3. 저자는 덴마크 초등학교에서는 "9년 내내 '같은 반, 같은 담임'이라는 오랜 전통이 있다"(162쪽)고 소개합니다. 요즘은 3~6년이 지나면 바뀌는 곳도 늘어나고 있지만, 대체로 담임뿐 아니라 과목 교사도 수년간 한 반을 계속해서 가르친다고 합니다. 여러분은 덴마크 학교의 '같은 반, 같은 담임' 전통을

어떻게 보셨나요?

"한 선생님이 9년간 가르치다 보면 나의 장점과 단점을 다 알게 돼요. 그러니 장단점에 맞춰서 가르쳐주죠. 덴마크에는 이런 말도 있어요. 학생이 수학을 못하면 학생 잘못이 아니라 선생님 잘못이라고." (164쪽)

코펜하겐에서 만난 한 학생은 0학년부터 에프터스콜레(10학년)까지 11년간 같은 반이었다고 했다. 지루하지 않았느냐는 질문에 그는 이렇게 대답했다. "오랫동안 같은 반이면 안정감이 생기기 때문에 학생들이 더 창의적인 도전을 하게 돼요. 반드시 옳다는 확신이 덜 들어도 말할 수 있는 용기를 주거든요. 누군가가 발표 중에 실수를 해도 비웃지 않아요. 모두가 그 학생을 전부터 잘 알아왔으니까요." (167쪽)

4. 덴마크에서 "노래 부르기와 '살아 있는 말'로 이야기 나누기"(182쪽)는 자유학교의 공통점입니다. 국가에 의한 위로부터의 교육이 아니라 "농민들의 눈높이에 맞고 실질적인 삶과 어울리는 '노래'와 '살아있는 이야기'를 통한 '함께 나누기'를 교

육의 주요 방법"(182쪽)으로 삼았다고 하는데요. 더불어 학생들 스스로 생각하게 만드는 '살아 있는 말'로 가르치기 위해 역사 과목은 책이 없다고 합니다. 여러분은 덴마크의 이런 자유학교 교육 방법을 어떻게 보셨나요?

그런데 이 학교에는 노래책은 있어도 역사 교과서는 없다. 국어나 수학 같은 과목들은 교과서가 있지만 역사 과목은 예외다. 덴마크 자유 학교는 '살아 있는 말'과 '살아 있는 삶'을 중요하게 여기기 때문이다. "역사 수업은 선생님의 '살아 있는 말'로 진행됩니다. 선생님들과 초빙 강사들이 자신의 체험을 바탕으로 학생들에게 다양한 이야기를 들려주죠. 저학년 때는 동화나 신화를, 고학년이 되면 덴마크 역사와 성경 이야기 등을 들려줍니다. 그리고 학생들과 토론을 하죠.

노래 부르기와 '살아 있는 말'로 이야기 나누기. 이 두 가지를 강조하는 것은 모든 덴마크 자유학교의 공통점이다. 그 전통은 160여 년 전으로 거슬러 올라가는데 씨앗을 뿌린 이는 덴마크 교육의 아버지라 불리는 니콜라이 그룬트비다. 그룬트비가 살던 시대의 주요 시민은 농민과 그 자녀들이었다. 그룬트비는 그들을 '깨어 있는 시민'으로 만들려면 국가가 일률적으로 제공하는 공교육보다 시민과 학부모들이 만든 학교에서 자유롭게 교육하

는 쪽이 더 효과적이라고 생각했다. (181~182쪽)

5. 덴마크에는 "1년을 통째로 빼내 만든 '또 하나의 학교'"(193쪽)인 에프터스콜레가 있습니다. 이른바 인생 설계 학교이죠. 덴마크의 거의 모든 학생은 고등학교에 들어가기 전에 이곳에서 앞으로 어떤 인생을 살지 설계합니다. 여러분은 초등학교 10학년을 마치고 고등학교 들어가기 전 1년간 인생수업을 듣는 에프터스콜레를 어떻게 보셨나요?

영어로 '애프터스쿨after school'이라고 하면 보통 우리나라의 방과후 수업을 떠올리기 쉽다. 그러나 덴마크의 에프터스콜레는 몇 시간짜리 프로그램이 아니다. 아예 1년을 통째로 빼내 만든 '또 하나의 학교'다. 덴마크의 초등학교는 9학년까지인데, 고등학교는 10학년이 아니라 11학년부터 시작한다. 중간에 1년이 비는 셈인데 이 10학년을 보내는 곳이 바로 애프터스콜레다. 이른바 인생 설계 학교다. 덴마크의 거의 모든 학생은 고등학교에 들어가기 전에 이곳에서 앞으로 어떤 인생을 살지 설계한다. (193쪽)

"또래 친구들을 만나면 누가 에프터스콜레를 다녔는지 알 수 있어요. 그만큼 성숙해지거든요. 에프터스콜레에서는 자신의 감정을 어떻게 표현해야 하는지, 사회적으로 다른 사람과 어울리며 어떻게 행동해야 하는지를 배워요. 물론 기본은 나는 누구고 어떤 사람이 되길 원하는가를 파악하는 거예요." (202쪽)

| 선택 논제

1. 덴마크에서 학부모는 학교의 실질적인 주인이라고 합니다. 학부모가 학교 이사회의 다수를 차지하고 교장 선발에서도 심사와 면접 등에 참여하는데요. 이런 학부모의 참여는 '주인의식과 자존감'을 심어주고, 나아가 덴마크인들이 추구하는 '혁신의 중심'이 된다고 합니다. 그렇다면 우리나라 교육에서 학부모의 학교 행정 참여를 확대해야 된다고 보시나요?

덴마크에서 학부모는 교장이나 교사에게 부탁하고 호소하는 처지가 아니라 학교의 실질적인 주인이다. 학부모가 학교 이사회의 다수를 차지하는 것만 봐도 알 수 있다. 공립이든 사립이든 마찬가지다. 외레스타드 스콜레는 이사 7명이 모두 학부모다. 그러니 학부모와 교장의 대화가 여러 채널을 통해 막힘없이 이뤄진다. (175쪽)

카를센이 이 학교에 초대 교장으로 올 때도 학부모들이 심사를 했다. 교장 공모에 지원한 100여 명을 학부모와 교사 들이 심사하고 면접 인터뷰를 진행했다. 관할 구청의 교육 담당 위원도 심사에 참여했지만 보조 역할만 했다. 공립학교지만 교장 선발권이 학부모와 교사에게 있으니 그들의 높은 자존감과 주인의식은 당연해 보였다. (177쪽)

☐ 그대로가 좋다   ☐ 확대해야 한다

2. 덴마크에서는 "학교에서 배운 것이 사회에서 통한다"(293쪽)고 합니다. 사회가 학교에서 배운 것이 받아들여질 정도로 개혁되었다는 뜻인데요. 하지만 우리나라의 경우 "가나안 농군학교나 풀무학교에서 배운 것이 사회에서 통하기 힘들었다"(293쪽)고 합니다. 하여, 우리나라에서는 가나안 농군학교나 풀무학교가 "비주류일 수밖에 없었다"(294쪽)고 하는데요. 그렇다면 여러분은 우리사회가 덴마크처럼 행복한 사회가 되기 위해서 교육개혁과 사회개혁 중 어느 것이 우선되어야 한다고 보시나요?

덴마크-그룬트비 모델은 교육을 중시한다. 정신교육이 출발점이다. 그런데 사회가 함께 바뀌지 않으면 아무리 정신교육을 시도해도 효과가 제대로 나지 않는다. 일제강점기와 남북 분단, 한국전쟁을 거치면서 우리는 사회 경제적 토대를 혁신하지 못했다. 예를 들어 농지 개혁도 제대로 이뤄지지 않았다. 일제 강점기의 지주는 해방 후에 부자가 되었다. 일제강점기의 소농이나 소작민은 해방 이후 중산층이 될 기회를 얻지 못했다. 서민은 계속 서민이었다. 반면 덴마크는 철저한 농지개혁으로 두꺼운 중산층 농민을 육성했다. 대농이 일정 규모 이상의 토지를 소유하기 못하게 하고 소작인과 소농에게는 거의 무료로 토지를 분할해주었다. 그런 사회 경제적 토대의 혁신 과정이 그룬트비의 교육철학과 만나면서 서서히 그리고 자연스럽게 그룬트비 방식이 주류가 되었다. (293쪽)

☐ 교육개혁   ☐ 사회개혁

3. 저자는 덴마크 행복사회가 교실에서부터 시작되었다며 최근 우리나라 교실에서 불고 있는 변화의 바람에 주목합니다. 진보와 보수 모두 혁신학교에 대한 긍정적 관심을 보이는데요. 혁신학교는 '즐거운 교실, 행복한 학교'를 표방하며 2009년에 경기도에서 시작되었습니다. 초기 혼선을 거치기도 했지

만 성공적 모델이 되는 학교들이 등장하고 있다고 저자는 말하는데요. 여러분은 혁신학교가 "행복사회를 향한 희망의 씨앗"(308쪽)이라고 보는 저자의 의견에 공감하시나요?

혁신학교는 본보기 학교다. 공교육 전체에 문제가 많으니 일부 학교라도 혁신적인 본보기를 만들어 보자는 것이다. 덴마크에는 혁신학교가 따로 없다. 거의 모든 학교가 혁신학교이기 때문이다. 우리 혁신학교 운동의 목표도 더 이상 혁신학교라는 말이 필요 없는 세상을 만드는 것이리라.

'즐거운 교실, 행복한 학교'를 표방하고 있는 혁신학교는 2009년에 경기도 교육청 산하 13개 학교에서 시작되었다. 2014년 현재는 전국 700여 개 학교로 확산되었다. 전국 학교의 6퍼센트가 넘는 수치다. 물론 모든 혁신학교가 잘되고 있는 것은 아니고 초기의 혼선도 있다. 그렇지만 성공적 모델이 되는 학교들이 등장하고 있다. 이 학교들의 공통점은 학생들이 등교하기를 좋아한다는 것이다. 학생이 즐겁고 선생님이 즐겁다. (308쪽)

☐ 공감한다   ☐ 공감하지 않는다

| 가족 독서토론에 참여한 소감을 나눠봅시다.

11

『나미야 잡화점의 기적』

히가시노 게이고 지음, 양윤옥 옮김, 현대문학, 2012

| 자유 논제

1. 소설 『나미야 잡화점의 기적』은 2012년 3월 일본에서 출간된 히가시노 게이고의 작품입니다. 강도짓을 하고 경찰의 눈을 피해 달아나던 좀도둑 삼인조(쇼타, 고헤이, 아쓰야)는 30여 년 간 비어 있던 한 잡화점에 숨어듭니다. 그들은 난데없이 '나미야 잡화점 주인' 앞으로 온 고민 상담 편지를 받게 되고 편지에 이끌려 답장을 해주기 시작합니다. 시공간이 얽히면서 이야기가 전개되는데요, 여러분은 이 소설을 어떻게 읽으셨나요? 별점과 함께 소감을 나눠봅시다.

2. 인상 깊었던 부분이 있으면 소개해주세요.

3. 이 책에는 그린리버, 폴 레논, 생선가게 뮤지션, 달 토끼, 길

잃은 강아지 총 5명의 주요 상담과 사건이 다뤄집니다. 이 책에 등장한 고민상담 편지 중 가장 인상 깊은 사연은 무엇이었나요?

그린 리버(미도리): 유부남과의 사이에서 생긴 아이를 낳아 키우는 일을 고민

폴 레논(고스케): 사업이 망한 뒤 야반도주를 계획하고 있는 부모님과 갈등

생선가게 뮤지션(가쓰로): 가업과 자신의 꿈(음악) 사이에서 고민

달 토끼(시즈코): 병든 연인과 꿈이었던 올림픽 출전 기회 사이에서 갈등

길 잃은 강아지(하루미): 자신을 자식처럼 키운 이모할머니에게 은혜를 갚기 위해 호스티스 일과 일반 직장 사이에서 고민

4. 좀도둑 삼인조(쇼타, 고헤이, 아쓰야)는 '나미야 잡화점'에서 고민 상담 편지를 받게 되자, 답장을 해줘야 할지 망설입니다. 하지만 이내 "대답만 해줘도 틀림없이 조금쯤 마음이 편안해질 거라고" 말하는 쇼타의 말에 이끌려 답장을 해주게 되는데요. 여러분은 이 부분을 어떻게 보셨나요?

"아니, 몇 마디만 써 보내도 그쪽은 느낌이 크게 다를 거야. 내 얘기를 누가 들어주기만 해도 고마웠던 일, 자주 있었잖아? 이 사람도 자기 얘기를 어디에도 털어놓지 못해서 힘들어하는 거야. 별로 대단한 충고는 못해주더라도, 당신이 힘들어한다는 건 충분히 잘 알겠다, 어떻든 열심히 살아달라, 그런 대답만 해줘도 틀림없이 조금쯤 마음이 편안해질 거라고." (32쪽)

5. 옮긴이 양윤옥은 후기로 "십 년, 이십 년 전의 소중한 사람에게 밤새 긴 편지를 써 보내고 싶기도 하다"라고 말하면서, 그런 때에 어떤 것을 알려주어야 할까 생각해보기를 바란다고 말합니다. 여러분이 만약 소설 속 상황처럼 삼인조 도둑처럼 미래에서 편지를 쓸 수 있다면 누구에게 어떤 편지를 써주시겠습니까?

한편으로는 십 년, 이십 년 전의 소중한 사람에게 밤새 긴 편지를 써 보내고 싶기도 하다. 그런 때에 어떤 것을 알려주어야 할까. 빚을 내서라도 부동산을 매입하라고 할까. 서둘러 주식을 사들이고 골프 회원권도 사들이라고 할까. 그것도 뭐 나쁘지는 않겠다. 하지만 히가시노 게이고를 잘 아는 마니아 독자라면 좀

더 멋진 아이디어를 떠올려 주시리라. (454쪽)

6. 이 소설은 장기간 베스트셀러 목록에 위치하고 있습니다. 여러분은 이 책의 인기 원인이 뭐라고 생각하십니까?

| 선택 논제

1. 나미야 유지는 상담을 하면서 대부분의 상담자들이 "상담을 통해 그 답이 옳다는 것을 확인"한다고 말합니다. 그리고 결국 선택은 '본인의 마음가짐'에 있다고 결론을 내리기도 하는 데요. 그런데도 책 속 주요 상담자뿐만 아니라, 많은 사람들이 고민을 털어놓습니다. 여러분도 책 속 상담자들처럼 고민을 누군가와 나누고 싶어 하는 편인가요?

"답장은 가게 뒤쪽 출입문에 달린 목제 우유 상자에 넣어줍니다. 그러면 익명으로 상담하려는 사람들도 마음 편히 편지를 할 수 있으니까요. 그랬더니 언제부터인지 어른들도 고민거리를 편지로 써서 넣어주더라고요. 나 같은 평범한 노인네한테 상담을 해봤자 무슨 뾰족한 수가 나오는 것도 아니겠지만, 어떻든 내 나름대로 열심히 궁리해서 답장을 써드리고 있어요." 어떤 고민 상담이 가장 많으냐고 물었더니 압도적으로 연애에 대한 고민이 많다고 한다. (167쪽)

"내가 몇 년째 상담 글을 읽으면서 깨달은 게 있어. 대부분의 경우, 상담자는 이미 답을 알아. 다만 상담을 통해 그 답이 옳다는 것을 확인하고 싶은 거야. 그래서 상담자 중에는 답장을 받은 뒤에 다시 편지를 보내는 사람이 많아. 답장 내용이 자신의 생각과 다르기 때문이지." (167쪽)

☐ 그런 편이다   ☐ 그렇지 않은 편이다

2. 소설 속에서 고스케는 유일하게 나미야의 답장대로 선택하지 않은 인물입니다. 고스케는 비틀즈 해체 이유와 함께 '인연'에 대해 고민합니다. 고스케는 아버지와의 인연이 끊어졌다고 생각하고 부모님과 함께하는 것을 포기하는데요. 여러분은 인연이 끊길 만한 상황에서 회복하려 노력하는 편인가요?

하긴 이별이란 그런 것인지도 모른다.
돌아오는 기차 안에서 고스케는 생각했다. 사람과 사람 사이의 인연이 끊기는 것은 뭔가 구체적인 이유가 있어서가 아니다. 아니, 표면적인 이유가 있었다고 해도 그것은 서로의 마음이 이미 단절된 뒤에 생겨난 것, 나중에 억지로 갖다 붙인 변명 같은 게 아닐까. 마음이 이어져 있다면 인연이 끊길만한 상황이 되었을 때 누군가는 어떻게든 회복하려 들 것이기 때문이다. 그렇게 하지 않는 것은 이미 인연이 끊겼기 때문이다. (p.269)

☐ 그런 편이다　　☐ 그렇지 않은 편이다

3. 이 소설을 아이디어로 삼아 광주시에서는 익명의 고민에 정성스레 답장해주는 '나미야 잡화점 고민상담 우체통'이 등장하기도 했습니다. 여러분이 나미야 잡화점과 같은 곳을 알게 됐다면, 상담 편지를 보내겠습니까?

☐ 보내겠다　　☐ 보내지 않겠다

| 가족 독서토론에 참여한 소감을 나눠봅시다.

12

『반 고흐, 영혼의 편지』

빈센트 반 고흐 지음, 신성림 옮김, 예담, 2005(구판)

| 자유 논제

1. 이 책은 화가 빈센트 반 고흐의 편지들을 묶은 서간집입니다. 고흐는 1872년 8월부터 세상을 떠날 때까지 동생 테오와 편지를 주고받는데요. 그가 테오에게 보낸 편지는 668통에 이릅니다. 여러분은 이 작품을 어떻게 읽으셨습니까? 1점부터 5점까지, 별점을 주세요. 별점을 준 이유도 발표해주세요.

2. 인상 깊은 부분을 소개해주세요.

3. 고흐는 1881년 12월 그림을 그리기 시작해서 1890년 7월 스스로 삶을 마감합니다. 10년이라는 짧은 기간 동안 치열하게 그림 그리기에 몰입합니다. 강렬한 색채와 거친 붓놀림으로 800점 이상의 유화, 700점 이상의 데생을 그렸는데요. 여러분은 고흐의 작품 중 어느 작품에 가장 끌렸나요?

4. 고흐는 자연의 색, 태양의 빛을 찾아다니며 거처를 여러 번

옮겼습니다. 자연이라는 존재는 고흐의 작품에 어떤 영향을
미쳤을까요?

> 이곳의 자연은 정말 아름답다. 모든 것이, 모든 곳이 그렇다. 하
> 늘은 믿을 수 없을 만큼 파랗고, 태양은 창백한 유황빛으로 반
> 짝인다. 천상에서나 볼 수 있을 듯한 푸른색과 노란색의 조합은
> 얼마나 부드럽고 매혹적인지. 도저히 그렇게 아름답게 그릴 수
> 있을 것 같지 않지만, 그 광경에 어찌나 열중했던지 규칙 따위
> 는 조금도 생각하지 않은 채 그림을 그리게 되었다. (213쪽)

5. 고흐가 만나는 사람도 작품에 여러 영향을 미칩니다. (이루어
   지지 않은) 사랑하는 여인들, 가난한 사람, 동생 테오 등이 있
   는데요. 이들은 그의 작품에 어떤 영향을 미쳤을까요?

> 내가 깊은 좌절을 이겨내고 생기를 되찾을 수 있었던 것은 무엇
> 인가 쓸모 있는 일을 할 수 있다는 느낌 때문이었다. 그런 느낌
> 을 찾아 헤맸던 것은 아니지만 결국 그걸 발견했고, 이제 그녀와
> 나는 따뜻한 사랑으로 결합했다. 이 사랑을 포기하는 건 어리석
> 은 행동이겠지. 시엔을 만나지 않았다면, 마법이 풀려 실의에 빠

졌을 것이다. 그녀와 그림이 나를 지탱해 주고 있다. (중략) 비록 그녀가 케이처럼 우아하지도 않고 예절도 잘 모르지만, 선의와 헌신으로 가득 차 있어서 나를 감동시킨다. (60쪽)

| 선택 논제

1. 가난과 사투하며 그림을 그렸던 고흐는 동생 테오에게 경제적 지원을 받아야 할 상황이었습니다. 자신을 돕느라 가난하게 살아야 했다며 테오를 걱정하기도 하고, 이 돈만은 반드시 갚겠다는 의지를 보이기도 합니다. 만약 여러분의 형제가 고흐와 같은 상황이었다면, 테오처럼 지원해줄 수 있었을까요?

너만이라도 내가 원하는 전체 그림을 보게 된다면, 그 그림에서 마음을 달래주는 느낌을 받게 된다면 ……, 나를 먹여 살리느라 너는 늘 가난하게 지냈겠지. 네가 보내준 돈은 꼭 갚겠다. 안 되면 내 영혼을 주겠다. (236쪽)

☐ 지원해줄 수 있다   ☐ 지원해주기는 어렵다

2. 이견이 있지만, 반 고흐의 작품은 생전 단 한 점의 유화만 팔

렸다고 합니다. 하지만 사후 그의 작품은 사상 최고 경매가를 기록하며 미술 애호가들의 열광을 얻고 있습니다. 생전에 높은 평가를 받는 예술과 사후에 높은 평가를 받는 예술 중 (굳이 나눠 보자면) 어느 쪽이 더 예술적 가치가 높다 볼 수 있을까요?

※ 예술, 예술가, 평가의 범위는 폭 넓으나 예술과 평단, 예술과 대중, 예술과 사회문화적 관계를 다양하게 조망해보는 논제입니다.

☐ 생전에 더 높은 평가를 받는 예술
☐ 사후에 더 높은 평가를 받는 예술

| 가족 독서토론에 참여한 소감을 나눠봅시다.

13

『파리의 심리학 카페』

모드 르안 지음, 김미정 옮김, 갤리온, 2014

| 자유논제

1. 이 책은 18년간 심리학 카페에서 일어난 치유의 과정을 담고
   있습니다. 5만 명의 상담 내용 중 보편적이고 핵심적인 문제
   를 추려내 일, 사랑, 인간관계에 대한 28가지 심리학적 통찰
   을 소개하고 있는데요. 여러분은 이 책을 어떻게 읽으셨나요?
   별점과 함께 이유도 발표해주세요.

2. 기억에 남는 부분을 낭독 후, 발췌 이유를 소개해주세요.

3. 화는 살아가면서 피할 수 없는 감정입니다. 저자는 틱낫한 스
   님의 "화는 우리의 적이 아닌 아기이다. 그윽한 마음으로 화
   를 끌어안아야 한다"(95쪽)라는 말을 인용하면서 화를 관리하
   는 방법을 배워야 한다고 말합니다. 여러분은 자신만의 '화를
   관리하는 방법'이 있나요?

살아가는 한 화라는 감정을 피할 수는 없습니다. 또 화는 때에 따라 정당하고 꼭 필요한 감정이기도 합니다. (중략) 화를 내는 방식에 관해서는 전적으로 우리에게 책임이 있습니다. 한마디로 그가 아무리 나를 화나게 했더라도 내가 그에게 아무렇게나 화 낼 권리는 없습니다. 그러므로 우리는 화를 관리하는 법을 배워 야 합니다. (93~94쪽)

서운한 마음이 가득 차 있거나 분노가 끓고 있다면 얼른 종이를 꺼내 그 감정을 글로 풀어 보세요. 남이 보면 어쩌나 하는 생각은 접어 두고 솔직하게 거침없이 적는 게 좋습니다. 그러고 나면 터 질 것만 같던 화도 조금씩 누그러지고, 억압되었던 감정들이 고스 란히 느껴질 것입니다. 그 감정을 천천히 느껴 보세요. (94쪽)

4. 저자는 자신의 정체감을 찾으려 일에 '올인'하는 사람들이 많 은데, 이럴 경우 몇 가지 문제가 생긴다고 말합니다. 아래 세 가지 문제점 중 가장 공감되는 내용은 무엇인가요?

첫째, 성공을 위해 가속 페달만 밟다가 이내 방전되어 버립니다.
둘째, 일에 대한 즐거움이 사라집니다.

셋째, 오로지 일에만 몰두하는 '일중독'이 대를 이어 자녀에게까지 나타날 수 있습니다. (135~137쪽)

5. 저자는 스물세 살에 남편과 사별합니다. 지독한 우울증을 겪게 되지만 이를 이겨 내기 위한 10년간의 정신 분석 치료 덕분에 '남다른' 심리 치료사가 될 수 있었다고 고백합니다. 이 책의 마지막장 '심리학이 외로운 당신에게 들려주고 싶은 이야기'는 다음과 같이 일곱 개의 주제로 이루어져 있습니다. 이 중 여러분에게 도움이 된 부분이 있다면 이야기 나눠봅시다.

인생: 세상에 완벽한 선택이란 없다

일: 어떤 일이든 즐기면서 오래 하고 싶다면

결혼: 굳이 결혼을 하겠다는 당신에게 해 주고 싶은 다섯 가지 조언

삶의 자세: '어차피 해도 안 될 거야'라고 생각하는 청춘들에게

인간관계: 싸우지 않고도 원하는 것을 얻는 기술

세상: 피에르 신부님이 알려 준 베푼다는 것의 진짜 의미

성장: 혼자 있는 시간을 즐길 줄 아는 사람이 되라

6. 공감과 동정은 쉽게 구분될 것 같지만 실제로는 그렇지 않다고 합니다. 공감이 상대의 고통을 깊이 이해하는 것이라면, 동정은 상대의 감정을 똑같이 느껴 그 사람이 되는 것입니다. 저자는 상대를 위로하기 위해서는 동정하는 것보다는 공감해야 한다고 말하는데요. 여러분은 공감과 동정에 대한 저자의 의견을 어떻게 보시나요?

상대에게 손을 내밀기 위해서는 마주 보고 있는 편이 좋듯이, 타인을 돕고 싶다면 그와 나 사이의 경계가 분명해야 합니다. 고유 영역을 침범하지 않는 울타리와 힘들 때 기대어 쉴 수 있는, 멀지도 가깝지도 않은 적절한 거리가 필요합니다. 그러므로 힘들어하는 누군가를 위로하기 위해 꼭 그의 입장이 되어 봐야 한다고 고집할 필요는 없습니다. (157쪽)

| 선택 논제

1. 저자는 분노와 미움, 시기심 등 나쁜 감정이 생기면 거부하지 말고 있는 그대로 인정하라고 합니다. 이러한 감정들을 억누르려고만 하면 사라지기는커녕 더욱 커져 의도하지 않은 때에 터져버리기 때문인데요. 여러분은 나쁜 감정이 들 때 어떻

게 하시는 편인가요?

나는 몇 번이고 파비앙에게 내면의 분노를 살펴봐야 한다고 이야기했지만 그때마다 그는 내가 틀렸다고 강경하게 맞서곤 했습니다. 그러나 억누르고 부정한다고 그 감정이 사라지는 것은 결코 아닙니다. 분출되지 못한 감정은 언제고 터져 나오기 마련이니까요. 결국 파비앙은 엉뚱한 때에 주체하지 못하는 방식으로 화를 표출해 버렸고, 경찰을 모욕한 죄로 몇 달 후에 법정에 출두해야 하는 입장이 되어 버리고 말았습니다. 하지만 오히려 나는 속으로 다행이라고 생각했습니다. 파비앙은 벌금형을 받을 테지만, 그 대신 지금까지 꽁꽁 감춰 놓은 상처와 아픔들을 대면할 기회를 얻었기 때문입니다. (21쪽)

☐ 표현하는 편이다   ☐ 표현하지 못하는 편이다

2. 저자는 거절하는 것을 두려워하지 말라고 합니다. 지나친 요구에는 참지 말고 당당하게 거절해야 자신을 지키고 상대도 배려할 수 있다고 하는데요. 여러분은 원하지 않는 부탁을 받으면 거절을 잘하는 편인가요, 아닌가요?

자신의 경계와 한계를 알고 이를 존중해 달라고 말하기를 주저하지 마세요. 장담하건대, 당신이 거절해도 타인의 존중을 잃지 않습니다. 억지로 하는 일을 줄이고 소중한 시간과 에너지를 빼앗기지 않으면서, 진정으로 하고 싶어 흔쾌히 부탁을 들어 주는 것. 그처럼 진심으로 서로에게 힘이 되어 주고 서로를 고마워하는 것이야말로 우리가 바라는 인간관계가 아니던가요. (148쪽)

☐ 거절을 잘 하는 편이다   ☐ 거절을 잘 못 하는 편이다

| 가족 독서토론에 참여한 소감을 나눠봅시다.

14

『여우』

마거릿 와일드 글, 론 브룩스 그림, 강도은 옮김, 파랑새, 2012

| 자유 논제

1. 『여우』는 2000년 출간 후 여러 나라에 번역·출판되어 전 세계의 독자들에게 사랑을 받고 있는 그림책입니다. 국제아동도

서협의회 최우수상, 독일 최고 어린이 문학상 등 다수의 상을 받기도 했는데요. 호주에서는 뮤지컬로도 제작된 바 있습니다. 한쪽 눈이 보이지 않는 개, 화재로 날개를 다친 까치, 그리고 어디서 왔는지 알 수 없는 여우의 이야기입니다. 여러분은 이 그림책을 어떻게 보셨나요? 별점과 소감을 나눠봅시다.

2. 인상 깊게 본 그림이나 대사가 있다면 소개해주세요.

3. 까치와 개 앞에 어느 날 여우 한 마리가 나타납니다. 개는 여우를 반겨주었고 까치는 경계하는 모습을 보이는데요. 사이 좋게 지내는 둘 사이에 여우가 자꾸 끼어들게 되고 그럴 때마다 까치는 여우의 시선을 느낍니다. 동굴 속은 여우의 냄새로 가득 차버리는데요. 여러분은 여우의 '분노와 질투와 외로움의 냄새'를 어떻게 보셨나요?

부드러운 공기 속에 꽃향기가 가득해지는 저녁이 되면,

개와 까치는 동굴 입구에 앉아 쉬곤 했어.

둘은 이렇게 함께 지내는 게 좋았어.

하지만 이제는 여우가 그들의 대화에 끼어들었어.

그럴 때마다 까치는 여우의 시선을 느꼈어.

어느새 동굴 속은 여우의 냄새로 가득 차 버렸어.

분노와 질투와 외로움의 냄새였지.

4. 여우의 분노와 질투와 외로움의 냄새를 맡은 까치는 "여우는
   어디에도 속할 수 없는 애야. 누구도 사랑하지 않아. 조심해"
   라고 개에게 말합니다. 이때 개는 "여우는 좋은 아이야"라고
   대답하는데요. 여러분은 이 둘의 대화를 어떻게 보셨나요?

5. 여우는 까치에게 자신은 개보다 더 빨리 달릴 수 있다며 함
   께 떠나자고 합니다. 까치는 "나는 개의 눈이고, 개는 나의 날
   개야"라며 여우의 제안을 거절하는데요. 하지만 까치는 달리
   는 개의 등에 앉아 "이건 하늘을 나는 게 아니야"라는 생각
   을 하게 됩니다. 그리곤 다시 떠나자는 여우의 말에 까치는
   개와 살던 동굴을 떠나는데요. 전속력으로 달리는 여우의 등
   에 탄 까치는 "드디어 내가 날고 있어. 진짜로 날고 있다고!"
   라며 가슴이 벅차 소리를 칩니다. 여러분은 까치의 이런 모습
   을 어떻게 보셨나요?

6. 까치를 태우고 숲을 빠져나온 여우는 붉은 사막까지 달려갑

니다. 여우는 "이제 너와 개는 외로움이 뭔지 알게 될 거야"라
고 말하며 까치를 혼자 남겨 두고 가버립니다. 한 순간 아주
먼 곳에서 여우의 울음소리가 들리는데요. 여러분은 여우의
이 울음소리를 어떻게 보셨나요?

한참을 걷던 여우가 까치를 돌아보며 말했어.
"이제 너와 개는 외로움이 뭔지 알게 될 거야."
여우는 까치를 혼자 남겨 두고 가 버렸어.
사방은 쥐 죽은 듯 고요했어. 한순간 아주 먼 곳에서 날카로운
울음소리가 들려왔어. 승리의 소리인지 절망의 소리인지는 알
수 없었지.

7. 붉은 사막 한가운데 홀로 남겨진 까치는 어찌할 바를 몰랐습
니다. 까치는 "온몸이 불에 타서 재가 되어 버린 것만 같았어"
라고 하는데요. 그 순간 까치는 혼자 두고 온 개가 생각납니
다. 그리고는 개가 있는 곳으로 돌아가기 위해 멀고 먼 여행
을 시작하는데요. 여러분은 이런 까치를 어떻게 보셨나요?

그 순간 까치는 혼자 남겨 두고 온 개가 생각났어.

'지금쯤 잠에서 깨어나 내가 사라진 걸 알아차렸겠지?'

조심조심, 비틀비틀, 폴짝폴짝.

까치는 친구가 있는 곳을 향해 멀고 먼 여행을 시작했어.

| 선택 논제

1. 서로의 결핍을 보완해주며 살아온 개와 까치의 관계가 여우의 등장으로 멀어지게 됩니다. 이렇게 된 데에는 까치, 여우, 개 중 누구의 책임이 가장 크다고 보시나요? 순서대로 나열해주세요.

그날 밤, 개가 잠들자 여우가 까치에게 속삭였어. "나는 개보다 더 빨리 달릴 수 있어. 바람보다도 더 빨리. 나랑 함께 가자." 까치는 단호하게 말했어. "나는 절대로 개를 떠나지 않을 거야. 나는 개의 눈이고, 개는 나의 날개야."

새벽에 여우가 또다시 함께 가자고 속삭였어. 까치는 작은 소리로 대답했지.

"좋아."

① 개   ② 까치   ③ 여우

2. 붉은 사막에 도착한 여우는 까치에게 "이제 너와 개는 외로움
   이 뭔지 알게 될 거야"라고 말하며 까치를 사막에 혼자 두고
   가버립니다. 여러분은 이런 여우의 행동에 공감하시나요?

   ☐ 공감한다   ☐ 공감하기 어렵다

| 가족 독서토론에 참여한 소감을 나눠봅시다.

15

『아모스와 보리스』

윌리엄 스타이그 글·그림, 김경미 옮김, 비룡소, 2017

| 자유 논제

1. 이 책은 육지 동물인 쥐와 바다 동물인 고래의 우정을 그린
   그림책입니다. 1971년 저자가 64세에 출판한 책으로, 지금까
   지 어린이뿐만 아니라 성인 독자에게도 폭넓게 사랑받고 있습

니다. 여러분은 이 그림책을 어떻게 보셨는지 별점과 소감을 나눠봅시다.

2. 이 책은 간결함과 따스함이 묻어나는 수채화법의 그림과 삶에 대한 철학이 어우러진 그림책입니다. 인상 깊게 본 그림이나 대사가 있다면 소개해주세요.

3. 바다를 사랑한 아모스는 바다 저 멀리에 어떤 세계가 있는지 궁금했습니다. 그래서 직접 배를 만들어 바다로 떠납니다. 아모스는 바다 한가운데서 거대한 우주 안에서 자신은 아주 조그만 존재라는 것을 깨닫게 되는데요. 여러분은 자신의 꿈을 위해 미지의 세계로 떠난 아모스를 어떻게 보셨나요?

어느날 밤, 아모스는 검푸른 빛 바다에서 반짝이는 물을 뿜어내는 고래를 보고 감탄하지 않을 수가 없었어. 한참 뒤에 아모스는 갑판에 누워서 별 빛나는 끝없는 하늘을 바라보았지. 아모스는, 살아 있는 거대한 우주 안에서는 한갓 작은 점과 같은 생명체인 조그만 생쥐도 만물과 하나라는 것을 느꼈지. 아모스는 온갖 생명체의 아름다움과 신비함에 취해서 데굴데굴 구르다가, 갑판에서 떨어져 바다로 빠지고 말았어. (11쪽)

4. 아모스와 보리스는 첫 번째 이별 후 각자의 삶으로 돌아가 행복하게 지냅니다. 여러 해가 지나 바다에 사나운 폭풍이 불어닥쳐 보리스는 아모스가 사는 바닷가로 떠밀려오게 되는데요. 이를 본 아모스는 코끼리 두 마리를 데려와 보리스가 바다로 들어갈 수 있게 돕습니다. 하지만 둘은 재회하자마자 다시 이별을 하게 됩니다. 여러분은 그림책의 마지막 장면인 아모스와 보리스의 이별을 어떻게 보셨나요?

> 보리스는 코끼리 머리 위에 서 있는 아모스를 돌아보았어. 거대한 고래의 두 볼 위로 눈물이 흘러내렸지. 조그만 쥐의 눈에서도 눈물이 흘렀고. 아모스가 찍찍댔어. "안녕, 보리스!" 보리스도 천둥처럼 소리를 질렀어. "안녕, 아모스!" 보리스는 파도 속으로 사라졌어. 아모스와 보리스는 서로 만날 수 없다는 것을 알고 있었지. 하지만 서로를 절대로 잊지 않으리란 것도 알고 있었어. (32쪽)

5. 역자는 작품에 대해 "이 책은 어린이책이면서도 사랑에 관한 색채를 분명하게 띠고 있다"고 말합니다. 이에 "아이들에게 사랑이란 감정은 그 환희와 나락을 알거나 누려서는 안 될 쿰쿰한 금기의 영역에 있는 그 무엇이어야 한다"고 덧붙이는데

요. 여러분은 이러한 역자의 해설을 어떻게 보셨나요?

어린이들도 폭풍 같은 사랑을 체험할 수 있는 것일까? 사랑이라는 감정은 어른들만의 것일까? 황순원의 「소나기」에서 두 꼬마가 서로에게 느끼는 애달픈 감정은 사랑이라고 해야 할까, 우정이라고 해야 할까? 아무래도 어른들은 아이들이 사랑의 감정을 안다고 얼른 인정하기가 쉽지 않다. 아이들에게 사랑이란 감정은 그 환희와 나락을 알거나 누려서는 안 될 쿰쿰한 금기의 영역에 있는 그 무엇이어야 한다. 그러나 이 책은 어린이 책이면서도 사랑에 관한 색채를 분명하게 띠고 있다.

(중략)

굳이 여기서 두 동물이 생물학적으로 어떤 성별을 가지고 있는지 따질 필요는 없다. 플라톤에 따르면, 사랑이란 무엇인가? 본디 한 몸이었던 존재들이 나누어진 반쪽을 찾아 다시 하나가 되는 것 아니던가? 그리고 스타이그에 따르면, 사랑은 우주적인 합일이다.

(중략)

어른들한테도 오리무중한 사랑 이야기라니. 어린이들한텐 조금 벅찰 수도 있겠다. 하지만 한창 좋아하는 짝이 생긴 아이에게는 이 책을 한번 권해 보자. (「작품 해설」 중에서)

| 선택 논제

1. 육지 동물인 생쥐 아모스와 바다 동물인 고래 보리스는 사는 환경뿐 아니라 서로 다른 모습을 가지고 있습니다. 둘은 자신과 다른 서로의 모습에 끌리고 가장 친한 친구 사이가 되는데요. 여러분은 친구를 사귈 때 자신과 비슷한 점에 끌리는 편인가요, 아니면 다른 점에 끌리는 편인가요?

보리스는 아모스의 가냘픔과 떨리는 듯한 섬세함 가벼운 촉감. 작은 목소리, 보석처럼 빛나는 모습에 감동했지. 아모스는 보리스의 거대한 몸집과 위엄. 힘, 의지, 굵은 목소리, 끝없는 친절에 감동했고. (20쪽)

아모스와 보리스는 가장 친한 친구 사이가 되었어. 두 동물은 서로의 생활과 꿈들을 이야기하기도 했지. 깊이 감추고 있는 비밀들도 나누었고. 고래는 육지 생활을 아주 신기해했고, 육지에서 살아 볼 수 없음을 안타까워했어. 아모스는 고래가 들려 준, 바닷속 깊은 곳에서 일어나는 일들에 반했지. (21쪽)

☐ 비슷한 점　　☐ 다른 점

2. 바다에서 어려움에 처한 아모스를 보리스가 도와주면서 둘은 친구가 됩니다. 하지만 아모스는 육지에서 살아야 하고, 보리스는 바다에서 살아야합니다. 이별을 앞둔 보리스는 아모스에게 함께 있을 순 없지만 영원히 친구가 될 수 있다고 하는데요. 여러분은 아모스와 '영원히 친구가 될 수 있다'는 보리스의 생각에 공감하시나요?

> 이제 둘은 헤어질 때가 되었어. 해변에 도착한 거지. 보리스가 말했어. "우리가 영원히 친구로 남게 되면 좋겠다. 우린 영원히 친구가 될 수는 있지만, 함께 있을 순 없어. 너는 육지에서 살아야 하고, 나는 바다에서 살아야 하니까. 그래도, 난 절대로 널 잊지 않을 거야." (22쪽)

☐ 공감한다   ☐ 공감하기 어렵다

| 가족 독서토론에 참여한 소감을 나눠봅시다.

우리 가족은
이렇게 토론했어요

가족 전체가 같은 책을 읽고 정해진 시간에 독서토론을 한다는 것이 쉽지는 않았다. 중국 베이징에서 근무하고 있는 아들과 며느리, 직장생활과 육아로 정신없이 살고 있던 큰딸과 사위, 배움에 욕심이 많아 직장생활과 대학원 공부를 병행하면서 외국인들에게 한국어를 가르치고 있는 작은 딸이 한 달에 한 권씩 책을 읽고 독서토론을 한 기록을 고스란히 담았다. 가족 독서토론을 꿈꾸는 사람들에게는 맛보기가 되기를 바란다.

첫 번째 시간

『비폭력 대화』 온라인 독서토론

병　오늘은 기다리고 기다리던 가족 온라인 독서토론 첫 번째 날입니다. 저녁 9시 50분에 컴퓨터를 켜놓고 즐거운 마음으로 대기해주시면 고맙겠습니다. 토론엔 정답이 없으니 편안한 마음으로 만나겠습니다.

현　네. 알겠습니다.

윤　저는 넉넉히 10시 10분쯤 가능할 것 같아요. 죄송해요!

병　10시 10분부터 시작하겠습니다.

현　거봐, 최정윤. 왠지 이렇게 늦을 것 같았다.

윤　허허…. 할 말이 없고만…? 미안합니다.

현　정윤이 왜 늦었냐면 준비를 안 해서 그런 거 같은데.

병　수요일에 정윤이랑 천안에서 맛있는 음식 먹었어!

윤   나 혼자 아빠랑 데이트했지.

현   난 유리랑 데이트 하고 싶다.

윤   유리는 크면서 더더 예뻐지네.

선   고모랑 닮았어. 완전 고모 딸이라고 해도 될 정도야. 준비
     완료 했습니다! 두구 두구 두구! 드디어 시작이네요.

현   저도 준비 완료.

병   정윤이 나오려면 10분 기다려야 하네요.

선   그동안 수다를 떨어도 좋을 듯해요.

병   유리는 잠자고 있나?

선   네! 9시 넘어서부터 자고 있습니다.

병   효녀 딸이네! 엄마, 아빠 토론하라고 일찍 잠이 들었으니.

선   그러게요. 덕분에 수월하게 토론을 준비할 수 있었네요.

병   유리 아빠는 어디에서 토론 준비하고 있나?

유   거실에서 노트북으로 준비하고 있어요.

선   정윤이는 10분에 시작하는 거라면 지금 들어와 있나? 10분
     에 시작하나요?

병   들어오는 대로 서로 인사하세요.

유   안녕하세요. 유이치입니다. 준비 완료했습니다.

병   며느리, 작은 딸, 들어오셨나요?

예   들어왔습니다. 안녕하세요.

병 단체채팅방에서 만나니 반가워요.

선 언니 오랜만이에요. 잘 지내시나요? 자주 못 보니 아쉽네요….

예 너무 오랜만이에요. 이번에 한국에서 유리랑 꼭 봤으면 좋겠어요! 너무 보고 싶어요.

선 그러게요. 유리가 태어났는데 한 번도 못 보셔서 보고 싶으시죠. 다음에 기회 되면 유리 보러 놀러 오세요!

예 네! 꼭 놀러 갈게요!

현 보아하니 정윤이만 안 들어온 거 같습니다.

선 ㅋㅋㅋㅋ

병 작은딸은 이제 접속 중이라고 하네요.

윤 갑자기 인터넷이 안 돼서. 먼저 시작하실래요?

선 흠. 왜 그러지? 빨리 문제가 해결되길!

병 그럼 우선 휴대폰으로 해봐.

윤 네네! 전 핸드폰으로 참여할게요.

병 자 그럼 이제부터 진짜 가족 온라인 독서토론 1강을 시작하겠습니다. 짝짝짝.

선 와!

병 자유논제 1번은 우선 『비폭력 대화』에 관한 평점을 매겨보겠습니다. 1점에서 5점 사이입니다.

선　전 5점입니다. 점수만 이야기하나요?

병　점수만 올려주세요.

현　전 3.5점이에요.

윤　저는 4점입니다!

유　5점이요.

예　4점입니다.

병　3.5점에서 5점까지 나왔습니다. 이번에는 그렇게 점수를 주신 이유를 모두 올려주세요.

선　이 책을 읽고 저의 잘못된 대화법을 반성할 수 있었고 폭력 대화가 아닌 비폭력 대화를 실천해야겠다고 다짐했습니다. 앞으로 비폭력 대화를 실천하면 나뿐만 아니라 가족과 주변 사람들 모두가 행복해질 수 있을 것 같습니다. 최근 유리의 탄생으로 인해 남편과 갈등이 조금 있었습니다. 이 책을 읽고 그 갈등을 해결하는 데 도움이 되었기 때문에 저에게 큰 의미가 있는 소중한 책이었습니다.

유　우리 가족은 화목하지만 항상 의사소통하는 부분에 있어서 갈등이 많았는데. 이 책을 통해 무엇이 문제인지 파악했습니다. 개선방안도 잘 나와 있어서 비슷한 고민을 하는 이들에게 이 책을 권하고 싶습니다.

병　다른 분들도 올려주세요.

윤 비폭력 대화에 대해 다시 한번 생각해보는 계기가 되었고
개인적으로 치료사로서 부모님들과 상담하는 방법에 대해
생각해보는 계기가 되었습니다.

현 전 처음에 책 제목만 보고 우리가 대화의 기술을 왜 배워
야 하는지, 배울 필요가 있는지 의문이 들었습니다. 하지
만 책을 읽으면서 제 생각은 조금씩 변화했습니다. 진정한
소통을 위해서는 올바른 대화의 방법을 배우는 일이 얼마
나 중요한지 깨달았습니다. 말은 하는 사람을 위한 게 아니
라 듣는 사람을 위한 것이기 때문이니까요. 듣는 사람이 편
안하고 잘 받아들일 수 있게 말하기 위해서. 새로운 관계를
잘 맺고 기존에 관계를 더하기 위해서 우리는 비폭력 대화
를 배워야 한다고 생각합니다.

예 제가 평소에 했던 모든 말들이 표면적인 의미가 전부가 아
니라 궁극적으로는 제 안의 욕구를 표현한 말이었다는 사
실을 다시금 확인할 수 있었습니다. 앞으로 사람들과의 교
류에 있어서도 상대방의 말을 잘 이해하고 그 마음을 배려
하는 태도를 가져야겠다고 다짐했습니다.

병 첫 책으로 성공적인 선택이었던 것 같습니다. 그럼 기억에 남
는 부분과 쪽수를 올려주시고 발췌 이유를 소개해주세요.

선 "분노의 원인은 비난하고 비판하는 우리의 생각에 있

다"(209쪽). 좋아하지 않는 말이나 행동이 닥쳤을 때 다른 사람을 탓하거나 화를 내는 경우가 있었습니다. 다른 사람에 대한 비판은 나와 타인을 힘들게 하고 관계를 악화시킬 뿐이라는 것을 깨달았습니다.

현 "특히 실망했다고 말해도 좋지만 '무책임하다'라는 말은 내게 동기를 주는 말이 아닙니다. 내가 '아니오'라고 말해서 상처를 받았다고 해도 좋지만 목석같은 사람은 도움이 되지 않을 것이다"(52쪽). 왠지 경험에서 오는 문장이라고 할까요? 평가가 들어가지 않은 관찰은 인간 지성의 최고 형태라는 말에 공감했습니다. 비난은 정말 아무런 도움이 되지 않거든요

윤 "나는 최루탄을 포함한 많은 무기를 이스라엘에 공급하는 미국에 대해 난민들이 큰 분노를 느끼고 있다는 사실을 알고 있었다"(30~33쪽). 많은 사람들이 개인과 국가를 동일시하며 편견을 갖고 상대방을 대하는 경우가 많다고 생각했습니다. 정치, 외교적 입장에서의 문제를 그 국가 출신의 사람의 문제로 가져와 사람을 대하는 태도가 옳지 않다고 생각했는데 그 마저도 공감하고 인정하는 태도가 인상적이었습니다.

예 "우리는 자신과 다른 사람에게 상처를 주는 말과 행동을

하게 만드는 '삶을 소외시키는 대화 방법'을 배우면서 자랐다. 우리 기준에 맞지 않는 행동을 하는 사람들을 나쁘다고 규정하는 도덕주의적 판단이 그러한 형태이다"(49쪽).

병　다른 사람이 발췌한 내용을 천천히 읽어주세요.

선　"나는 환자에게 무슨 문제가 있느냐고 생각하지 않고, 대신 나 자신에게 다음과 같은 질문을 하게 되었다고 설명했다. '이 사람은 지금 어떤 느낌인가? 무엇을 원하는가? 그것에 대해 나는 어떻게 느끼는가? 내 느낌 뒤에 숨은 내 욕구는 무엇인가? 이 사람이 더 행복하게 사는 데 도움이 되리라고 믿어지는 행동이나 결정은 무엇인가?'"(255쪽). 이 책의 내용을 나에게 적용하기 쉽게 요약한 질문이라고 생각합니다. 분노가 일거나 부정적인 생각이 들 때마다 이 질문에 따라 사고한다면 도움이 될 것입니다. 핸드폰에 적어서 필요할 때마다 질문에 대답하는 연습을 하려고 합니다.

병　아주 중요한 부분을 잘 발췌했고 그 이유도 분명한 것 같습니다. 다른 사람이 발췌한 내용 중 공감이 되는 부분이 있나요?

선　예원 언니나 유이치가 발췌한 부분이 인상적입니다. 저도 매우 공감하는 내용입니다. 가족 간 명확하게 알아듣기 쉽게 부탁을 해야 하고 삶을 소외시키는 대화 방법을 유리에게 들려주지 않도록 노력해야 할 것 같습니다.

현   저는 정선이의 생각에 공감이 가네요.

병   발췌한 이유를 써주시기 바랍니다.

윤   저는 모두의 생각에 공감이 가는 편이에요. 제 발췌 부분은 일상적이지 않는 부분이었는데 다들 자신의 삶 속에서 적용하려고 노력하시면서 읽으신 것 같아 인상적입니다.

예   학교나 직장에서 제 성격이나 습관, 가치관에 맞지 않는 친구 혹은 동료들을 만나면 쉽게 그들을 판단하고 평가하곤 했습니다. 책을 통해 그 누구도 상대방의 입장과 상황에 처하지 않으면 그 본질을 절대적으로 알 수 없다는 생각이 들었습니다. 반대로 누군가가 나를 자신의 잣대로 평가하거나 판단할 것이라 생각하니 정말 무섭다고 느껴졌습니다.

예   저도 모두의 생각에 공감합니다.

병   같은 책을 읽어도 본인의 입장에 따라 보이는 부분이 다르지요. 토론은 다양한 관점을 발견할 수 있어서 좋습니다.

유   정선이와 예원 아주머님 생각에 크게 공감합니다.

병   자, 그럼 자유논제 3번으로 넘어갈까요? 저자는 연민을 주고받음을 즐기는 것이 인간의 본성이라고 말합니다. 하지만 서로 상처 주는 말과 행동을 함으로써 연민으로부터 멀어지게 된다고 하면서, 비폭력 대화의 상대 개념으로 '삶을 소외시키는 대화'를 언급하고 있습니다. '삶을 소외시키는 대화' 사례(37~49쪽) 중에 가장 와닿는 것은 무엇인가요?

선 도덕주의적 판단입니다. 주변에 만나는 사람들에게는 게으른, 버릇없는, 배려심이 부족한 등의 판단을 내릴 뿐 입 밖으로 내뱉지는 않습니다. 하지만 가족들이나 친한 친구들에게는 이러한 분석을 하고 잔소리를 하게 됩니다. 도덕주의적 판단은 주변 사람들에게 상처를 주는 행위이며 자신의 정신건강에도 이롭지 못한 대화 방법이라는 사실을 깨달았습니다.

윤 저는 도덕주의적 판단이 가장 와닿았습니다. 서로 다름에 대해 도덕적으로 '선'과 '악'으로 규정하는 경우가 많은 것 같습니다. 역사적으로 살펴보면 이분법적인 사고로 정상과 비정상을 규정한 이후 더 많은 차별이 생겨났습니다. '비정상'이라고 규정하는 용어 자체가 폭력적이라고 생각했습니다.

현 오. 저도 도덕주의적 판단이에요. "이것이 비극적인 이유는, 이런 식으로 자신의 가치관과 욕구를 표현하면, 우리가 걱정하는 행동을 하는 바로 그 사람들이 우리에게 거부감을 가져 방어와 저항을 하게 되기 때문이다. 또 그들이 잘못되었다는 내 분석에 동의하고 나의 가치관에 따라 행동을 할지라도, 대개 그것은 두려움과 죄책감, 혹은 수치심에서 나온 행동일 것이다"(39쪽). 이 부분은 정말 인간을 위에서 관찰하는 듯한 글이라고 생각했어요.

유 저는 책임을 부정하기 부분입니다. 엄마라서, 아들이라서, 아빠라서, 라는 막연한 이유로 서로 일을 강요하거나 어쩔 수 없이 떠맡는 경우가 많았습니다. 본인의 의사와는 상관없이 역할이 있으니까 해야만 한다는 논리가 삶을 피폐하게 만드는 것 같습니다.

선 오빠가 발췌한 부분 저도 인상적이게 봤어요.

유 저도 형님의 의견에 매우 공감합니다.

예 저는 '책임을 부정하기'입니다. 모든 사람들이 자신의 선택과 행위에 책임을 느끼고 행한다면 그 자신뿐만 아니라 사회 전체에도 긍정적인 영향을 끼칠 수 있다는 생각을 갖게 되었습니다.

현 예원 씨 의견도 중요한 것 같아요. 최근에 느끼는 거지만 주변에 당연한 일을 당연하다고 느끼지 않는 사람들이 의외로 많더라구요.

병 역시 다양한 의견이 나왔네요! 자신들의 행동에 대한 문제의식조차 없는 사람들이 많은 것 같습니다. 그럼 자유논제 4번으로 가겠습니다. 저자는 우리가 일상적으로 하는 말들 중에서 다른 사람과 공감으로 연결하는 데 방해가 되는 장애물을 열거합니다. 다음 중 여러분이 (가정에서, 직장에서) 가장 많이 사용하는 세 가지를 골라보세요.

현 　조언하기, 설명하기, 바로잡기입니다. 문제를 해결하기 위해서 조언을 하고, 설명을 하며, 결국 그 문제를 바로잡는다고 하지만, 이들은 공감으로 연결하는 데 방해가 되는 장애물 같아요.

선 　제가 최근 남편에게 했던 실제 사례를 말씀드리겠습니다. 제가 신랑에게 못할 말을 너무 많이 했네요. 최근 유리가 태어나고 폭력 대화를 너무 많이 했던 것 같습니다. 반성하고 있습니다. 조언하기: 여보는 유리와 더 많은 시간을 보내야 해요. 일찍 자야 해요. 한술 더 뜨기: 유이치-요즘 일 때문에 힘들어요. 정선-저는 아침부터 유리가 자기 전까지 쉬지도 못하고 아이를 돌보며 집안일을 하느라 힘들어요. 가르치려 들기: 핸드폰은 전자파가 많이 나와서 오래 하면 안 돼요.

유 　정선이 글을 보니 제가 불쌍해지는군요.

선 　하하하. 미안해요.

유 　설명하기, 바로잡기, 조언하기입니다. 저도 현진 형님 의견과 동일합니다.

예 　조언하기, 위로하기, 설명하기입니다. 모두 공감을 방해한

말들이었다는 걸 알고 내심 많이 놀랐습니다.

윤   설명하기, 말을 끊기, 위로하기입니다. 정확하게 공감하지 못하고 판에 박힌 위로를 할 때도 많고 상대방이 무엇을 말하는지 끝까지 들어보지 않을 때도 있습니다. 또한 다른 사람에게 설명하면서 공감을 가로막는 경우가 많은 것 같습니다.

현   이건 '화성에서 온 남자 금성에서 온 여자'처럼 남자와 여자의 차이가 아닐까 싶어요. 남자는 어떤 의견을 들으면 해결하려고 하지만 여자는 공감받기 위해서 이야기를 한다고 들었습니다.

병   와! 대단한 발견이네요.

유   남자는 수리공이라서 그렇다네요.

윤   다들 결혼생활을 하시기에 더 실제 삶에 적용하며 보시는 것 같아요!

현   그래서 남자와 남자는 의외로 말이 별로 없어도 편해요. 그냥 앞에 있는 문제만 해결하면 되거든요.

선   제 이야기를 들어주었으면 좋겠는데 자꾸 해결책을 이야기하려고 하여 속상했던 기억이 나네요.

병   이런 사실을 깨닫기 위해서는 수많은 세월이 흘러야 되는데, 희망이 보입니다.

현　하지만 공감하는 이야기를 하기엔 남자로서 너무 힘든 부분이 있어요.

유　저는 머리로는 공감해야 한다고 알고는 있는데, 그건 너무 가식적인 것 같고 듣다 보면 고쳐주고 싶은 충동이 일어나네요.

현　저도 그래요. 그 충동이 장애물이라고 들었는데…. 이게 남자들의 대화였거든요.

병　화성에서 온 남자들의 공통점입니다.

유　여자는 들어주기만 해도 해결이 된다는 것이 신기했습니다.

선　김지윤 관계전문가의 강의를 보면 여자와 대화할 땐 '와!', '대박!', '진짜?' 이 세 가지만 말하면 된다고 합니다. 하하.

윤　그렇다면 남성분들은 여성분들이 이렇게 이야기해주었으면 좋겠다는 바람이 있나요?

현　아닙니다. '와', '대박', '진짜'만 하면 왜 이리 성의가 없냐는 이야기를 듣게 될 거예요. 뭐 제가 그런 이야길 들은 적은 없지만….

병　정윤이 의견에 대답 부탁합니다.

현　말하는 이가 바라는 바를 정확히 이야기해주길 바랍니다. 어떤 부분이 어떻게 해서 어떤 문제가 있는데 공감해주었으면 좋겠다라거나….

윤 저는 책 내용의 공감 부분에서 "어떤 사람이 나를 판단하지 않고, 나를 책임지려 하거나 나에게 영향을 미치려 하지 않으면서 내 말에 진지하게 귀 기울여 들어줄 때는 기분이 좋다"라는 부분이 인상 깊었거든요.

현 남자는 수학과 같고 여자는 언어와 같은 거 같아요.

유 예를 들어 내일이 리포트 마감인데 다 못해서 속상한 여자의 이야기를 들으면 한시라도 빨리 리포트를 해결해주는 게 우선일 텐데 그 속상한 마음을 들어주면 해결이 된다는 게 신기하네요.

현 남자는 정확한 답이 있었으면 좋겠고…. 여자는 같은 언어라도 어감과 분위기에 따라 달라지니….

선 남자들은 별일 없는 일상에 대해 수다 떠는 걸 시간 낭비라고 생각하고 너무 많은 말을 듣는 것은 힘들어하는 것 같네요.

윤 리포트 마감인데 하기 싫다고 투정을 부릴 때 "그냥 자! 하지 마, 괜찮아"처럼 힘든 것에 대해 공감해주고 편드는 말을 들으면 "아니야, 이제 할 거야. 그래도 해야지" 하면서 다시 힘이 생기는 것 같아요.

현 아니면 '커피 사줄까'라거나.

윤 '커피 사줄까'는 괜찮은 답변이네요!

선 '커피 사줄까' 좋아요!

현 한 가지 배웠네요. '커피 사줄까'는 괜찮은 답변인 것으로. 하하.

병 자, 그럼 자유논제 5번입니다. 『비폭력 대화』는 'NVC(비폭력 대화)로 감사 표현하기'로 장을 마감합니다. 저자는 "칭찬 뒤에 숨은 의도를 알아차리고 나면 생산성이 떨어진다"고 경고합니다. 'NVC 감사 표현'은 세 가지 요소가 있습니다. 첫째는 우리의 행복에 기여한 그 사람의 행동, 둘째는 그 행동으로 충족된 나의 욕구, 셋째는 그 욕구들이 충족되어 생기는 즐거운 느낌. 우리 모두 NVC 감사 표현을 실습해보겠습니다.

선 바쁜 일정 중에 가족 모두가 독서토론에 기꺼이 응해주셔서 감사합니다. 자주 만나기 어려운 상황에서 이를 통해 한 달에 한 번씩 대화를 나누게 되어 기쁩니다. 특히 남편과 같은 책을 읽고 토론을 하고 유리에게 책을 읽는 모습을 보여줄 수 있다는 점에서 자녀 교육적인 측면과 부부간 긍정적 소통에 큰 도움이 되는 것 같습니다.

유 장인어른께서 독서토론을 통해 추천해주신 책이 우리 가족의 대화 문제에 대한 솔루션이 될 수 있을 것 같아 매우 기쁘고 감사드립니다.

병 와. 아주 잘하고 있습니다.

현 이 자리를 만들어주신 아버지 감사드립니다. 사실 처음 책을 읽을 때는 잘 몰랐는데 토론을 준비하면서 얼마나 값진 시간인지 배울 수 있었습니다. 한편으로는 공부하는 시간이 되어 기쁘고, 다른 한편으로는 가족들이 한자리에 모여 같은 주제로 이야기할 수 있는 이 시간에 감사합니다. 시작이 반인 것처럼 멋지게 반을 이뤄내는 것 같습니다.

윤 모두가 한마음으로 좋은 이야기를 나눌 수 있도록 독서토론을 마련해주신 아빠 감사합니다. 가족들과 평소에 나누지 못한 이야기를 책을 통해 끄집어낼 수 있었습니다. 멀리 떨어져 있지만 마음은 더 가까워진 듯한 느낌이 들어서 뿌듯합니다!

예 오늘 이 자리를 통해 좀 더 다각적으로 사고하는 방법을 배웠습니다. 스스로의 모습을 한번 되돌아볼 수 있는 시간을 마련해주신 아버님께 감사드려요.

현 예시 안에 이런 글귀가 있습니다. "감사하는 마음은 우리를 고결하고 도량이 넓은 영혼으로 자라게 해주는 진정한 영적 연금술이다." 감사함으로써 심적으로 편안해진다는 것이 중요한 사실인 것 같아요.

병 많은 사람들이 우리 가족 온라인 독서토론에 관심을 갖고 있습니다. 새로운 문화혁명이라고, 대단합니다.

선 최초일까요? 가족 독서토론! 영광스러운 자리네요.

현 남자와 여자가 달라서. 서로 다른 부분으로 인해서 받았던 상처들을 감사를 통해서 도량이 넓게 이해하고 용서했으면 좋겠습니다.

선 오빠를 용서하겠습니다. 유이치도. 아빠 상처 준 게 없어요. 하하.

유 감사와 비교는 상극인 것 같아요 감사하면 현재에 행복감을 느낄 수 있지만 비교하면 비참해지네요.

현 어릴 적에 연필심으로 찔렀던 거 놀렸던 거 미안하다. 여보도 미안해요.

선 ㅋㅋㅋㅋㅋ

현 정윤이 오늘 늦은 것도 용서하겠습니다. 우리는 감사를 하는 도량이 넓은 사람이니까요

병 이번에는 선택논제로 갑니다. 선택논제 1번. 저자는 행동에 대해 생각하는 말과 느낌을 구별하는 말을 혼동하지 말라고 충고합니다. '나는 기타 연주자로서 부족하다고 느낀다.' 이 문장은 느낌에 대한 것이 아니라 자신의 능력을 평가하는 말입니다. '나는 기타 연주자로서 좌절감을 느낀다'라는 말이 느낌을 표현하는 데 더 적당한 말이지요. 여러분은 평

소 언어 습관에서 생각을 나타내는 단어와 느낌을 나타내는 단어 중 어느 쪽을 많이 사용하는 편인가요? 우선, '느낌'인지 '생각'인지 단답으로 답해주세요.

선 생각입니다.

윤 저도 생각입니다.

예 느낌을 나타내는 말을 더 많이 사용하는 것 같아요.

현 저도 물론 생각이라고 생각하지만, 느낌인지 아리송합니다.

유 저는 스스로의 대화법을 잘 모르겠는데 정선이 말로는 느낌이라고 하네요. 잘 모르겠습니다. 하하.

병 자, 그래도 한쪽을 선택해주세요.

현 저는 생각입니다.

유 느낌으로 하겠습니다.

병 생각은 정선, 정윤, 현진, 느낌은 유이치, 예원. 생각 3 대 느낌 2입니다. 자, 그럼 정선부터 이유를 이야기해보세요.

선 평소 사람들의 언행을 보고 생각하고 평가하는 일이 많았던 것 같습니다. 반찬 투정을 하는 사람을 보고 부정적인 사람이라고 생각하거나 길거리에서 시끄러운 경적이 울리면 한국은 너무 시끄럽다고 판단했습니다. 이 외에도 느낌을 표현하기보다는 나의 가치관을 기준으로 평가하고 부정적으로 생각했던 것 같습니다.

병 그럼 이번에는 예원 발표해주세요.

현 저, 변경하겠습니다. 저도 느낌입니다.

병 변경도 좋습니다. 순서를 기다리세요.

현 저 다시 번복하겠습니다. 정선이의 글을 보고 조금 헷갈렸습니다.

병 네, 좋아요.

예 저는 일상 속에서, 혹은 특별한 경험을 하게 될 때 부정적이든 긍정적이든 그 상황에 대한 저의 느낌과 감정을 자주 표현합니다. 예를 들어 친구나 가족과 즐거운 시간을 보낼 때, 반대로 직장에서 마찰이 있을 때 그 순간 느끼는 감정을 자주 표현하는 것 같아요.

병 아, 그렇군요. 그럼 이번에 정윤 발표해주세요.

윤 저는 늘 말의 의도를 분명하게 파악하고 이해하려고 해왔던 것 같습니다. 그 사람의 의도, 상황, 성격을 정확하게 파악하지 못하면서 제 기준에서 대화의 문맥을 보고 상대방을 해석하려고 한 경우가 많았습니다. 그래서 종종 친한 친구의 경우는 이런 의도로 이야기하는 건지 직접적으로 물었던 적도 있었습니다.

병 공감이 됩니다. 그럼 이번에는 유이치 차례입니다.

유 저는 즐거운 감정, 신나는 감정을 추구하고 현재의 감정에

충실한 것 같습니다. 생각은 많이 하지만 결과는 상대의 느낌, 제 느낌에 치중하므로 느낌에 가깝다고 생각합니다.

병 아, 그렇군요. 마지막으로 현진 차례입니다.

현 저도 이미 머릿속에 정해놓은 저만의 기준이 있기에 이에 따라 모든 것이 결정이 되는 것 같아요. '내 경험에 따르면 이러하다'와 같이 판단하는 것이죠. 예를 들면 시끄러운 환경이나 부정적인 사람들을 볼 때의 평가가 그렇습니다. 하지만 우물 안의 개구리가 바다를 이해하지 못하는 것처럼 경험해본 것만을 가지고 판단하고 있다는 걸 깨달았습니다.

병 비폭력 대화에서는 생각보다는 느낌을 알아차리라고 강조하고 있습니다. 참고하시기 바랍니다.

윤 느낌 그대로를 알아차리면 좀 더 자유로운 사고를 할 수 있을 것 같습니다.

현 근데 약간 헷갈렸던 게 요즘은 이럴 수도 있고 저럴 수도 있다고 느끼게 되는 것 같아요. 아, 이 사람은 이러한 상황에서 살아왔기에 이럴 수도 있겠구나, 하고요. 하지만 아직까지 생각도 많기 때문에 노력해야 할 부분인 것 같습니다.

유 저는 아직도 알쏭달쏭합니다. 생각하면 할수록 느낌과 생각 둘 다 하고 있는 것 같아요.

병 선택논제 2번. 저자는 "다른 사람의 말과 행동이 우리의 느껌을 불러일으키는 자극이 될 수 있어도, 결코 우리 느낌의 원인은 아니"(89쪽)라고 단언합니다. 우리의 느낌은 순간의 필요와 기대 때문에 생기는 것, 혹은 다른 사람의 말과 행동을 '어떻게 받아들일 것인가'에 대한 선택입니다. 저자에 따르면 우리는 다른 사람들의 말과 행동을 받아들이는 데 네 가지 선택을 합니다. 자기 탓하기, 남 탓하기, 자신의 느낌과 욕구 인식하기, 다른 사람의 느낌과 욕구 인식하기입니다. 다른 사람이 여러분을 비난할 때 다음 중 어떤 선택을 주로 하는 편인가요? '자기 탓' 또는 '남 탓' 이렇게 대답해 주세요.

현 자기 탓입니다.

윤 저는 자기 탓 같습니다.

선 전 남 탓입니다.

유 상황에 따라 다른 것 같습니다. 나의 잘못을 인정하는 경우는 비난과 비판을 개인적으로 받아들인다(자기 탓). 나의 잘못을 인정 못하는 경우, 상대방의 잘못을 찾아 비난한다(남 탓). 저는 상대의 비난을 제가 인정하느냐 인정 못하느냐가 중요한 것 같습니다.

예 누군가가 부정적인 감정이나 말로 저를 평가할 때, 저는 주로 그 판단에 대한 불신과 저에 대한 비난을 동시에 느꼈던 것 같습니다.

병 비율로 어느 쪽이 많나요?

윤 형부 말에 공감이 가네요. 특히 제가 인정하지 못하는 사람이 하는 비난에 대해서는 신뢰가 가지 않기 때문에 남 탓을 할 때도 있습니다. 그러나 주로는 자기 탓입니다.

현 먼저 스스로를 돌아봅니다. 인간인 이상 나도 완벽할 수 없기에 모든 일을 실수 없이 할 수 있다고 믿지 않습니다. 그래서 먼저 스스로를 돌아보고 일리가 있으면 사과하고 고치려고 합니다. 하지만 그 부분이 아니라고 한다면 그 내용을 설명하거나 오해를 풀려고 하구요. 하지만 상황에 따라서 잘못을 하지 않았지만 그냥 넘어가는 경우도 있습니다.

병 51 대 49라도 한쪽 입장을 취해주시기 바랍니다.

유 제 가치판단으로 상대의 말이 맞는다면 즉시 꼬리를 내리고 인정하는데, 납득을 할 수 없다면 절대로 인정을 하지 않는 편입니다. 자기 탓의 경우가 많은 것 같습니다.

예 다수의 상황에서 상대방의 비난과 비판을 개인적으로 받아들이는 경우가 좀 더 많은 것 같습니다.

병 자기 탓은 현진, 정윤, 유이치, 예원, 남의 탓은 정선입니다.

선 하하하. 저 너무 나쁜 사람 이미지인 듯.

병 너무 한쪽으로 몰리면 안 되기 때문에 정선이 역할이 대단히 큽니다.

선 우하하. 다 덤벼!

병 자, 그럼 현진과 정윤이 먼저 의견 주시기 바랍니다.

현 예문에서처럼 "당신은 내가 지금까지 본 사람 중에서 가장 이기적인 사람이야!"라고 말한다면 "어떤 부분에서 그런 생각을 했는지 알려줄래? 네가 원하는 부분에 어떻게 부족했을까?"라고 물어볼 것 같아요.

선 꼭 예문만이 아니라 실생활에서 비난을 받을 때 아닌가요?

병 실생활에서 비난을 받을 때 맞습니다.

현 실생활에서 비난 받을 때도 곱씹어봅니다.

윤 저는 평소 스스로에 대해 부족한 점을 많이 느끼기도 하고 어떻게 하면 고칠 수 있을까 고민하는 편입니다. 다른 사람이 나를 비난할 때 내가 느끼지 못하는 나의 단점을 새롭게 발견할 수도 있다고 생각합니다. 전에는 감정적으로 대처하는 경우가 많았는데 요즘은 상대방이 그렇게 생각할 수 있겠다고 느끼기도 하고, 자신을 객관적으로 냉정하게 돌아보고 싶어 하는 것 같습니다.

현 예전에 제 친구들은 제가 너무 완벽함을 추구한다고 우려하곤 했습니다. 완벽하진 않지만요. 그래서 스스로 무엇이 잘못되었는지 고민해본 후에 부족하다고 느끼면 변화를 추구하는 편입니다.

병　다음은 정선이 발표해주세요.

선　비난을 받으면 보통 왜 그러한 행동을 할 수밖에 없었는지 원인을 이야기하는 편입니다. 친한 친구로부터 연락을 자주 하지 않고 선물을 챙겨주지 않는다고 비난받은 적이 있었습니다. 상대방의 의견도 듣고 공감해주긴 하지만 바쁘고 다른 곳에 신경을 쓰느라 연락을 못 했고 선물을 주고받는 것을 좋아하지 않는다고 이야기했습니다. 하지만 마음속으로 왜 이런 것에 서운함을 느끼는지 이해하기 어려운 부분도 있었고 내가 얼마나 바쁘고 힘든데 이런 말을 하나, 라고 생각하며 남을 탓한 적도 있었습니다.

병　그럼 예원과 유이치도 의견 나눠주세요. 의견 없으면 넘어갈까요?

유　저는 중고등학생 시절 격한 토론을 많이 해봐서 비난과 비판에 대한 제 태도를 명확하게 파악할 수 있었습니다. 실제로 비난을 들으면 우선 감정적으로 상처받습니다. 자존심이 상하지만 그걸 견뎌내야 이성적 검토가 가능했습니다. 그래서 비판과 비난을 멀리서 바라봅니다. 그것이 나에게 유익하다면 받아들이는 의사를 표하고 아니라면 비난에 대해 저항합니다.

예 누군가가 저를 부정적으로 평가하면 저는 스스로 부족한 점, 비난받을 수밖에 없었던 이유 등을 생각하게 되고, 부정적인 평가를 받았다는 사실을 후회하며 자신을 책망합니다. 오히려 그렇게 스스로를 탓하는 편이 더 편하다고 느낄 때도 있는 것 같습니다. 지금 생각해보면 둘 다 위험하고 좋지 못한 사고방식인 것 같아요.

선 저는 남의 비난을 듣고 별로 자기반성을 하지 않는 편입니다. 각자 개성이 있고 다를 수 있다고 생각하기 때문입니다. 저의 행동에도 나름대로 다 이유가 있고 욕구와 나의 가치관에 따른 행동의 결과이기 때문에 타인의 비난에 자신의 탓을 하진 않는 편인 것 같습니다.

병 맞아요. 상황에 따라서 잘 판단해야 될 듯합니다. 자신이 틀렸는데 상대방을 비난하거나 자신이 맞았는데 자신을 비난하면 큰 문제가 생길 수 있습니다.

현 저는 남들에게서 보는 제 모습 또한 제 모습이라고 생각을 할 때가 있습니다. 무조건적인 비난이라고 생각하지 않고, 오히려 그를 통해 더 변할 수 있는 기회가 되기도 합니다. 대학교 때 옷을 너무 못 입었을 때가 있었습니다. 지금 돌이켜 보면 '이불킥' 하고 싶을 정도로요. 남들의 비난에 스스로 공부를 해서, 잘 입는 편은 아니지만 보통은 되었던

것 같아요

선 저도 옷을 잘 못 입습니다. 그런 비난을 받을 때가 있었지만 저는 옷 입는 것에 많은 신경을 쓰고 싶지 않습니다. 그래서 비난하는 사람들이 있지만 전 별로 상관없어서 무시하는 편입니다.

윤 단점과 장점은 동전의 양면이라고 생각합니다. 남들이 보는 관점에서 단점을 제 스스로 단련시켜 장점으로 변환시킨다면 상대방의 말에 오히려 감사할 수 있을 것입니다.

현 하긴 정선이는 그런 점이 매력적이죠.

선 요즘엔 보통은 되었습니다.

현 그래서 10년 뒤에 입을 아주머니 정장을 미리 구입해두었다는 말을 들었어요. 그것도 중고로.

선 요즘에도 중고나라는 자주 애용합니다. 유리 신발도 중고로 구입해두었죠!

유 음. 저희 집에 새 것이 거의 없죠.

병 어떤 사람에게 왜 책을 읽느냐고 물었더니 휘둘리며 살지 않기 위해 책을 읽는다고 대답했답니다. 다음은 선택논제 3번입니다. 여러분은 '솔직하게 말하기'와 '공감하며 듣기' 중 어떤 것이 더 어렵게 느껴지십니까?

윤 저는 공감하며 듣기가 더 어렵습니다.

병 '솔직하게 말하기'와 '공감하며 듣기'로 대답해주세요.

유 네 가지 요소로 공감하며 듣기가 어렵습니다. 솔직하게 말
하는 건 문제를 해결하고 왜곡 없이 신속한 대화를 하는
데 도움이 되어 노력하나, 공감하며 들으려면 비논리적인
부분도 들어주어야 하고 이해가 안 되는 부분도 이해해줘
야 하는 것이 힘듭니다.

선 전 솔직하게 말하기가 어렵습니다.

현 솔직하게 말하기가 어렵습니다.

병 솔직하게 말하기는 정선, 현진, 공감하며 듣기는 정윤, 유이
치입니다. 예원도 의견 주세요.

예 공감하며 듣기가 더 어렵게 느껴집니다. 사람은 각자의 개
성과 성향을 가진 존재라 하나의 사물 혹은 상황에 대해
느끼는 바, 원하는 바가 각기 다릅니다. 설사 위의 네 가지
원칙으로 상대방의 네 가지 정보를 알게 된다 하여도 그 느
낌을 이해하는 것과, 공감하여 상대방의 욕구에 따라 원하
는 바를 실현시켜 주는 것은 분명 다른 일이라 생각합니다.

병 듣기가 세 명, 말하기가 두 명입니다. 그럼 정선이 먼저 의
견 주세요.

선 내 의견을 전할 때 주관적으로 판단하고 감정적으로 이야
기하는 경향이 많습니다. 마음에 들지 않는 행동을 보고

비난하거나 평가하는 말을 합니다. 예를 들어 "왜 이걸 치우지 않았습니까? 당신은 너무 이기적이네요"처럼요. NVC 모델이 제시한 네 가지 과정을 거친다면 화를 내지 않고 이성적으로 충분히 생각하고 말할 수 있을 것 같습니다. 다만 많은 연습과 시간이 필요하겠죠.

병 　정윤 의견 주세요.

윤 　공감하여 듣기가 더 어렵게 느껴집니다. 저와 사고방식이 전혀 다른 사람이 하는 말을 들으면, 그의 감정을 짐작해볼 수는 있겠지만 온전히 그 마음에 공감하기란 어려운 것 같습니다. 상대의 속내를 알아차리고 욕구를 들어주는 것이 힘들 때가 많습니다.

현 　말하기가 어렵습니다. 말을 하면 그 말은 하는 사람의 것이 아니라 듣는 사람의 것이라고 생각합니다. 듣는 사람에 따라서 말하는 이의 의도와는 전혀 다르게 받아들일 수 있기 때문이죠. 상대방이 나의 의도를 정확하게 이해할 수 있도록 말투, 상황, 입장 등을 고려해서 말하기가 정말 어려운 것 같아요.

병 　유이치는요.

유 　제가 방과 후 수업을 하는데 초등학교 저학년 아이들이 이야기하는 걸 들으면 답답할 때가 많습니다. 너무 느린 이야기 전개, 비논리적이고 중요하지도 않은 내용으로 자주 말을 걸어옵니다. 이런 상황에서 공감하며 듣기란 거의 불가능합니다만 노력은 하고 있습니다.

병 이야기를 듣고 보니 말하기, 듣기, 둘 다 어려운 것 같네요. 이런 어려움으로 문제가 된 경험은 없나요?

선 저는 그런 아이들의 말을 들으면 너무 웃기고 재미있어서 즐거운데 힘들다고 하니 신기하네요.

유 여러 아이들이 동시에 말을 걸어옵니다. 두 명 이상의 이야기를 동시에 듣는 능력이 필요해집니다.

현 부하 직원과 소통을 할 때, 뭔가를 전달하면 알았다고 하는데 변화가 없어요. 나라가 다르니 문화적 상황과 모든 상황을 고려해서 이야기해야 하는 건가요?

병 듣기의 문제인가요? 말하기의 문제인가요?

현 말하기의 문제입니다.

병 중요한 이야기는 상대방에게 어떻게 이해했는지 설명해보라고 하면 좋다고 들었습니다.

현 그거 괜찮은 방법이네요

선 직장에서나 가족 사이에서, 또는 친구들끼리 다른 사람을 욕하거나 남에 대해 평가하고 비판하는 것은 독이 되는 것 같습니다.

윤　친구가 자꾸 쇼핑을 하러 가자고 한 적이 있었습니다. 그 당시에는 시간적인 여유도 없었고 쇼핑을 즐기는 편이 아니라 계속 거절했는데 알고 보니 그 친구가 울적해서 저와 함께 시간을 보내면서 풀고 싶었다는 것을 알게 되었습니다. 나중에 섭섭했다는 친구의 말을 듣고 미안해졌습니다.

유　잘 못 들어서, 잘 못 말해서 문제가 된 경험은 많이 있습니다. 대화가 너무 추상적이라 서로 다르게 내용을 알고 움직인 경우가 있습니다. 책에 나온 것처럼 전달한 내용을 다시 검토할 필요가 있다고 생각했습니다.

선　책에서 부인이 일에 너무 많이 시간을 보내지 말라고 했는데 그 말을 듣고 남편이 골프대회에 참가하겠다고 한 사례이지요?

현　네. 기억해요.

선　부인은 일을 줄이고 가족과 함께 보내자는 의미였는데요. 상대가 알아듣기 쉽게 명확히 전달해야 한다고 생각합니다.

현　왠지 남편은 이때다 싶어서 평소에 하고 싶던 일을 시도한 것 같습니다. 하하.

유　아이가 게임을 하는데 엄마가 공부하라는 의미로 게임 좀 그만하라고 꾸짖는다면 아이는 게임은 멈추지만 공부 또한 하지 않을 가능성이 큽니다.

병 커뮤니케이션 게임을 하면 정말 재미있는 결과가 나옵니다. 나중에 만나면 우리 가족도 한번 해보겠습니다.

윤 근데 저도 빙빙 돌려 말할 때가 많은 것 같습니다. 명확하게 무엇을 원하는지 표현하지 않고 상대방이 알아주길 바라면서 말입니다.

유 맞아요. 그게 문제가 된 적이 많았습니다. 특히 부탁할 때!

선 맞아요. 알아서 해주기를 바랍니다. 시키지 않아도 알아서 해주길 바라며 돌려서 말하지요.

윤 재미있을 것 같아요! 커뮤니케이션 게임!

현 커뮤니케이션 게임. 이름 재미있네요.

병 오늘 토론 소감을 이야기할 차례입니다. 시작 전 마음, 그리고 토론을 끝내면서 어떤 느낌이 들었는지 조금 구체적으로 발표 부탁드립니다. 현진부터.

현 오늘 즐거웠어요. 저번 주에 책을 다 읽고, 오늘 회사에서 한 번 더 보면서 정리를 했습니다. 독서에 대한 부담보다 공부한다는 느낌이 들어 좋았던 것 같아요. 그리고 사람은 저마다 정말 다르다는 생각을 했습니다. 아까 아버지도 이야기하셨지만, 서로에 대해 잘 알고 있는 가족이기 때문에 보다 깊이 있는 토론을 할 수 있었던 것 같습니다.

병 좋아요. 다음 예원.

예 　토론 전에는 '비폭력 대화'에 대한 이론적인 부분에 좀 더 집중했는데, 직접 토론을 해보니 제가 평소 어떤 생각을 하는지, 주변 사람들과 어떻게 관계를 맺고 있고 소통하고 있는지, 정리할 수 있었습니다. 또한 논제에 대해 다른 분들의 생각과 감정을 공유할 수 있어서 여러모로 유익하고 의미 있었습니다.

병 　좋은 의견 감사합니다. 다음은 유이치.

유 　책을 읽고 따로 정리해야 하는 것에 부담을 느꼈지만 이렇게 모여서 대화를 해보니 시간가는 줄 모르겠습니다. 서로 다른 생각들도 많았지만 제가 생각하지 못한 부분, 공감하는 부분들도 많아 좋았습니다. 만나기 힘든 가족들과 이렇게 의사소통을 하니 앞으로 더욱 가까워져서 어색함 없이 편하게 지낼 수 있을 것 같아요.

병 　아주 좋아요. 정선.

선 　유리를 임신하고 나서는 토론할 기회가 없어서 아쉬웠는데, 다시 시작하게 되어 너무 기뻤습니다. 온라인 독서토론은 이번이 처음인데 사전에 논제를 보고 미리 작성하니 생각을 정리하고 글쓰기 연습을 하는 데 도움이 되어서 좋았습니다. 가족 독서토론을 오프라인으로는 실현하기 어려운 상황인데, 국경과 지역을 초월하여 토론할 수 있어서 좋았습니다. 예상했던 것보다 훨씬 더 유익하고 재미있었고 매달 가족 독서토론이 너무 기다려질 것 같습니다.

현 와. 정선이 다 끝나서 이미지 관리! 하하.

선 전 오늘 했던 내용은 소감만 책에 적어주세요.

현 왠지 저 소감 만나기 전에 써두었을 것 같다.

유 형님은 명탐정이시네요.

선 사전에 좀 써두었고 살짝 수정했어요. 전 벼락치기가 어렵거든요.

병 유리가 잠을 자줘서 가능한 것 같습니다. 다음은 정윤.

윤 우선은 같은 책을 읽고 다양한 의견을 공유할 수 있어서 너무 재미있었습니다. 저는 책을 보면 정리해서 읽으려고 하는 경향이 있는데 모두들 실제적으로 자신의 대화가 어떤지 적용해보며 읽으시는 것 같아 저도 그 부분에 대해서 배워야겠다고 생각했습니다. 다양한 의견을 내도 편견을 내비치지 않고 한마디 한마디 무시하지 않는 태도에 대해서도 감사했고요. 더 깊이 있게 이야기할 수 있도록 평소에 다양한 책을 읽어야겠다는 생각도 들었습니다. 앞으로 더욱 기대가 됩니다!

현 정선이의 저 교과서적인 말투는 미리 준비해두었다는 거죠.

선 몇 년만 더 있으면 유리까지 3대가 함께하는 가족 독서토론도 할 수 있지 않을까요. 기대되네요!

병 우선 먼저 가족 독서토론을 하자고 시동을 걸어온 아들과 며느리에게 감사를 전합니다. 그동안 했던 어떤 토론보다 더 좋은 시간이었습니다.

현 파이팅입니다!

예 다음에는 좀 더 준비를 잘해서 참가하고 싶어요.

선 두 시간이나 걸리네요. 와. 시간이 후딱 갔어요.

윤 예원언니가 시동을 걸어준 줄 몰랐네요! 언니 감사해요!

선 오. 언니 감사합니다. 너무 좋네요. 다음 책 너무 기대돼요!

병 다음 책은 『부모라면 유대인처럼』입니다. 놀라운 책입니다.

현 얼마 전에 유대인에 대해서 이야기했었는데, 신기하네. 다들 좋은 꿈꾸세요.

유 네. 수고하셨습니다. 안녕히 주무세요!

선 네. 담에 또 봬요.

예 오늘 정말 수고하셨어요!

선 즐거운 주말 보내세요.

윤 감사해요! 즐거웠어요! 굿밤!

두 번째 시간

『행복일기 기초편』 온라인 독서토론

병 자유논제 1번, 『행복일기 기초편』에 관한 별점을 매겨보겠습니다. 별점과 함께 책을 읽고 일기를 써본 소감을 나눠봅시다. 먼저 점수만 올려주세요.

유 4점입니다.

현 5점입니다.

선 전 5점입니다.

윤 3.5점입니다.

예 4점입니다.

병 그럼 모두 일기를 써본 소감을 올려주세요.

윤 뇌과학이 지속적으로 발달해가는 과정에서 지식만 전달하는 것이 아니라 실생활에서 적용할 수 있는 지침이 되는 책인 것 같아 흥미로웠습니다. 짧은 내용으로 서술하고 있지만 정확하고 이해하기 쉽게 풀어 쓰인 책 같습니다.

현 최근 여러 책과 동영상을 접하면서 메모의 중요성을 깨달아 가고 있습니다. TV 프로그램 〈세상을 바꾸는 시간, 15분〉에서 들었던 강의 내용인데, 독서나 새로운 경험을 통해 받아들인 지식을 꼼꼼히 메모하는 일이 굉장히 중요하다고 합니다. 메모를 하면 자신이 어떤 느낌과 생각을 갖게 되었는지 스스로를 면밀히 관찰할 수 있습니다. 또한 자신에 대한 이해를 넓히고 창조성을 더욱 발현할 수 있도록 도움을 줍니다. 매일 글을 쓰는 일은 결코 쉽지만은 않지만, 꾸준한 글쓰기를 통해 스스로에 대하여 조금씩 알아갈 수 있기를 바랍니다.

유 　일기는 당연한 일상을 쓰는 것 같지만 평소에 인지하지 못한 내용들을 되새김할 수 있도록 합니다. 덕분에 내가 얼마나 정신없는 삶을 살고 있는지 알 수 있었습니다. 일기가 내 삶의 거울처럼 느껴졌습니다. 정신없이 하루를 마치고 일기를 쓰다가 운동을 안 했다는 걸 알아차릴 때도 있죠. 그런 날에는 늦은 밤이 돼서도 운동을 하게 됩니다. 그리고 감사할 것을 찾고 오늘 있었던 감정들을 정리하는 데 도움이 되었습니다.

선 　저는 책을 읽고 나서 3주 정도 행복일기를 작성했습니다. 책에 적힌 순서대로 하려면 4주 이상 소요되었기에 운동, 감사, 선행, 감정, 모든 내용을 첫날부터 다 적었습니다. 모두 매일 적는다고 해도 내용이 많지 않기에 부담 없이 작성할 수 있었습니다. 행복일기를 적은 지 일주일도 안 되어서 제 몸과 마음에 변화가 시작되었습니다. 평소 가사와 육아를 하다 보면 바쁘고 심신이 지쳐 남편에게 도움을 바라고 가끔 명령하듯 시키니 다툴 때가 많았습니다. 행복일기를 쓰기 시작하자 내 마음이 평온해지면서 가사와 육아로 스트레스를 받는 일이 줄어들었고 자연스레 남편과의 갈등도 줄어들었습니다. 자신이 치유되자 가족이나 주변 사람들에게 선행을 베풀 수 있는 여유가 생겼습니다. 요즘에는 취미도 즐기고 제 꿈에 대해 다시 생각하기 시작했습니다. 그리고 무엇보다 요즘 너무 행복합니다. 『행복일기 기초편』은 정말 대단한 책입니다.

예　대학원에 다닐 때만 해도 매일은 아니지만 정기적으로 일기를 썼습니다. 제가 좋아하는 모양과 감촉의 일기장에 그날 일어났던 재밌고 신기했던 경험, 속상하거나 누군가에게 서운했던 마음, 마음이 벅차오를 만큼 기분 좋았던 일 등 감정을 풀어놓는 그 시간이 매우 위로가 되었고 소중했습니다. 하지만 직장생활을 한 뒤로는 제 스스로 생각해도 매일이 큰 자극도 감흥도 없이 지낸 것 같고, 그 때문인지 자연스럽게 일기장이 손과 마음에서 멀어져 갔습니다. 여행을 가거나 정말 특별한 날을 제외하고는 한동안 일기장을 잊고 지냈는데, 이 책을 통해 하루 중 짧게나마 나의 상태와 감정을 돌아볼 수 있는 시간을 갖게 되어 좋았습니다. 아직 행복일기를 절반이 채 안되게 쓴 초보 단계라 느끼는 바가 매우 확실하며 크다고 할 수 없지만, 앞으로 꾸준히 행복일기를 써 나간다면 더욱 내 스스로에 대해 관찰하고 돌아보고 또 긍정적인 에너지를 많이 만들어낼 수 있을 것 같습니다.

유　아내가 행복일기 쓰면서 잔소리가 많이 줄었습니다.

선　스트레스가 감소해서 제 방귀 냄새도 약해졌습니다. 장이 좋아진 것 같습니다.

병　행복일기에서 많은 효과를 본 것 같네요!

선　정말 너무나도 큰 효과를 봤습니다.

현　저는 일기를 쓰면서 하루의 마무리를 하는 느낌이 들었습니다.

병　자유논제 2번입니다. 인상 깊게 읽은 부분이 있다면 발췌해주시고 이유를 말씀해주시기 바랍니다.

윤　"우리의 뇌는 나이가 들어도 무언가를 연습하면 그에 관련된 여러 두뇌 회로들이 연결되고 강화됩니다. 혹은 한쪽 부분이 손상되었더라도 다른 부분에서 그 기능을 일부 담당합니다. 이것을 뇌의 가소성이라고 하는데 나이와 상관없이 꾸준히 연습한다면 새로운 회로가 형상될 수 있습니다. 긍정 회로도 근육처럼 쓸수록 탄력과 강인함이 증가됩니다"(24쪽). 발췌 이유는 사람들은 흔히 "내가 나이가 들어서 그래", "늙어가는 거지", "너도 나이 들어봐"라고 말합니다. 말에는 사람의 의식이 담겨 있습니다. 그리고 그렇게 들어 왔던 말들이 자신의 의식이 되기도 합니다. 그러나 나이가 들어 손상된 뇌를 다시 회복할 수 있는 방법이 있다는 사실이 반가웠습니다.

선 "Day-16. 알고 있는 사람은 머리만 있으면 되지만 할 수 있는 사람은 마음과 정신을 준비하는 사람입니다. -조벽". 이 책에는 명언이나 좋은 글귀가 적혀 있습니다. 그중에서도 조벽 교수의 글이 많은데 저자의 남편이라고 합니다. 예전에 복지관에서 일할 때 사회복지사들을 위한 특강에서 조벽 교수의 강의를 직접 들은 적이 있습니다. 프레젠테이션 자료를 참신한 방식으로 준비하여 모든 청중과 소통할 수 있게 질문과 참여를 유도하였습니다. 재미있으면서도 따뜻하고 감동이 있는 훌륭한 강의라 몇 년이 지난 지금도 기억에 남습니다. 최성애 박사님과 조벽 교수님처럼 저희 부부도 서로 존중하고 사랑하며 대한민국을 빛낼 수 있는 사람이 되었으면 좋겠습니다.

현 "최고의 리더십은 앉아서 배우는 과목이 아니고 현장에서 배우는 교육입니다. 자기가 먹은 밥그릇 하나라도 개수대로 옮겨 놓게 하는 것이 리더십 교육입니다. 고맙다는 말을 하게 하는 것, 먼저 인사하게 하는 것도 리더십 교육입니다. 그중에서도 최고의 리더십 교육은 마음을 베푸는 것입니다"(163쪽). 저는 이 문장을 읽은 후 한동안 다음 페이지로 넘기지 못했습니다. 최근 회사에서 여러 가지 일을 맡아서 하고 있는데, 관리자의 입장에서 일을 하다 보니 아무래도 리더십에 대한 생각을 많이 하게 되었습니다. 그동안의 나를 돌아보면서 이에 맞는 리더였는지 스스로에게 질문하며 반성도 많이 했습니다. 부모의 마음으로 일하며 편견과 고정관념 없이 직원을 대해야겠다고 마음먹었습니다. 성격이 강하고 스스로 최고라 여기는 직원이 있었습니다. 처음에는 비교적 강한 태도로 그 직원을 대했는데, 이후 조금씩 제 태도를 바꾸고 서로 마음을 나누다 보니, 지금은 웃으면서 이야기할 수 있는 사이가 되었습니다. 아직 가야할 길이 멀지만, 이런 글귀를 마음속에 새기고 한 걸음 한 걸음 나아가다 보면 진정한 리더십을 배울 수 있을 거라 생각합니다.

예 "Day-27. 빈약한 몸을 단련하려면 적절한 운동을 꾸준히 해야 하듯이, 마음도 꾸준히 연습하면 긍정적으로 바꿀 수 있습니다. 우리 뇌와 심장은 그것이 가능하도록 만들어졌습니다"(117쪽). 우리의 마음도 몸처럼 올바른 방법으로 꾸준히 연습하면 더 건강해지고 긍정적으로 변화될 수 있다는 내용이 매우 희망적으로 다가왔습니다. 요즘 들어 건강한 몸과 마음은 서로 밀접한 관계에 있고, 특히 마음의 건강이 몸의 건강으로 이어지며 결국 삶을 건강하게 만들어 준다는 사실을 자주 느끼고 있습니다. 몸뿐만 아니라 마음의 건강을 지키기 위해 꾸준히 노력하고 연습하면 건강하고 행복한 삶을 그려나갈 수 있을 거란 믿음이 생겼습니다.

현 저는 예원 씨의 글에 너무 공감이 됩니다. 그리고 함께 마음의 건강을 지키기 위해서 노력할 생각입니다.

유 "회복탄력성에 가장 큰 방해 요소는 스트레스에 대한 무지와 그릇된 스트레스 대처 방법입니다"(40쪽). 저는 평소 영상물 시청이나 뉴스 검색 등 관심 있는 분야를 탐구하는 데 몰두하면서 스트레스를 해소합니다. 유익한 부분이 없는 건 아니지만 이러한 스트레스 해소법이 체력을 소모하고 일상을 피곤하게 만든다는 것이 문제입니다. 제가 바라는 삶은 여유로운 삶이었는데, 여유롭지 못한 제 삶의 악순환을 포착할 수 있었습니다. 스트레스를 올바르게 해소하는 방법을 연구해야겠습니다.

병 모두 다른 의미에서 중요한 부분을 발췌했네요! 다른 사람의 발췌에서 공감되는 부분이 있나요?

선 저는 스트레스에 대한 무지와 그릇된 대처 방법이 공감됩니다. 신랑이 그걸 깨달았다는 것도 의미가 있는 것 같고, 저 또한 스트레스를 자초했다는 걸 알았습니다.

예 저도 스트레스 대처 방법에 관한 내용에 공감했습니다. 일상에서 스트레스는 불가피합니다. 아무리 긍정적으로 마음먹으려 노력하고 연습하고 생각해도 피할 수 없는 압력이 있기 마련입니다. 이럴 때 올바르고 건강한 해소 방법을 통해 스트레스를 조금이라도 덜어내고 마음을 안정시키는 것이 정말로 중요한 것 같습니다.

윤 저는 오빠의 의견에 공감이 됩니다. 사회생활을 하는 데 있어 리더십을 보완해야 한다고 느꼈습니다. 깨달음에 그치지 않고 실천하기 위해 늘 고민하고 단련하겠습니다.

유 저도 리더십에 관한 부분에 공감합니다. 리더십 있는 사람들은 타인을 먼저 배려하는 것 같습니다.

현 맞아요. 최근에 리더십의 부족을 느꼈던 차에 저 글귀가 한동안 저를 멈추게 했습니다.

병 리더는 명령하는 것이 아니라 솔선수범해야 된다는 이야기가 공감이 됩니다.

예 저도 직장에서 늘 리더십 부족한 상사를 원망하거나 비판하기만 했지, 제 스스로 진정한 리더십을 발휘한 사람이었는지는 미처 생각하지 못했던 것 같습니다.

병   스스로 발견해서 변화를 시도할 수 있는 좋은 깨달음을 준 것 같습니다. 자유논제 3번입니다. 여러분은 운동일기를 쓰면서 어떤 효과를 보았나요?

현   우연히도 『태초 먹거리』로 토론한 다음 날 저희 부부는 헬스클럽에 등록했고, 『행복일기 기초편』을 읽기 시작한 다음 날부터는 꾸준히 운동일기를 써오고 있습니다. 제게 있어서 가장 큰 변화는 짜증이 줄었습니다. 중국에서는 공기오염으로 인해 쉬는 날에도 외출이 어렵고 실내에서만 주로 생활하고 있습니다. 다른 곳에 있을 때보다 운동은 줄고 먹는 양은 같으니, 몇 달 사이에 몸무게가 10킬로그램 이상 늘었습니다. 몸은 점점 무거워졌으며, 목뒤는 점점 굳고 있음을 날로 체감했습니다. 하지만 운동을 시작한 후로 스트레스를 적절히 해소하게 되었고, 몸의 건강과 더불어 정신적인 건강과 여유를 찾을 수 있어 너무나 다행이라는 생각이 들었습니다.

윤   저는 사실 최근에 스케줄이 바뀌어 열심히 실천했다고 말하기가 어렵습니다. 바뀐 스케줄로 인해 잠자는 시간이 줄어들어 조금만 시간이 나면 더 쉬고 싶다는 생각이 들었습니다. 그러나 운동이 두뇌에 산소 공급량을 늘려준다는 것에 호기심을 느껴 아침에 일어나자마자 학교 캠퍼스를 걷게 되었습니다. 확실한 변화는 아침에 맑아진 상태로 학생들을 마주하게 되었다는 것입니다. 처음에는 일어나면 더 자고 싶다는 생각부터 들고 반수면 상태로 공원을 돌았지만, 이제는 좀 늦게 일어나면 아침에 더 걸을 수 있었는데 아깝다는 아쉬움으로 바뀌었습니다.

유 저는 주로 근력운동을 했습니다. 이틀에 한 번 야외 운동기구로 상체운동을 각각 100개씩 했습니다. 근력운동은 확실히 힘을 길러주었지만 체력이 금방 저하되고 깊은 수면을 못 하고 있어 앞으로는 근력운동보다 땀 흘리는 유산소운동을 해야 할 것 같습니다. 운동일기를 통해 운동에 대한 동기부여가 되고 모니터링을 할 수 있어서 좋았습니다. 그렇다고 근력운동을 소홀히 하진 않을 겁니다.

선 남편이 행복일기를 쓰면서 운동을 더 자주 하여 덩달아 저도 산책을 하게 되었습니다. 산책을 나가면 힐링이 되고 남편과 많은 대화를 할 수 있어 좋았습니다. 이번 주에는 호수공원에 가서 코스모스와 메밀꽃을 보고 한 시간 이상 걷고 왔습니다. 쓰레기를 버리러 가면서 단지를 돌면서 틈나는 대로 운동을 하려고 노력하게 된 점도 좋습니다.

예 올 여름 한국을 다녀온 뒤 바로 헬스를 등록했습니다. 자의 반 타의 반이었으나 결과적으로 너무나 탁월한 선택이었다고 생각합니다. 원래는 비싼 돈을 주고 꽉 막힌 실내에서 답답하게 운동하는 것에 부정적이었는데, 이런 편견으로 지난 몇 년을 '꾸준한 운동'이라는 좋은 습관과 담을 쌓고 지냈던 것 같습니다. 자연스럽게 체력과 면역력도 떨어져 작년에는 평생 모르고 살았던 편도선염까지 두 번이나 걸렸습니다. 사실 생각해보면 전 어려서부터 숨이 차오르게 하는 운동을 극도로 싫어했습니다. 운동이 몸과 정신 건강에 모두 유익하다는 사실은 머리로만 알고 있었고 막상 운동을 하려고 마음먹어도 꾸준히 실천하는 게 너무 어렵기만 했습니다. 그런데 이번에 현진 씨와 운동을 시작한 이후로, 서로 격려하고 감독하며 함께 땀 흘리니 운동의 즐거움과 효과를 배로 느끼게 된 것 같아 정말 기쁩니다. 그리고 이렇게 운동을 한 후 하루를 정리하며 운동일기를 쓰니 마음이 더 뿌듯하고 '운동을 해야 하고 하고 싶은 이유'를 일부러 생각하게 되어 결과적으로 두 배, 세 배의 긍정적 효과를 가져왔습니다. 물론 아직까지도 저녁식사 후 운동 갈 시간이 되면 저도 모르게 졸음이 오는 것 같고 갑자기 몸에 힘이 빠지고 소화가 안 되는 이상 징후(?)를 느끼며 운동하고 싶지 않은 강렬한 기분에 휩싸이기도 하는데, 매일 매일 조금씩 꾸준하게 실행하다 보면 어느새 운동하지 않으면 오히려 몸과 마음이 답답함을 느끼는 시점이 올 거라 생각합니다.

현 　옆에서 지켜보는 사람의 입장으로 정말 '운동 갈 시간이 되면 갑자기 몸에 힘이 빠지고 소화가 안 되는 이상 징후를 느끼며 운동하고 싶지 않은 강렬한 기분에 휩싸'이더군요. 하하.

선 　저희도 결혼 전에 함께 헬스도 다니고 PT도 한 적이 있었습니다. 무엇보다 유리를 임신하기 전에 둘이 같이 운동을 하고 전보다 건강한 몸으로 임신한 것이 좋았습니다.

병 　저는 40일 넘게 하루 10킬로미터 이상 걸었습니다. 체력이 좋아지는 것을 느낄 수 있습니다. 1박 2일 동안 14시간 강의해도 별로 피곤한 줄 몰랐습니다.

선 　와. 대단합니다. 아빠는 20~30대인 우리보다 더 체력이 좋으신 것 같습니다.

유 　장인어른께서 스마트워치를 사용하시는 걸 보고 저도 스마트워치에 관심이 높아졌습니다.

윤 　추석에 아빠와 함께 걸었는데 정말 지치지 않는 에너자이저 체력이었습니다.

예　아버님 정말 대단하세요! 저도 열심히 해야겠습니다. 저처럼 운동을 싫어하거나 아직 습관이 들지 않은 사람은 함께하는 운동친구가 있으면 더 꾸준히 할 수 있는 것 같아요.

현　아버지 스마트워치 사셨어요? 와….

병　추석 지나 강화도에 MT를 가서 20킬로미터 걷고 새벽 2시까지 토론하고 5시 30분에 깨서 다시 10킬로미터를 걸었습니다. 47명이 100일 동안 함께 걷고 있어요. 핏빗이라는 스마트워치는 선물 받았습니다.

현　이름처럼 살벌하네요 핏빗이라니.

유　핏빗. 하하.

병　네 번째 자유논제로 넘어가죠. "행복 만들기는 장점 찾기로부터 시작한다"라고 192쪽에서 설명합니다. 192~193쪽에 나와 있는 단어 중 본인에게 조금이라도 해당되는 단어를 모두 골라보세요. 그중 세 가지를 선정하고 이유를 설명해 주시기 바랍니다.

윤　첫째, 원칙적이다. 삶의 자세에 있어 자신이 옳다고 생각하는 원칙에 따라 행동하고 지켜가는 것이 필요하다고 생각합니다. 물론 유연한 자세도 필요하지만 의식적으로 순간순간 가치판단을 할 수 있는 원칙을 가지고 살아가려고 노력하는 편입니다. 둘째, 스스로 알아서 한다. 저는 혼자 스스로 해나가는 것이 중요하다고 생각합니다. 자신의 삶을 누군가에게 맡길 수 없기에 스스로 결정하고 자신에게 맞는 것을 찾아가는 편입니다. 물론 이 과정에서도 실수나 오류가 있겠지만요. 셋째, 경청하는 자세이다. 저는 많은 사람을 만나기보다 소수의 사람들과 이야기하는 직업이기도 하고 성격도 소수의 친구들과 깊은 관계를 맺어가기를 좋아하는 편입니다. 그래서 상대방이 이야기를 할 때에 많이 들으려고 하는 편입니다.

현 첫째, 자유롭다. 어릴 적부터 다양한 분야의 책을 많이 읽었습니다. 자기계발서, 고전문학 등 여러 분야의 책을 읽었지만, 그중에서 가장 큰 도움을 주었던 책은 아무래도 소설이 아니었나 싶습니다. 보다 자유롭게 생각할 수 있게 하였고, 어려운 위기가 닥쳐와도 해결할 수 있는 기반을 준비하는 것이 진정 중요하다는 사실을 소설을 읽으며 배웠습니다. 이후 특공대, 이라크 파병, 호주 워킹홀리데이 등 다소 위험할 수 있지만 많은 것을 배울 수 있는 도전을 끊임없이 해왔습니다. "나를 죽이지 못하는 고통은 나를 더 강하게 만든다"라는 문장처럼, 더 자유롭게 도전하고 경험하는 삶이 스스로를 더욱 강하게 만들 수 있다고 믿습니다. 둘째, 스스로 알아서 한다. 성격상 누구의 관리를 받는 것을 매우 싫어합니다. 그래서 상대방이 바라는 것이 무엇일까 미리 생각해보고, 그 기준에서 스스로 할 일을 결정합니다. 셋째, 객관적이다. 객관적이라는 것은 다른 요소에 휘둘리지 않고 상황을 고려하여 통찰력 있게 보는 것이라 생각합니다. 저는 타인의 말이나 판단을 쉽게 믿지 않습니다. 스스로 경험하거나 충분히 고민한 후에 어떤 상황에 대한 판단을 내립니다. 중국에 오기 전 주변 사람들로부터 중국에 대한 이야기를 많이 들었는데, 제가 직접 경험하거나 접해본 일이 아니었기 때문에 함부로 속단하지 않았습니다.

유 첫째, 잘생겼다. 어릴 적 제 외모는 못생긴 편에 속했습니다. 너무 마른 체형에 돌출 입을 가졌고 생기가 없었습니다. 하지만 대학에 들어가면서부터 치아교정을 하고 엔터테인먼트 회사에 다니면서 외모 관리를 하게 되었고 운동을 통해 체격도 많이 좋아졌습니다. 요즘은 삶에 만족도가 높아져 생기가 생겼습니다. 그래서 요즘은 어딜 가면 잘생겼다는 소리를 많이 듣습니다. 둘째, 스스로 알아서 한다. 저는 제 일에 타인의 간섭을 원치 않습니다. 외부적인 규율이나 규칙이 아닌 내가 스스로 규율과 규칙을 세우고 이에 맞춰 일을 하는 것이 편하고 성과도 높게 나타납니다. 셋째, 손재주가 있다. 저는 마술이나 보이스퍼커션 등 남들이 잘 하지 않으려는 분야에 관심이 많았습니다. 그리고 무언가를 분석하고 시도해보는 걸 즐겨서 여러 장치를 만들거나 수리하는데, 사람들이 손재주가 있다고 말합니다.

예 첫째, 예술감각이 있다. 저는 어려서부터 그림을 그리거나 여러 악기를 연주하는 것을 좋아했습니다. 또 어떤 소설을 보고 큰 감명을 받아 나름대로 소설을 써보기도 했고, 어느 땐 시를 짓는 일에 몰두했습니다. 글, 그림, 음악 등 예술적 취미나 활동을 통해 내면을 표현하고 그 창작물을 주변 사람들과 공유하면서 삶이 좀 더 풍요로워짐을 느낍니다. 제 자신이 타인과 구별되는 '나다운 나'임을 확인하기도 합니다. 자존감이 부족한데, 이러한 특성이 저에게 긍정적인 장점으로 발휘되는 것 같습니다. 둘째, 동정심이 있다. 배려심이 적고 심지어는 이기적일 때도 있지만, 아이러니하게도 누군가의 아픔과 슬픔에 공감하고, 나아가 그 힘든 마음을 함께 나누고 덜어주고픈 동정심도 마음 한쪽에 크게 자리잡고 있습니다. 셋째, 겸손하다. 다른 말로 자신감이 부족하다고 할 수도 있지만, 자신의 능력과 생각만을 내세우며 타인을 무시하거나 함부로 평가하는 삶의 태도를 경계합니다. 스스로의 부족함이 무엇인지 늘 생각하고 반성하며 주위 사람들이 갖고 있는 장점과 배워야 할 점을 인정하고 본받으려 노력합니다.

선　첫째, 절약한다. 저는 절약하는 태도가 몸에 배어 있습니다. 어떻게 하면 에너지를 절약하고 재활용할 수 있을까를 고민하고 행동합니다. 예를 들어 딸이 목욕한 물로 빨래나 화장실 청소를 하거나, 변기 물을 내리는 데 사용합니다. 일회용품은 사용하지 않으려고 노력하고 깨끗한 비닐봉지를 재사용합니다. 되도록 에어컨 사용을 자제하며 선풍기를 틀거나 더워도 참는 편입니다. 냉장고에 버리는 음식이 없도록 노력하고 남는 재료가 있으면 이걸 어떻게 활용해서 요리할지 고민합니다. 물건을 사는 것에 대해 매우 신중하게 생각하는 편이며 기존에 가지고 있는 걸 활용하려고 노력하는 편입니다. 둘째, 독특하다. 저는 남들과 좀 다른 생각을 가지고 특별한 시도를 할 때가 있습니다. 한국의 결혼식 문화에 대해 비판적이었던 저는 이왕 하는 거 독특한 결혼식을 준비했습니다. 한정식 집에서 주례 없이, 한복을 입고, 시골에서 이장을 하시며 유머 감각이 탁월한 작은 아빠에게 사회를 부탁하고, 마술 공연과 춤 등 다양한 볼거리가 있는 재밌는 결혼식을 했습니다. 돌잔치도 1박 2일로 펜션에 숙소를 잡고 가까운 가족과 친척, 친구를 초대하여 특별하게 보냈습니다. 음식 솜씨가 훌륭하신 시어머니가 직접 준비한 식사를 맛있게 먹으며 숙소에 있는 노래방에서 노래도 불렀던 재밌는 돌잔치였습니다. 덕분에 멀리서 오신 고령의 할머님까지 편안하게 즐기실 수 있었죠. 셋째, 부모 역할에 노력한다. 저는 한때 장래희망이 현모양처였습니다. 어린 시절부터 집에 교육이나 부모 역할에 관한 도서가 많아서 자연스레 읽어왔습니다. 대학생 때도 부모교육이라는 교양 과목을 듣고 관련 서적을 지속적으로 읽어왔습니다. 아이들을 좋아하고 교육과 관련된 쪽에서 일하다 보니 부모 역할에 대해 관심이 많고 노력하는 편입니다. 예쁘다, 매력적이다, 아름답다, 귀엽다, 호감을 준다, 모두 다 해당되지만 다들 너무도 잘 아시는 내용이라 생략했습니다. 이런 터무니없는 자존감은 오빠로부터 배운 것 같습니다. 오빠가 집 화장실에 제가 세수하고 있으면 갑자기 옆으로 와서 거울을 보며 저에게 하던 말이 뭔지 아십니까? "야, 잘 생기지 않았냐?" 언니, 오빠가 이런 사람입니다. 언니에게도 그러던가요? 하하하.

예 잘생기기도 했는데 무엇보다도 무척 귀여운 것 같습니다.

현 지금은 저를 있는 그대로 봐주는 사람과 잘 만나서 살고 있습니다. 결혼 한번 잘했지.

예 심지어 발이 너무 귀엽습니다.

병 천생연분이네요!

현 여보는 밥먹을 때가 귀엽습니다.

선 발냄새 장난 아닌데. 닭살.

유 정선이가 부모 역할에 노력한다는 것에 공감합니다. 정선이 덕에 유리가 잘 자라고 있습니다.

현 정선이가 아끼는 건 정말 잘합니다. 그래서 정선이 집에서 잤을 때도 너무 아껴서 죽을 뻔했습니다. 열대야 속에서 땀을 너무 흘려서 말이죠.

유 그건 공감합니다. 하하.

병 성공과 행복의 마스터키는 자존감이라고 합니다. 자신의 장점을 잘 살려 행복한 삶을 꾸리길 바랍니다. 다섯 번째 논제입니다. 가트맨 박사는 사소한 일을 자주 하는 것이 생일에만 외식을 하거나 결혼 30주년에 다이아몬드 반지를 선물하는 것보다 훨씬 좋다고 말합니다. 상대방의 어떤 행동이 여러분의 마음을 따뜻하게 하게 만드나요?

윤 사소한 일상 가운데 배려하는 말이나 태도가 가장 중요한 것 같습니다. 평소에 관심을 보이지 않다가 기념일에만 큰 선물을 주는 건 의무감으로 하는 것 같아서 감동적이진 않을 것 같습니다. 결혼생활을 하는 것이 아니라 잘 모르겠지만 가장 좋은 건 일상 속에서 특별함이 묻어나는 말과 행동을 하는 것이라고 생각합니다.

유　잔소리 안 하기, 이것이 제일 중요한 것 같습니다. 격려해주기, 안마 해주기, 그리고 예쁜 모습 보여줄 때입니다.

현　정윤이 말에 공감입니다. 예원 씨도 말이나 태도에 정말 민감합니다.

선　나에게 관심을 가지고 배려를 해주는 것입니다. 내 눈을 마주 보고 나의 일상이나 생각에 관심을 가지고 들어줄 때 따뜻함을 느낍니다. 나의 표정이나 모습만을 보고도 내가 원하는 것이 무엇인지 내가 무엇을 하면 기뻐할지 미리 알고 해주면 더없이 기쁩니다. 퇴근하고 집에 와서 포옹해주거나 잠자리에 누워 오늘 수고했다고 말해주면 너무 행복할 것 같습니다. 식사를 준비하느라 바쁠 때 딸과 놀아주거나 가족끼리 시간을 보내기 위해 노력하는 모습을 보는 것도 행복합니다.

현　말에도 온도가 있는 것처럼, 말을 통해 따뜻함과 차가움을 느끼고 기뻐하거나 상처받는 것 같습니다.

병　"말에 온도가 있다"니 시적인 표현이네요!

예　매일 아침에는 따끈따끈한 도시락 반찬을, 저녁에는 맛있는 저녁밥을 만들어주고 맛은 괜찮은지 배는 부른지 물어볼 때, 퇴근하고 집에 오면 늘 이름을 부르며 반갑게 반겨

줄 때, 그리고 지난 1년 동안 출근한 후 매일 전화 통화를 할 때 따뜻함을 느낍니다. 일상 속 사소한 배려와 관심이 제 마음을 따뜻하게, 언제나 감사하게 만듭니다. 상대를 배려하고 위하는 한결같은 행동들이 그 무엇보다도 어려우며 인내와 노력을 필요로 하는 일이라는 걸 알기에, 더욱 미안해지고 큰 고마움을 느낍니다. 저도 상대에게 그런 따뜻함을 전해야겠다는 마음이 저절로 생깁니다.

현 아내는 커피 내리는 일을 무척 좋아합니다. 아내는 이른 새벽에 먼저 일어나 책을 보거나 글을 씁니다. 그리고 제가 일어날 쯤 원두를 갈고 물을 끓여 커피를 내립니다. 우리는 함께 커피 한 잔을 앞에 두고 이런 저런 이야기를 하곤 합니다. 이른 아침, 아내와 함께 커피를 마시며 이야기 나누는 시간이 늘 제 마음을 따뜻하게 합니다.

병 이야기를 듣는 것만으로도 가슴이 훈훈해집니다. 부족한 면은 채우고 좋았던 점은 더 발전시키면 좋을 것 같네요! 여섯 번째 논제입니다. 저자는 효과적인 화해 시도의 표현으로 '소중한 사람에게 가장 필요한 4문장'을 소개하고 있는데요. 문장을 완성해서 발표해주시기 바랍니다.

현 "네가 나한테 결혼해준 것에 대해 고마워", "내가 너에게 가끔 서운하게 한 점에 대해 미안해", "내가 당신을 가끔 놀린 것에 대해 용서를 청한다", "너의 넓은 포용력과 나에게 늘 사랑을 아낌없이 주는 점을 사랑해". 처음에는 우리가 너무 나 다른 삶을 살아왔기에 아내에게 이해되지 않는 부분이 있었습니다. 나라면 이렇게 할 텐데, 왜 그럴까? 의문이 들 기도 했고, 이해 못 하는 저를 서운해하는 아내가 답답했습 니다. 하지만 시간이 지날수록 서로를 좀 더 알아가고, 그 래서 더 잘하려고 노력하게 되더군요. 이해를 하니 서운한 감정도 줄어들고, 전에는 화냈을 법한 일들도 그냥 웃으면 서 넘기게 되었습니다. 사람이 살아가다 보면 서로에게 감 정 상하는 언행을 할 수도 있습니다. 중요한 것은 그 상황 을 그대로 내버려두지 않고 해결하기 위해 노력하는 태도일 것입니다. 보다 즐거운 마음가짐으로 살아갈 때 행복은 찾 아오는 것 같습니다. "사랑하며 지낼 수 있는 시간도 없는데 미워하기엔 인생이 너무 짧다"는 말을 마음에 새기며 살고 싶습니다.

윤　저는 이 부분은 '패스' 했습니다. 결혼한 부부들의 글을 읽 는 것으로 대신하겠습니다!

선　"당신이 나한테 예전이나 지금이나 변함없이 사랑해주고 긍 정적이고 건설적인 말을 해준 것에 대해 고마워요", "내가 당신한테 부정적이고 상처가 되는 말을 한 점에 대해 미안해요", "내가 당신한테 잔소리도 많이 하고 비교하는 말이나 상처가 되는 말을 한 것에 대해 용서를 청할게요", "당신이 늘 변함없고 조건 없이 나를 사랑해주는 점을 사랑해요". 정윤이는 엄마나 아빠한테 쓰면 어떨까요?

현 아니면 가족도 좋을 것 같습니다. 새언니에게 써보는 게 어떨까요?

선 나한테 해도 되고.

윤 다음으로 기약하겠습니다…. 저는 아직 이런 표현이 머쓱한 가 봐요!

유 "네가 나한테 식사 준비, 집안일, 육아를 해준 것에 대해 고마워", "내가 너에게 고생을 많이 시킨 점에 대해 미안해", "내가 무관심하고 배려를 안 한 것에 대해 용서를 청한다", "평소 가족을 위해 자신을 희생한 점을 사랑해". 저는 항상 바쁘게 살고 있습니다. 항상 뭔가에 몰입해 있어 다른 것들을 살피는 시야가 부족합니다. 일에 전념한 나머지 집안에 소홀한 것도 사실입니다. 유리 엄마가 그 부분에 대해 많이 서운했을 거라 생각합니다.

예 "네가 나한테 늘 크고 작은 배려를 해준 것에 대해 고마워", "내가 너에게 늘 받기만 하고 더 많이 바라기만 한 점에 대해 미안해", "내가 너의 희생과 노력, 사랑을 당연하게만 생각하고 이기적인 생각과 철없는 행동을 한 것에 대해 용서를 청한다", "너의 긍정적인 태도와 늘 노력하는 모습, 속 깊은 마음을 사랑해".

현   나 감동….

선   리액션이 좋군요. 유이치도 내 글에 리액션 부탁드려요.

유   사랑해요,

선   이걸 엎드려 절 받기라고 하죠? 저도 사랑해요.

윤   다들 알콩달콩 사시는군요!

병   이 방법은 가끔 사용하면 어떨까요?

현   서로를 위해 너무 좋을 거라고 생각합니다. 너무 자주 하면 그 의미가 퇴색되겠지만.

예   정말이요! 저 문장을 늘 기억하겠습니다.

현   가끔씩 사용하면 그 진심이 전달되는 것 같습니다.

병   선택논제로 넘어가겠습니다. 선택논제 1번, 여러분은 트라우마 극복을 위한 내담자와 자신을 관리하지 못하는 청소년 중 누구에게 행복일기 쓰기를 권하시겠습니까? 먼저 내담자, 청소년 중 선택해주세요.

유   청소년입니다.

현   자신을 관리하지 못하는 청소년입니다.

윤   내담자입니다.

예 청소년을 선택하겠습니다.

선 내담자입니다.

병 내담자는 정윤, 정선, 청소년은 유이치, 현진, 예원입니다. 유이치부터 의견 주세요.

유 제가 행복일기를 쓰면서 느낀 점은 하루를 돌아보며 자신을 관리하는 데 효과적이라는 것입니다. 그래서 저는 자기 관리를 못 하는 청소년들이 행복일기를 통해 자신의 장점을 강화하고 시간을 효율적으로 활용할 수 있을 거로 생각합니다.

병 그럼 정윤이 발표해주세요.

윤 트라우마 후유증에서 벗어나고 싶어 하는 내담자들은 자신의 문제에 대해 인식하고 있으며 이를 해결하기 위해 능동적인 노력을 할 준비가 되어 있습니다. 사실 행복일기는 누군가가 해주는 것이 아니라 자신이 만들어가는 과정이기에 내담자들에게 권하면 좋을 것 같습니다.

병 다음은 현진.

현 매일 행복일기를 쓰다 보면 자기 자신과 하루의 생활을 되돌아보게 됩니다. 이런 반성과 성찰의 과정을 통해 내일은 오늘과 다른 하루를 살겠다고 결심할 수 있습니다. 미래를 생각하며 계획하는 일은 물론 중요합니다. 하지만 과거에 대한 반성과 정리 없이 미래만을 바라보는 일은 위험합니다. 자신의 하루하루를 관찰하면서 좋은 습관을 만들어나가다 보면, 지금 나에게 필요한 것은 무엇이며 보완해야 할 것들이 무엇인지 알게 될 것입니다. 이러한 튼튼한 기초 위에 미래에 대한 계획도 잘 세우고 실천해나갈 수 있다고 생각합니다.

병 이어서 정선.

선 청소년에게도 큰 도움이 되겠지만 제가 관심 있는 분야인 내담자에게 권하고 싶습니다. 저는 장애 관련 분야에서 일하고 있고 장애를 가진 아이의 부모와 대화를 나눌 때가 많습니다. 장애 아이를 둔 부모는 트라우마를 가진 경우가 있습니다. 장애를 가진 아이들 역시 가정에서나 학교, 사회로부터 차별이나 편견의 시선으로 상처를 가지고 있는 경우가 있습니다. 저도 나중에 기회가 된다면 제가 가르치거나 상담하는 부모들에게 적용해보고 싶습니다. 트라우마를 극복하는 데 운동이나 긍정적인 마음가짐을 갖도록 하는 것은 매우 좋은 방법이라고 생각합니다. 문제에 대해 집중하지 않고 운동이나 긍정적인 생각에 집중하면서 점점 나아갈 수 있도록 한다면 트라우마를 극복하는 데 큰 도움이 될 것이라 생각합니다.

병 　마지막으로 예원.

예 　저는 자기관리를 못 하는 청소년에게 먼저 행복일기 쓰기
　　를 권하고 싶습니다. 우선 저는 심리에 대한 학술적인 지식
　　도, 경험도 없는 비전문가이기 때문에 내담자들에게 자신
　　있게 행복일기를 권하고 그 효과를 강조하기가 현실적으로
　　어렵다고 봅니다. 반면 청소년기의 이유 없는 방황이나 뚜
　　렷한 목표 의식 없이 기계적으로 하는 학교 공부, 자기관리
　　와는 거리가 먼 생활 등은 이미 겪어보았기 때문에, 이전에
　　제가 걸었던 비슷한 길 위에서 힘들어하는 동생들에게 이
　　행복일기를 권하는 일이 좀 더 효과적일 것이라 생각합니
　　다. 사실 지금도 제 자신이 예전에 비해 훨씬 더 성숙하고
　　확실한 삶의 방향성을 갖고 있다고 할 수는 없을 것 같습
　　니다. 저 또한 조금씩 깨우치며 하나하나씩 변화해가는 과
　　정 중에 있습니다. 하지만 누구든 100퍼센트 완벽한 삶은
　　없습니다. 끊임없이 깨우치고 있는 사람에게도 분명 자기
　　자신을 좀 더 깊이 관찰할 수 있고 삶을 더욱 풍요롭게 만
　　들 수 있는 유익한 도구가 되어줄 거라 믿습니다.

현 　와. 멋지게 잘 쓰네요.

병 　모두 본인의 체험에서 나온 의견 감사합니다. 확실한 건 행
　　복일기를 쓰면 좋은 결과를 가져온다는 사실입니다. 청소년

들은 몇 학년 때부터 쓰는 게 가장 적절할까요?

유 무엇인가 머릿속에 어느 정도 생각이 정리되고 그 필요성을 느낄 때 하면 좋지 않을까 합니다.

선 초등학생도 가능할 것 같습니다.

현 저는 중학교 1학년이 적당하다고 생각합니다.

예 초등학교 고학년부터 시작하면 좋을 것 같습니다

선 초등학교 4학년 정도도 가능할 것 같고, 그 이전에는 대화를 나누는 형식이나 간단히 적어봐도 좋을 것 같습니다.

병 유리를 쓰게할 건가요?

윤 저도 초등학교 고학년부터 스스로 자신이 결정하고 계획하는 것들을 시작하며 피드백하는 게 좋은 방법이라고 생각합니다.

유 유리도 고학년 때부터 쓰는 게 좋지 않을까 생각합니다. 저학년은 경험해보니 생각을 정리하는 데 시간이 많이 걸리고 자기가 무슨 말을 하는지 모르는 경우가 많습니다.

현 오히려 너무 나이가 어리면 뭔가 숙제 같이 느껴지고 멀리하지 않을까 하는 생각입니다.

병 선택논제 2번입니다. 다섯 가지 일기 중 21세기를 살아가는 30대 직장인들에게 가장 도움이 될 것 같은 일기를 순서대로 적어주시기 바랍니다.

현	운동일기-감사일기-선행일기-다행일기-감정일기.
윤	운동일기-감정일기-감사일기-선행일기-다행일기.
예	운동일기-다행일기-감사일기-감정일기-선행일기.
유	감사일기-운동일기-감정일기-다행일기-선행일기.
선	운동일기-감사일기-감정일기-다행일기-선행일기.
병	현진 먼저 어떤 이유로 그렇게 생각했나요?
현	운동일기가 가장 중요하다고 생각합니다. 한국인들은 하루 일과 중 대다수의 시간을 일하는 데에 사용합니다. 특히 많은 사람들이 야근은 물론 회식 또한 일의 연장이라고 생각합니다. 새벽처럼 일어나 회사로 향하고 새벽에 집으로 돌아옵니다. 운동 부족은 40대 사망의 주요 원인이라고 합니다. 적당한 운동은 스트레스도 줄여주며 비만을 방지합니다. 그리고 무엇보다도 심리적인 안정을 갖게 합니다. 몸이 건강해야 정신이 바로 선다는 선조의 가르침처럼, 몸이 건강해야 정신적인 건강을 찾을 수 있습니다. 두 번째로 중요한 것은 감사일기입니다. 현대사회는 스트레스로 만연해 있습니다. 많은 사람들이 스트레스를 못 이겨 많은 문제를 일으키기도 하고, 심지어 심각한 범죄를 저지르기도 합니다. 감사일기는 자신의 부정적인 감정을 긍정적으로 바꿀 수 있는 힘을 가지고 있습니다. 상황을 긍정적으로 보려

노력하게 하고, 자신이 가지고 있는 것에 대해 감사함을 느낄 수 있도록 도와줍니다. 감사일기를 꾸준히 써간다면 자신의 마음을 보다 더 건강하게 키워나갈 수 있을 거라 생각합니다. 그 다음은 선행일기입니다. 내 마음이 건강하고 스스로를 사랑한다면, 다른 이들에게도 그 사랑을 베풀 수 있다고 생각합니다.

병 좋습니다. 다음은 정윤

윤 우선 운동이 현대인들에게 가장 필요한 것 같습니다. 모든 것이 자동화되어가는 시대에 살고 있는데 의식적으로 우리의 몸을 움직이면 살아 있음 자체를 느낄 수 있을 것입니다. 한국 사회에서는 감정을 표현하는 것 자체가 어려운 것 같습니다. 단순한 감정적 침체를 가리기 위해 술 문화가 발달한 것은 아닌가 하는 생각도 듭니다. 자신의 감정을 직면하고 이해하여 억누르지 않는 피드백을 하는 데 감정일기가 도움이 될 것 같습니다. 감사하는 마음을 의식적으로 갖는 것이 필요합니다. 일상 속에 감사를 찾는 과정이 어려운 것을 보면 여태 그러지 못했던 것 같습니다. 선행일기는 의식적인 선행을 통해 자신의 가치를 높이는 데 도움을 줍니다. 다행일기는 유연한 사고를 할 수 있게 돕습니다. 좋지 않는 결과까지도 다행이라고 생각하는 마음가짐을 배울 수 있습니다.

병 네, 좋아요. 그 다음은 예원.

예 실제로 전 행복일기를 쓰면서 다섯 가지 일기 중 운동일기를 통해 가장 효과적인 도움을 받았습니다. 운동일기 때문이라도 운동을 해야겠다고 결심한 적도 있죠. 운동이라는 행위가 그저 끈기를 갖고 내가 할 수 있는 선에서 꾸준히 해나가기만 해도 즉각적으로 몸과 마음에 긍정적인 변화를 주는 가장 손쉬운 방법이라는 생각이 들었습니다. 직장을 다니거나 혹은 가정에서 양육에 매진하는 30대들은 몸과 마음 모두 여유가 없고 늘 조급한 채로 쉽게 피로감을 느낍니다. 여러모로 건강에 무리가 갈 가능성이 많은데, 운동일기를 통해 건강한 생활 습관을 기를 뿐만 아니라 잠시라도 나의 몸과 마음에 집중하는 시간을 가질 수 있습니다. 운동일기야말로 바쁜 30대가 적은 노력으로 많은 효과를 누릴 수 있는 효과적인 방법이라고 생각합니다.

병 네, 좋습니다. 정선이가 먼저 할까요? 그다음 유이치.

선 30대 직장인들은 사회에서 자리를 잡아가거나 결혼 후 일과 가사, 육아를 하느라 시간적 여유가 없는 사람들이 많습니다. 시간이 없어서 다섯 가지 중 한 가지만 해야 한다고 한다면 운동을 하라고 추천해주고 싶습니다. 제가 회사에서 스트레스가 많아 불면증이 있었던 시기가 있었습니다. 그때 관련 전문가와 전화 상담을 한 적이 있었는데 운동을 하라고 하더군요. 감사와 선행 모두 중요하지만 운동은 꼭 해야만 하는 필수적인 것이라고 생각합니다.

유 대한민국 30대의 사망 원인 1위가 바로 자살(35%), 2위가 암(13~29%)이라고 합니다. 스트레스를 많이 받고 건강관리를 못 하고 있기 때문이라고 생각합니다. 그래서 제가 생각하는 순위는 다음과 같습니다. 감사일기, 감사하는 마음만으로도 스트레스가 해소되고 현재의 상황에 만족감을 준다고 생각합니다. 운동일기, 일 때문에 운동을 소홀히 하는 사람들이 많은 것 같습니다. 운동일기를 통해 운동에 대한 동기부여가 되었으면 좋겠습니다. 감정일기를 통해 하루 동안 받았던 스트레스를 객관적으로 분석하고 비슷한 상황에 대해 적절히 대처할 수 있습니다. 다행일기를 통해 다시 한번 감사함을 느낍니다. 선행일기를 통해 자부심을 느낄수 있습니다.

병 토론의 횟수가 거듭될수록 수준이 높아지고 있음을 실감합니다. 토론이 막바지네요. 토론을 한 소감을 나누겠습니다. 먼저 현진부터.

현 정말이지 회를 거듭할수록 더 높아지는 수준에 다음엔 더욱 많은 준비를 해야겠다고 느낍니다. 그리고 이 토론 시간이 점점 기다려집니다.

병 오늘 토론에서 새롭게 배우거나 느낀 점은 없나요?

현 오늘은 네 개의 문장을 통해서 아내의 마음을 느꼈어요. 이래서 대화가 중요하다고 하는 것 같아요. 더 잘해야겠다고 다짐합니다.

병 네, 좋습니다. 다음은 예원.

예 죄송하지만 조금만 있다가 발표해도 될까요? 지금 작성하고 있습니다.

병 그럼 작성된 사람부터 올려주세요. 서두르지 말고 작성되는 대로 천천히 올려주세요.

유 현재에 만족하며 사는 게 행복이라 알고 있습니다. 그것을 실천하는 지침이 행복일기가 될 수 있겠다고 생각했습니다. 그리고 형님 부부가 알콩달콩 즐겁게 생활하시는 것이 본보기가 되었습니다. 저는 미래의 여유를 위해 현재 자신의 역량 대부분을 집안이 아닌 외부에 쏟고 있었습니다. 그래서 가족을 위한 시간이 없고 스트레스를 잘 해소하지 못해 내적으로 여유롭지 못했습니다. 결국 내가 변해야겠죠. 일에 쫓기지 않고 가정도 챙기는 여유로운 생활을 하고 싶습니다. 점차 발전해나가도록 하겠습니다.

윤   저는 책을 읽을 때 '실천'이 가장 부족한 부분인 것 같습니다. 이번에도 생각만큼 많이 실천하지 못하여 아쉬운 마음이 큽니다. 그렇지만 이렇게 가족 토론을 통해 서로 어떻게 살아가는지 나누는 시간을 가지니 각각 다른 환경이지만 근본적으로는 같은 마음을 갖고 있는 것 같아 공감되었습니다. 또한 모두들 고민에 그치는 것이 아니라 노력하고 바꾸어나가는 모습에 위안이 되는 것도 같습니다. 가족 독서토론을 통해서 서로를 격려하고 지속적으로 더 나은 모습으로 변해갈 수 있도록 더욱 노력해야겠다는 생각이 듭니다.

선   책을 읽고 토론을 준비한다는 것이 조금 부담스럽기도 하지만, 덕분에 책을 읽고 토론하며 무엇보다 삶이 긍정적으로 변화한다는 사실에 너무나 감사합니다. 가족 독서토론을 하고 나서 제 삶이 너무 많이 변하고 있습니다. 토론을 시작하지 않았더라면 어땠을지 상상하면 끔찍합니다. 오늘 토론을 하면서도 너무 재미있고 유익했습니다. 두 시간이 어떻게 가는지 모르게 즐겁습니다. 이번 책은 제 삶에 너무나도 많은 변화와 긍정적인 영향을 주어서 여느 때보다 큰 의미가 있었습니다.

예   토론의 횟수가 늘면서 재미있게도 다른 토론자들의 생각과 의견에 더욱 많은 관심과 흥미를 갖게 되는 것 같습니다. 이 점이 제가 느끼는 큰 변화 중 하나입니다. 다른 이들의 생각을 경청하는 법을 배우고, 경청을 통해 서로 진정한 소통을 할 수 있다는 게 얼마나 가치 있고 중요한지 알아가는 것 같습니다. 토론을 준비하면서 제 생각을 설득력 있게, 그리고 앞뒤 문맥에 맞춰서 일목요연하게 표현하는 법을 기를 수 있었습니다. 앞으로 더 시간과 노력을 들여 잘 준비하고 싶습니다.

『공부하는 힘』 온라인 독서토론

병 오늘은 서울대학교 재료공학부 황농문 교수의 『공부하는 힘』을 읽고 토론합니다. 여러분은 이 책을 어떻게 읽으셨나요? 별점과 소감을 나눠봅시다. 먼저 별점 올려주세요.

현 4.5점입니다.

유 저도 4.5점입니다.

선 5점입니다.

예 저는 4.2점입니다.

병 이어서 소감을 말씀해주시기 바랍니다.

선 인생을 살아가면서 몰입하는 사람을 몇 명이나 만날 수 있을까요? 몰입하지 않는 사람이 몰입하는 사람을 지인이 아니라 가족으로 처음 만난다면 어떨까요. 같이 살아가고 있지만 다른 곳에만 몰두하는 이상한 사람이라고 생각할지도 모르겠습니다. 저는 이 책을 읽고 신랑이 늘 몰입 상태에 빠져 있는 사람이라는 걸 깨달았습니다. 신랑은 중학교 때부터 마술에 관해 저자가 말하는 방식으로 스스로 전문가가 될 정도로 탐구하고 연습해왔습니다. 특히 출산 후에도 방에만 있고 밥 먹는 것도 잊을 만큼 몰입해 있는 신랑의 모습에 화가 나서 다투기도 했습니다. 시간이 지나고 신랑이 몰입한 시간만큼 성과를 내기 시작하면서 조금씩 받아들였지만, 그래도 좀처럼 이해하기 쉽지 않았습니다. 이 책을 읽고 나서 신랑을 이해하게 되었고 몰입하는 능력을 가진 대단한 사람이라는 것을 느끼게 되었습니다. 자녀가 어떻게 공부하도록 도와주어야 하는지 길잡이 역할을 해주면서도 신랑을 이해할 수 있게 해준 고마운 책입니다.

유 저는 대학교에서 의생명과학을 공부했지만 현재 제 경제활동에 영향을 주고 있는 마술, 보이스퍼커션, 거시경제, 블록체인 네트워크 등의 지식은 스스로 탐구하고 배운 것입니다. 결과적으로 누구한테 배운 것보다 독학한 것들이 훨씬 도움이 되고 실용적이었습니다. 제 경험이 책에 나온 학습법과 비슷한 부분들이 많아서 흥미로웠습니다.

예 국내 제일의 '몰입 전문가'로 통하는 황농문 교수의 책을 언젠가는 꼭 한번 읽어보고 싶었는데, 그의 대표작인 『몰입: 인생을 바꾸는 자기 혁명』(랜덤하우스코리아, 2007)에 앞서 이 책을 먼저 접하게 되었습니다. 저자는 책에서 시험공부에 몰입하는 법, 머리를 발달시키는 몰입학습법, 정신적 성숙의 문제 등을 다루었고, '몰입기반학습'이라는 개념과 구체적인 적용 방법을 함께 소개하고 있습니다. 행복한 삶, 자아실현을 통한 성공적인 삶을 위해 '몰입'해야 한다는 저자의 주장과 그 근거들이 매우 설득력 있게 느껴졌고, 성공적인 몰입을 통해 삶의 변화를 가져온 다양한 사례들은 저에게 큰 동기부여가 되었습니다. 또한 이 책을 통해 몰입, 교육 방법, 뇌과학 등에 대해 좀 더 알고 싶다는 생각이 들었고 책에서 인용한 다른 책들에 대해 관심이 생겼습니다. 삶에서 중요한 키워드를 발견하게 하고 그것을 현실에 적용시킬 수 있는 다양한 방법들을 친절하게 소개한 책이라고 생각합니다. 제 개인적으로도 많은 영감과 자극을 얻었기에 다른 사람들에게도 추천하고 싶습니다.

현   이 책은 신선한 충격이었습니다. 『책은 도끼다』(북하우스, 2011)처럼 기존에 갖고 있던 편견이 깨져나가는 책이었습니다. 저는 천재는 타고 나는 것이며 그런 사람들은 태생이 다르다고 생각했습니다. 하지만 공부에도 올바른 방식이 있으며, 몰입하는 힘이 원동력이라는 사실을 알았습니다. 고정관념을 벗어나서 나도 한번 해봐야겠다는 생각을 갖게 되었습니다. 저는 기존의 편견을 부수는 책이 가장 의미 있는 책이라고 생각해왔는데, 『공부하는 힘』을 읽은 후 생각이 달라졌습니다. 가장 좋은 책은 자신의 행동을 변화시키는 책입니다. 습관과 편견에서 벗어나 새로운 습관을 만들 수 있는 기회로 삼아야겠다고 다짐했습니다.

병 네, 모두 중요한 부분을 깨닫게 되었네요! 다른 사람의 소감을 읽고 의견 주세요.

예 한 권의 책으로 가까운 사람을 이해할 수 있었다는 점으로, 책의 힘을 다시 한번 생각해보게 되었어요.

선 언니의 글은 전문가의 포스가 풍깁니다. 역시 독서토론 강사는 다릅니다!

예 가장 좋은 책은 자신의 행동을 변화시키는 책, 저도 공감합니다.

병 자유논제 2번입니다. 책을 읽으면서 인상 깊었던 부분이 있었다면 소개해주세요.

선 "나는 '경쟁력이 없으면 약자가 된다'고 이야기한다. 그러면 '약자가 되면 왜 안 됩니까?'라고 되묻는다. 나는 '약자가 되면 억울하고 분한 일을 자주 당한다'고 대답한다. 이 학생은 아마도 이 말의 의미를 모를 것이다. 우리가 역사적으로 힘이 없고 약했을 때 주위로부터 얼마나 처절하게 당했는지를 생생하게 공부하고 느껴보지 않은 학생은 이 말의 진정한 의미를 이해하기 어렵다. 정신적인 성숙은 몇 마디 대화로 얻을 수 있는 것이 아니다. 체계적인 노력이 이루어져야 한다." 유대인 교육의 특징을 설명하면서 학창 시절에 아우슈비츠 수용소를 의무적으로 방문시키며 처절한 고통의 역사를 가르친다는 것이 인상 깊었습니다. 이러한 불행이 다시 일어나지 않도록 하되 증오가 아닌 경쟁력을 갖춘 인물이 되도록 동기부여할 수 있도록 하는 점이 좋았습니다. 한국도 역사적 아픔을 많이 겪어왔고 그러한 역사적 현장은 많습니다. 판문점이나 서대문 형무소, 남한산성, 독도 등을 견학하고 관련 서적을 읽고 토론함으로써 깊은 사색과 통찰의 시간을 충분히 경험할 수 있도록 학교에서 교육했으면 합니다.

유 "뇌의 이런 특성을 이용해 위기 상황이 아닌데도 위기상황이라 착각하게 만들면 몰입이 유도된다." 대학생 때 벼락치기로 시험을 준비하던 습관이 있어서, 발췌처럼 자기 최면을 활용해 시험공부를 한 적이 있었습니다. '딱 일주일만 더 있었더라면…' 하고 아쉬워했던 생각을 토대로 실제 일주일을 더 만들어보기로 했죠. 시험보다 일주일 앞당긴 날짜를 시험 날짜라고 자기 최면 하여 공부를 하니 친구들에게 가르쳐줄 여유까지 생겼습니다. 덕분에 좋은 성적을 유지할 수 있었습니다. 매우 공감되는 내용이었고 경험한바 실용적인 방법이라고 생각합니다.

예 "우리 뇌는 요구된 것에 대해서만 반응을 하지 요구되지 않은 것에 대해서는 반응을 하지 않는다. 이는 도전이 없으면 우리 뇌를 발달시키기 어렵다는 것을 의미한다"(115쪽). '똑똑하다', '영리하다'라는 말을 싫어하는 사람은 없을 것입니다. 또한 그 누구도 성장하는 삶, 자신이 원하는 바를 실현하는 삶을 싫어하지 않을 것입니다. 인간은 편하고 안정적인 상태를 원하는 동시에 끊임없는 도전으로 발전과 성장을 이룩합니다. 자아실현과 성장 없이 고인 물처럼 머무르는 삶에서 인생의 의미와 소중함을 찾기는 어렵습니다. 진정한 행복과 후회 없는 삶을 살기 위해서는 자신만의 목표를 세워 그것을 이루려는 노력과 도전이 반드시 필요합니다. "뇌는 요구된 것에 대해서만 반응을 한다"는 저자의 말을 우리의 삶 속에 확대시킨다면, '인생은 우리가 도전하는 만큼 성장하고 풍성해진다'고 말할 수 있습니다. 자신의 적극적인 의지, 도전의식, 무언가를 이루겠다는 목표와 계획과 실천이 우리의 삶을 더욱 행복하게 의미 있게 만들 수 있다는 사실을 이 짧은 구절을 통해 다시 한번 깨달을 수 있었습니다.

현 "그들이 천재라는 평가를 받을 수 있었던 건 타고난 지적 재능 때문이 아니라 '올바른 방식'으로 오랫동안 노력해서 얻은 결과물이라는 것이다. 그렇다면 재능을 발달시키기 위한 올바른 방식의 노력이란 무엇일까? 전문가들은 '재능을 발달시키기 위한 올바른 방식의 노력'을 '신중하게 계획된 연습'이라는 용어로 표현한다. 신중하게 계획된 연습이란 자신이 쉽게 할 수 있는 수준에 머무르지 않고 자신의 한계에 도전하는 일을 집중적으로 반복하는 것을 말한다"(5쪽). 그동안 저는 천재는 타고난 거라 생각했습니다. 그들은 생각하는 것도 다르고 듣는 것도 달라서 자신의 분야에 한번 발을 담그는 순간 그 모든 것을 파악할 수 있다고 단정했습니다. 하지만 이 책을 통해 결코 그렇지 않다는 걸 깨달았습니다. 자신이 좋아하는 일을 몰입하고 꾸준히 연습을 하다 보니 천재가 되었던 것이죠. 높은 강도의 계획된 훈련과 끊임없는 노력을 통해 자신의 분야에서 우뚝 서게 되었을 때, 비로소 천재로 거듭나는 것이었습니다. 그리고 이 내용은 제 삶의 축을 흔들어 놓았습니다. 아직도 살아갈 날은 충분히 길며, 제가 좋아하는 분야는 무척 다양합니다. 그들처럼 수많은 시간을 몰입하고 계획된 실천을 하다보면, 언젠가는 제가 원하는 수준에 도달하지 않을까 생각합니다.

병 중요한 지점을 발췌해주셔서 감사합니다. 다른 사람의 글을 읽고 공감되는 부분이 있으면 피드백 부탁합니다.

선 도전이 없으면 발전이 없다는 발췌 부분과 내용이 인상적입니다.

현 사람이 고생을 하지 않으면 성장하지 않는 말과 같다는 생각을 해요.

예 유대인 교육의 특징을 설명한 부분도 인상 깊었습니다. 역사를 제대로 알게 하고 다양한 교육 방법을 통해 학생들의 의식을 깨우치는 과정이 정말 필요하다고 생각합니다.

병 자유논제 3번입니다. 저자는 최상의 컨디션을 유지하면서 공부에 몰입하려면 다음 열 가지를 유념해야 한다고 말하는데요. 58쪽에서 저자가 말한 열 가지 중 여러분이 가장 중요하다고 생각한 두 가지를 골라 그 이유를 설명해주세요.

현 '수면이 부족해서는 안 된다.' "5시간을 자면 떨어지고 3시간을 자면 원하는 곳에 붙는다"라는 말이 있습니다. 수능을 앞둔 수험생들이 책상 앞에 붙여놓는 글귀이기도 하지요. 하지만 정말 그렇게 적은 잠을 자다 보면, 머릿속이 하얗게 되면서 하루가 어떻게 흘러갔는지도 모릅니다. 그러면서 생각을 하게 됩니다. 내가 의지력이 약한가? 아니면 그만큼 힘든 것이어서 이겨내야 하는 것일까? 반면, 충분한 수면을 취하면 뇌는 다시 활력을 얻고 집중할 수 있는 힘을 얻습니다. 저는 언제부터인가 이렇게 생각하기 시작했습니다. 잠자는 시간을 줄이면 더 많은 일을 하고 더 많은 시간을 사용할 수 있게 되겠다. 하지만 어떤 책에서는 이런 이야기를 합니다. 인간은 잠을 잘 때 무의식의 부분이 움직이기 시작하고, 의식이 깨어있을 때 받아들였던 정보들을 처리하고 중요한 부분을 다시 되돌려 보면서 분류하게 된다고 말이죠. 일상생활에서 중요하지 않은 것은 단기 기억장치로 옮겨가고, 중요한 부분은 장기 기억장치로 옮겨갑니다. 하지만 잠을 충분히 자지 않으면 이런 과정을 제대로 거치지 못해 머릿속은 엉망진창이 되어버립니다.

'매일 규칙적으로 30분간 운동한다.' 전에 읽었던 『운동화 신은 뇌』(녹색지팡이, 2009)라는 책에서는 운동과 공부의 상관관계에 대해 이야기합니다. 너무 과도한 운동은 지양해야 하지만, 적당량의 규칙적인 운동은 건강과 학습 능력 향상에 상당한 도움이 된다는 것을 알 수 있었습니다. 단순히 가설이 아니라 다양한 실험을 통해 증명하고 있어 깊이 공감했던 부분입니다. 초등학생들에게 등교 후 바로 운동장 두 바퀴를 돌고 교실로 들어가 책을 읽게 한 학교와 그렇지 않은 학교를 비교했던 예시가 가장 인상적이었습니다. 운동장을 뛰었던 학생들이 수업에 훨씬 잘 집중하고 공부한 내용을 더 오랫동안 기억했다고 합니다. '건강한 육체에 건전한 정신이 깃든다'라고 합니다. 정신을 바로 세우기 위해서는 육체적인 운동을 게을리 하지 말아야 한다는 뜻이 아닐까 싶습니다. 무엇인가를 배우기 위해서 매일 충분히 잠을 자고 꾸준히 운동을 하는 게 중요하다고 생각합니다.

예 수험공부에 몰입하기 위해서는 '반복 학습'과 '공부에 대한 최대 구동력이 만들어지도록 의도적인 노력을 수시로 하는 것'이 가장 중요하다고 생각합니다. 정희진은 『정희진처럼 읽기』(교양인, 2014)에서 "연습은 정신력으로 몸을 통제하는 것이 아니라 연습된 몸으로 정신(적 실수)을 '없애는' 방식이다"라고 말합니다. 반복된 연습, 몸에 밴 충분한 연습은 실전에서 우리의 정신적 긴장과 스트레스를 감소시키고 자신감을 갖게 합니다. 중국에서 대학원에 다닐 때 말하기 대회에 출전한 적이 있습니다. 저는 이 대회를 위해 한 달 동안 원고를 수십 번, 수백 번 외우고 또 외웠습니다. 발음과 성량, 속도와 감정 표현 등 다방면에서 '완벽한' 연출을 해내야 좋은 점수를 받을 수 있기 때문에 매일 실전과 같은 연습을 했습니다. 덕분에 대회에서는 거의 자동적으로 원고 내용을 말할 정도가 되었습니다. 실전에서의 실수를 줄이기 위해서는 평소 충분한 연습과 훈련이 반복적으로 이루어져야 한다는 걸 몸소 느낄 수 있었던 경험입니다.

'반복 학습'과 더불어 몰입을 위한 또 하나의 중요한 점은

'공부에 대한 최대 구동력이 만들어지도록 의도적인 노력을 하는 것'입니다. 저는 이것을 '내·외적 동기부여'라고 부르고 싶습니다. 자신이 공부를 왜 해야 하는지, 무엇을 위해 하는 건지, 최종 목표가 무엇인지 스스로 질문하고 동기와 목표를 찾는 일은 어렵고 힘든 시간을 최고의 몰입을 통해 즐겁게 만들 수 있는 가장 중요한 요소라고 생각합니다. 처음 중국에 갔을 때 전 다른 동기나 선배들보다 출국을 늦게 해서 여러 가지로 학습 준비가 안 된 상황이었습니다. 뒤늦게 도착한 저는 조바심이 났습니다. 처음으로 집을 떠나 낯선 곳에서 타인과 공동 생활을 해야 했기에 불안과 외로움을 느끼기도 했습니다. 저는 그럴 때마다 제가 중국에 온 이유와 해야 할 일들을 떠올렸습니다. 쉽게 얻을 수 없는 기회이기도 하지만, 부모님과 갈등을 겪으며 오게 된 유학이었으므로 1년의 시간을 헛되이 보내서는 안 된다는 다짐을 늘 마음속에 되새겼습니다. 이러한 다짐과 그에 따른 노력으로 성적은 점차 오르고 생활은 즐거워졌습니다. 동기들과 선배들과도 생활적인 면에서 서로 도움을 주고받으며 원만한 관계를 맺었고, 중국 내 여러 지역을 여행하며 잊을 수 없는 다양한 경험을 쌓았습니다. 자신이 원하는 바를 늘 생각하고 내·외적 동기를 찾기 위해 끊임없이 의식적인 노력을 기울이면 성과도 따라오고 행복한 삶도 만들어 지는 것 같습니다. 설령 원하는 만큼 성과가 나오지 않는다 하더라도 그 과정에서 최선의 노력을 다했기 때문에 후회 나 미련은 없을 것입니다.

유 '온몸에 긴장을 풀고 느긋하게, '슬로우 싱킹' 방식으로 공 부한다', '암기보다는 이해와 사고 위주로 학습을 한다'. 공 부를 하기 전에 본질적으로 무엇을 위해 공부를 하는 것인 지 검토할 필요가 있습니다. 공부가 단지 시험 성적을 위한 거라면 의미가 없다고 생각합니다. 공부는 그 지식의 필요 성, 동기에 의해 수행되어야 합니다. 내가 이 공부를 왜 하 고 있는지가 명확해지면 자발적인 동기가 만들어지고 필요 에 의해서 지식을 습득하게 됩니다. 이러한 상황에서는 저 절로 '탐구 모드'에 들어가며 긴장할 필요가 없어져 자연스 럽게 '슬로우 싱킹'을 하게 됩니다. 결국 암기하는 공부가 아 닌 생각하는 공부가 되는 것입니다. 또한 탐구하는 과정에 서 지적 만족감을 느끼게 되고, 저절로 암기가 아닌 이해와 사고 위주의 학습을 하게 되는 것 같습니다. 이를 통한 학 업 성취도는 기대 이상으로 나타날 거라고 생각합니다.

선 '수면 부족'. 중학교 때부터 학원에 다니기 시작했고, 하교 후 학원 수업을 듣고 집에 돌아와 늦게까지 숙제를 하면서 수면시간이 부족해지기 시작했습니다. 수면 부족이 누적되니 학교 수업시간에 졸기 시작했습니다. 뇌는 피곤한 상태가 지속되었고 다리가 붓거나 변비 등 건강에 이상이 생기기 시작했습니다. 대학교 1학년 1학기 중간고사 때 벼락치기를 하며 밤새 공부한 적이 있었는데 공부했던 내용이 하나도 기억이 안 나서 시험을 망쳤던 기억이 납니다.

'이해와 사고 위주의 학습.' 고등학교 때 이과였던 저는 화학반응식이나 원소기호 등 암기해야 할 내용이 많았습니다. 하지만 암기해야 할 공식도 먼저 이해하면 외우기가 훨씬 수월해졌습니다. 이해가 안 되는 문장이나 공식, 교과서에서 강조하는 부분을 이해하려고 노력했습니다. 완벽히 암기를 못하더라도 이해를 하면 시험 문제의 예문과 문장을 잘 읽기만 해도 정답을 맞힐 수 있었습니다.

유 　실전에서 몰입의 단계에 도달하려면 외적인 자극에 방해받지 않도록 불안하지 않게 미리 준비해야 하는데 그러기 위해서는 사전에 의도적인 노력이 필요하겠네요.

현 　저도 반복 학습이 공감이 되네요! 뭔가의 전문가가 되기 위해서는 '1만 시간의 법칙'이 필요하다고 했습니다. 지속되는 반복이야 말로 몰입으로 빠져들게 하는 지름길인 것 같다는 생각을 해봅니다.

병 수험생뿐만 아니라 우리 삶에도 적용하면 좋을 것 같습니다. 자유논제 4번입니다. 재능은 후천적으로 발달한다고 뇌과학에서 분명하게 밝히고 있습니다. 시냅스를 사용할수록 발달하고 사용하지 않으면 사라진다며, 저자는 "사람들이 조기교육에 관심을 많이 두는 이유도 여기에 있다"(97쪽)고 하는데요. 여러분은 시냅스 발달에 대한 견해를 어떻게 보셨나요?

현 저는 어린 나이에 하는 교육이 정말 중요하다고 생각합니다. 하지만 지금 사회가 통념적으로 생각하고 있는 조기교육은 오히려 시냅스 발달을 방해하는 요소로 작용하기도 합니다. 아이들이 원하지 않는데 억지로 1만 시간을 교육한다고 한들 그들이 전문가가 될 수 있을까요? 강제적인 조기교육은 마음에 상처만 남깁니다. 제가 생각하는 진정한 조기교육이란 아이들이 다양한 경험을 통해서 자신이 좋아하는 것을 찾고 원하는 바를 지속적으로 훈련할 수 있도록 곁에서 도와주는 것이 아닐까 생각합니다.

선 딸을 키우면서 태교나 영유아 교육의 중요성을 느꼈지만, 잘해내는 것이 얼마나 어려운 것인지 알게 되었습니다. 6개월 때 뭐든 물고 빠는 시기에는 어떤 책을 어떻게 읽어줘야 하는지 난감했습니다. 제가 보고 들은 대로, 하고 싶은 대로 하니 의사소통이 가능한 시기가 되자 아이는 거부하기 시작했습니다. 조기교육에서 가장 중요한 것은 정서적으로 안정된 상태에서 아이의 욕구에 따라 적절하게 제공되어야 하며, 엄마도 조급해하거나 욕심을 과하게 부리지 않는 것이라고 생각합니다. 시냅스 발달을 위한 자극이라도 즐겁지 않다면 아이에게는 스트레스가 될 것입니다. 조기교육이 아이에게 고통이 되지 않기 위해서는 아이와 부모의 긍정적인 상호작용이 밑받침되어야 하며, 올바른 방식으로 접근할 수 있도록 전문가의 도움과 많은 공부가 필요하다고 생각합니다.

유　저는 아이들의 시냅스가 어른보다 더 많아서 학습에 유리하다는 것에 대해 공감이 잘 되지 않습니다. 시냅스는 학습을 통해 연결 지어진다고 하는데, 그렇다면 시냅스 수는 크게 의미 없지 않을까요? 어쩌면 그냥 비어 있는 시냅스이지요. 그것보다 어린아이들이 학습에 유리한 점은 바로 호기심의 여부라 생각합니다. 아이들은 주변의 모든 것에 의문을 품고 관심을 가지고 흥미로워 합니다. 아이들을 관찰해 보면 바닥의 무늬에 대해서도 흥미를 가지고 커튼의 색깔에 대해서도 질문을 합니다. 주변 모든 것에 호기심을 가지고 있는데, 다소 산만할 수 있는 호기심이 아이들의 천재적인 능력의 기반이 된다고 생각합니다. 반면 어른들은 호기심이 사라지고 당연한 게 많아지며 많은 것에 의문을 가지지 않습니다. 고정관념에 사로잡혀 있다고 할까요. 학습의 본질은 탐구 정신에 있다고 생각합니다. 의문을 갖고 질문을 하며 해답을 의심하며 다시 질문해보는 것, 이것이 아이든 어른이든 재능 발달에 중요하다고 생각합니다.

예 시냅스는 뇌 발달 시기에 따라 증가하여 출생 이후 36개월에 최고치가 되도록 유전적으로 설계되어 있기 때문에, 이 시기가 생애 그 어느 때보다 효율적으로 시냅스를 발달시키고 유지시킬 수 있는 시기라는 데에 의심할 여지가 없습니다. 다만 시냅스의 발달이 어릴 때에만 국한되는 것은 아니기에 어린아이에게 과도한 자극과 부담을 가하는 것보다는 아이의 상태와 시기에 맞는 적절한 교육이 이루어지는 것이 더 중요할 것 같습니다. 아이에게 고통이 되지 않는 교육, 충분한 상호작용으로 조심스럽게 접근하는 조기교육에 대한 의견이 마음에 와닿았습니다.

현 남들 다 하니까 그 의미도 내용도 모르고 따라하는 조기교육은 지양되어야 한다고 생각합니다.

선 우리말이라도 책을 좋아하게 하거나 다양한 분야의 독서를 체계적으로 꾸준히 지도하는 것은 굉장히 어려운 부분입니다. 내가 잘하는 것과 가르치는 것은 별개의 문제 같아요. 공부를 잘하는 부모도 자녀를 똑똑하게 키우기 어렵지만 평범한 부모가 자녀를 영재로 키우는 사례도 있습니다. 제일 중요한 것은 자녀와 올바른 상호작용과 긍정적인 관계인 것 같습니다.

유　저는 나이가 많아지면 학습에 부정적이라는 의견에 부정적입니다.

병　뇌 세포와 뇌 세포끼리의 연결고리가 시냅스입니다. 모든 세포는 8000개의 시냅스를 연결할 수 있습니다. 어렸을 때는 오감 자극으로 시냅스가 연결된다고 합니다. 시냅스 연결이 잘되면 하나를 알려주면 열을 아는 뇌가 된다고 합니다.

선　부모들이 '안 돼', '만지지 마', '가지 마' 같은 말을 많이 하는데, 시냅스 연결을 방해하는 잘못된 언행인 것 같습니다.

현　그럴 수도 있겠네요.

예　저도 이 책을 읽고 성인이 되어서도 뇌를 발달시킬 수 있고 지적 능력을 향상시킬 수 있다는 사실에 희망을 느꼈습니다. 게을렀던 시간을 반성하고 지금부터라도 튼튼하고 똑똑한 뇌를 만들기 위해 노력할 거라고 다짐했습니다.

병　비포장 도로와 고속도로의 차이라고 할 수 있지요.

현　늘 성실하고 열심히 하면서 겸손하네요.

유　아이가 학습에 유리한 건 백지 상태이기 때문인 것 같아요. 어른일수록 자기생각에 고착되고 고정관념이 생겨서 다양한 사고를 수용하는 데 방해가 된다고 생각합니다.

병　아이들은 스펀지처럼 빨아들이는 능력을 갖고 있다고 해요. 자유논제 5번으로 넘어갈까요? 이 책에는 조기교육에 관한 정반대의 사례로 시디스와 칼 비테의 이야기를 담고 있습니다. 여러분은 조기교육의 빛과 그림자에 대해 어떻게 생각하십니까?

예　어떤 일이든 '지나치면' 탈이 나는 법입니다. 저자도 윌리엄 제임스 시디스의 불행한 삶을 보며 그를 "과도한 조기교육의 희생자"라고 말합니다. 아무리 뛰어난 재능과 천재성으로 이른 나이에 하버드대학교에 합격하여 무수한 연구 성과를 내었다 한들, 스스로 자신의 삶을 '불행하다'고 느낀다면 이 모든 것이 다 무슨 소용일까요. 적절한 조기교육은 바람직하지만 아이에게 과도한 정서적 불안정을 주며 강압적으로 이루어지는 조기교육은 훗날 분명 여러 부분에서 심각한 부작용을 일으키게 될 것입니다. 과도한 조기교육을 통해 아이를 천재로 만들겠다는 마음은 어쩌면 부모의 지나친 욕심일지도 모릅니다. 아이와의 충분한 정서적 교류와 교감을 통해 아이의 정서적 안정과 정신적 성숙이 우선적으로 이루어져야 합니다.

선 칼 비테는 사교육에 자식을 맡긴 것이 아니라 아버지가 아들을 가르쳤습니다. 한국은 조기교육 열풍이 불면서 영어유치원이나 놀이학교에 한 달에 100만 원이 넘는 돈을 들이고, 방문 학습 교재에만 수백만 원을 투자합니다. 조기교육에 수백, 수천만 원을 투자하면서 아이의 행복이 아닌 공부 잘하는 아이가 되기를 바라는 부모들이 있습니다. 저는 사교육에만 맡기는 것이 아니라 엄마가 같이 노력하고 공부해야 한다고 생각합니다. 이렇게 투자했는데 왜 이것밖에 못하냐고 생각하는 것은 잘못된 방식입니다. 부모가 지나친 기대와 꾸중으로 개입하는 것도 잘못이겠지만, 긍정적인 방식으로 적극적 개입을 해야 할 것입니다. 사교육에 맡기든 부모가 적극적으로 참여하든 수많은 노력과 시간이 헛되지 않으려면 아이의 행복과 아이가 진정으로 원하는 것이 무엇인지 잘 살펴보는 것이 중요하다고 생각합니다.

현 배움에는 시기가 있지만, 개인에 따라 그 시기에도 차이가 있을 수 있습니다. 만약 시기에 맞지 않는데 억지로 조기교육을 시키면 분명 문제가 생길 것입니다. 표면적으로 드러난 경우와 그렇지 않은 경우가 있을 뿐, 부작용이 더 많다고 생각합니다. '선 무당이 사람 잡는다'라는 말이 있는 것처럼, 그 문제를 해결할 방법을 잘 알고 있지 않은 이상 조기교육을 하겠다는 생각은 버렸으면 좋겠습니다. 분명 조기교육을 통해서 아이를 훌륭하게 키우는 방법이 있을 것입니다. 하지만 그만큼 수고롭고 꼼꼼한 지도 방식이 필요합니다. 한 가지 덧붙이자면, 저는 칼 비테의 지도 방법이 너무나 궁금했습니다. 어떻게 이런 어린아이에게 6개국어를 가르쳐 능통하게 구사할 수 있게 했는지, 그 비결을 알고 싶습니다. 그와 그의 아들이 쓴 책을 한 번쯤 읽어봐야겠다는 생각을 했습니다.

유　조기교육이라는 말의 뜻을 곱씹어보면 재미있습니다. 규정해놓은 교육 과정보다 앞선 내용을 학습하면 조기교육 혹은 선행학습이라고 하는데, 저는 애초에 규정 교육 과정을 왜 따라야 하는지 의문입니다. 아이들마다 자극이 다르고 관심사가 다를 텐데 그러한 아이들을 규정된 학습 내용으로 일관되게 교육하는 것이 과연 옳은 것일까요? 그냥 교육의 효율 때문에 정한 것이지 그게 아이에게 맞는 학습법은 아닐 것입니다. 이러한 논리로 조기교육은 필요에 의하면 시행하는 것이 좋다고 생각합니다. 수학이 좋아서 이미 대학 과정까지 탐구한 어린이가 학교에서 수학시간에 덧셈 뺄셈을 배운다고 하면 수업에 참여가 어려울 것이라는 점 빼고는 조기교육, 영재교육이 나쁘지 않다고 생각합니다. 어쩌면 교육 과정이 개개인의 능력을 한정 짓는 건 아닐까 생각되네요.

병　조기교육은 즐겁게 해야지 강압적으로 하면 반드시 부작용이 생깁니다. 『자유론』을 쓴 존 스튜어트 밀도 조기교육을 받았는데, 아버지의 강압적인 방법 때문에 부작용이 생겼습니다. 반면 칼 비테는 준비된 아버지였습니다. 즐겁게 공부하는 방법을 알고 있었습니다.

유　자신이 좋아하면 조기교육도 괜찮지 않을까 생각합니다.

예　요즘 들어 어린 시절의 경험과 자극은 평생 그 사람의 내면에 각인된다는 사실을 새삼 느낍니다. 그만큼 그 시기에 경험하는 것, 느끼는 것, 받아들이는 것들이 너무나 중요한 것 같습니다.

현　저는 근데 궁금해요! 어떻게 그런 천재가 되었을까 어떻게 지속해서 흥미롭게 공부를 할 수 있도록 알려주었을까.

병　아이들이 질문할 때 부모가 대응을 잘해야 됩니다.

현　저는 공부라는 게 정말 재미있다는 생각이 드는데, 전에도 이 즐거움을 알았다면 어떤 사람이 되었을까 궁금합니다.

예　교육은 아이와 부모, 교사가 서로 행복함과 즐거움을 느끼는 터전 위에 이루어져야 성공할 수 있다는 생각이 드네요!

병 유대인은 공부가 꿀처럼 달다는 것을 알려주기 위해 노력한다고 합니다.

선 저는 아빠 덕분에 10대 때부터 책장에 가득했던 자녀 교육책을 많이 읽어서 유리를 키울 때 도움이 많이 됩니다.

병 저자는 '정신적 성숙'을 최선의 노력을 유도할 수 있는 강력한 동기라고 말합니다. 여러분은 '정신적 성숙'위해 어떤 교육이 필요하다고 보시나요?

현 저는 정신적 성숙을 위해서는 역사 교육이 정말 중요하다고 생각합니다. 유대인과 한국인의 공통점을 찾아보라고 한다면, 그들에게는 핍박과 탄압의 역사가 있었습니다. 이 두 민족이 우수해진 이유는 이러한 위기를 잘 극복하였기 때문입니다. 한국은 위로는 전 세계에서 가장 강한 나라였던 중국이, 아래로는 근대에 가장 강한 일본이 있었습니다. 지금은 휴전 상황으로 언제 전쟁이 벌어져도 이상할 것 없는 나라이며, 수천 년 간 외세의 침략 속에서 끊임없이 국난을 극복해온 나라입니다. 하지만 역사를 잊은 민족에겐 미래가 없는 것처럼, 역사교육을 잘해야 합니다. 우리는 아직 강대국이 아니며, 아직도 수많은 위기에 봉착해 있습니다. 앞으로 더 잘 살기 위해서, 미래를 이끌어나가기 위해서 역사교육을 진정 중요하게 생각해야 할 것입니다. '지피지기면 백전백승이다'라는 말이 있습니다. 나를 제대로 알아야 할 뿐만 아니라 누가 적인지 알아야 합니다. 그리고 적에 대해서 잘 분석해야 합니다. 나를 아는 길은 역사를 배우고 우리가 어떤 민족이었는지 깨닫는 것으로부터 시작이 아닐까 싶습니다.

예 러시아 대문호 톨스토이는 "고통은 깨달음을 준다"고 말합니다. 고통과 슬픔을 경험한 후, 우리는 이전에는 몰랐던 진리를 깨닫고 성장합니다. 하지만 단순히 아이들에게 고통을 경험하게 하는 것만으로 교육의 목표에 도달할 순 없습니다. 고통의 의미가 무엇이며 이 시간들을 통해 내가 배워야 할 것들은 무엇인지 정확히 알 수 있도록 해야 합니다. 역경을 이겨내어 위대한 삶을 이룩한 사람들의 이야기를 책이나 영화, 다큐멘터리 등을 통해 접하도록 하는 것, 그리고 이에 대해 다양한 논제로 토론하여 자신의 삶에 적용할 수 있는 부분을 고민하도록 도움을 주는 것도 좋은 방법이라 생각합니다. 더불어 여행이나 학습 챌린지, 토론이나 봉사활동 등 직접 어려움에 부딪히는 경험 역시 진정한 의미에서의 배움으로 이어질 수 있겠지요. 하지만 무엇보다도 교육을 기획하고 진행하는 교육자의 '진정성'이 가장 핵심이 되어야 할 것입니다.

선　한국은 세계 유일의 분단국가입니다. 이산가족들은 과거에도 현재에도 가족과 생이별을 한 채 평생 만나지 못하고 있고 북한 주민의 현실은 암담합니다. 탈북자들의 이야기를 들어보면 우리의 삶이 얼마나 행복한 것인지 느끼게 됩니다. 21세기에도 '세월호 참사'나 '코로나19' 등 나라 안팎으로 큰 고통을 겪었습니다. 한국은 분단의 비극과 더불어 세계에서 일어나는 환경오염과 바이러스로 인한 비극을 제대로 알 수 있게 교육해야 한다고 생각합니다. 더 이상 국경을 맞대고 싸우는 게 아니라 세계 모두가 한 가족이라는 생각으로 위기를 극복하고 아름답고 안전한 지구를 후손에게 물려줄 수 있도록 인식하는 교육이 필요합니다.

유　저는 청소년기에 부모님의 경제적인 어려움으로 돈이 부족해서 생기는 어려움들을 경험했습니다. 유리가 태어나고 아버지의 입장이 되니 과거의 경험처럼 경제적인 어려움을 겪지 않고자 돈에 대한 공부를 시작하였고 보험사 입사를 계기로 공부를 시작하였습니다. 유리가 태어나기 직전까지 엔터테인먼트 회사에서 3년간 공연 관련 일을 했었던 터라 안정적인 수입이 없었고 아내는 휴직을 했던 터라 더욱 절실했던 것 같습니다. 고생해본 경험이 없으면 절실함이 없고 최선을 다하지 않게 되는 것 같습니다. 인간은 결핍을 해결하고자 하는 노력에서 발전이 있고 결핍이 없으면 만족하며 노력하지 않으려는 것 같습니다.

현 진정성이 핵심이라는 말이 정말 좋네요.

병 젊어서 고생은 사서라도 하라는 속담이 생각납니다. 요즈음 아이들은 너무 과보호해서 키우는 건 아닐까요?

선 저도 출산 후 '워킹맘'이 되어서 힘들긴 하지만 오히려 유리와의 상호작용도 긍정적으로 하게 되고 신랑이 혼자 돈을 버는 기간 동안 얼마나 힘들었을지 공감하게 되었고, 내가 일을 안 할 때 더 잘해줄걸 반성도 했습니다.

병 이번에는 선택논제를 가지고 토론을 하겠습니다. 영국의 역사학자 아놀드 토인비는 "인류가 발전한 원동력이 바로 도전과 응전"이라고 설명하는데요, 여러분도 도전과 응전이라는 메커니즘을 삶에 적용하여 성과를 내고 싶으신가요?

예 저는 원래 안정과 편안함을 추구하는 성향의 사람입니다. 부모님께서는 어릴 적부터 여자의 성공적인 삶이란 안정적인 직업을 갖고 결혼해서 평탄하게 살아가는 거라고, 그리고 그것이 '행복한 삶'이라고 말씀하셨습니다. 저는 이런 이야기를 부정하고, 나는 도전과 성장을 추구하는 사람이므로 부모님의 기대와는 다른 삶을 살 거라고 스스로를 다그치기도 했습니다. 하지만 시간이 지날수록 제 안에는 도전에서 오는 실패와 감내해야 할 고통을 두려워하며 그저 회피하고 싶은 마음만 가득하다는 사실을 깨달았습니다. 타인의 눈에 비친 성공만을 원하고 있었으며, 그 성공을 부여잡기 위해 희생해야 하는 것들 앞에서 무기력해하고 있는 제 스스로를 마주했습니다. 제가 지금껏 진실인 줄 알고 있었던 삶의 기준이 사실 허울뿐인 가짜였음을 깨달았을 땐 너무나 고통스러웠습니다. 하지만 그 고통을 하나의 도전으로 여긴다면, 그래서 그 도전에 과감히 응전한다면 저는 분명 그만큼의 보상과 성장을 얻을 것입니다. 난제를 회피하거나 시련과 고통을 부정적인 것으로 치부해버리는 대신 나를 성장시킬 수 있는 하나의 기회로 받아들인다면, 제 자신이 도전한 만큼 성장하고 노력한 만큼 성과를 낼 수 있을 거라 믿습니다. 지금, 그리고 여기에서 삶이 나에게 던지는 수많은 도전과 성장의 기회들을 놓치지 않고 후회 없이 살아가고 싶습니다.

현 제 인생은 늘 도전과 응전이 계속되는 삶이었습니다. 남들이 해보지 않았던 일을 하면서 더 많이 배울 수 있었고 더 많이 깨달을 수 있었습니다. 삶을 살아가다 보면 언제나 제게 새로운 도전이 주어집니다. 미리 준비하지 않으면 그 도전 앞에서 여지없이 패하게 됩니다. 누군가는 이런 말을 했습니다. "어떤 고통이 나를 죽일 수 없다면, 나를 더 강하게 만들 뿐이다." 도전이라는 것이 이런 것 같습니다. 그 당시에는 너무나 힘들어도 그 시간을 넘어가면 더 강해졌다는 것을 실감합니다. 따라서 지금처럼 더 많이 도전과 응전을 받아들이면서 더욱 성장하고 싶습니다. 그리고 성장하는 제 모습을 보면서 지금처럼 자부심을 느끼고 싶습니다.

선 최근 목표를 잊고 살아가면서 우울감을 느끼기도 하고 시간이 나도 무기력하게 보내는 자신을 보면서 괴로웠습니다. 저는 학창시절 아버지가 끊임없이 독서하고 공부하는 모습을 보면서 긍정적인 영향을 받았습니다. 강사로서 인정받고 대학에서 강의하시는 모습에 만족하지 않으시고, 독서토론을 배우고 환갑이 넘은 나이에도 활발히 활동하시는 모습을 보면서 자식에게 가장 좋은 교육은 모범이 되는 삶을 보여주는 것이라고 생각했습니다. 제가 나태하고 게으른 모습을 보이면서 공부를 하고 훌륭한 사람이 되라고 말하는 것은 잔소리일 뿐입니다. 그렇게 이야기하지 않고도 자녀나 남편에게 존경받는 엄마이자 아내가 될 수 있습니다. 그러기 위해서는 앞으로 도전과 발전하는 삶을 살면서 뚜렷한 목표를 가지고 열심히 살아가고 싶습니다.

유 저는 마술을 구체적으로 배워본 적이 없습니다. 중학교 2학년 때부터 시작한 마술은 사실 배웠다기보다는 탐구하고 연구해서 습득한 것입니다. 예를 들어 마술사의 연출영상을 보고 그 연출을 어떻게 해냈을지 상상하고 연구하면서 적용하고 그로인한 시행착오들이 쌓여 노하우를 형성하였습니다. 그래서 학생들에게 마술을 가르칠 때 피드백을 자세하게 해줄 수 있는 것 같습니다. 이처럼 해내고야 말겠다는 도전 정신, 특히 고정관념을 깨고 접근해야 하는 마술이라는 콘텐츠를 통해 성취해오던 것들이 독학 방법을 터득하는 데 영향을 많이 준 것 같습니다. 마술을 통해 도전정신, 하면 된다, 하려면 제대로 해야 한다, 최고가 되자, 등의 자세를 경험할 수 있었습니다. 이를 통해 보이스퍼커션도 도전하여 독자적인 방법을 터득하였고 각종 다양한 분야에 도전할 수 있는 밑거름이 된 것 같습니다.

선 최근에 느끼는 건데 한국은 평균 이상의 지능과 성실함을 가지는 국민들이 대다수이며 치안과 의료가 잘되어 있는 살기 좋은 곳이라고 생각합니다.

병 선택논제 2번입니다. 여러분은 인재를 육성하기 위해 이스라엘과 핀란드 중 어느 나라 교육 방법을 먼저 도입해야 된다고 보시나요?

예 핀란드의 방식을 먼저 도입해야 한다고 생각합니다. 핀란드에서는 모든 아이들이 창의적 교육의 혜택을 받으며 학습이 부진한 경우에도 가정과 학교에서 집중적 보충 학습을 받을 수 있습니다. 또한 '도전과 응전'을 위한 심화학습, 스토리텔링 방식의 응용문제들은 아이들이 단순 암기를 통해 단편적 지식을 쌓는 데에만 그치지 않게 합니다. 교육 종사자와 교육 대상자 모두를 존중하는 시스템, 쉬운 내용에서 어려운 내용까지 다양한 학습 내용을 창의적으로 구성하여 사고력과 논리력을 키우는 교육 내용 모두 한국이 본받고 도입할 만한 부분입니다.

선 미국의 경제나 자본을 쥐락펴락하는 권력은 유대인입니다. 코로나 사태로 미국의 의료시스템을 보면서 뛰어난 사람을 많이 배출하는 것보다 모든 국민을 중요시하는 것이 얼마나 중요한지 느끼게 되었습니다. 북유럽 국가는 학교에서 모든 학생을 배려하고 모든 국민을 무료로 치료해줍니다. 물론 북유럽의 무상 의료 시스템에도 한계가 있었지만 치료비가 부담스러워 집에서 죽어가는 미국의 실상을 보니 너무나 충격적이었습니다. 코로나 사태로 사회적 약자를 어떻게 대하느냐가 얼마나 중요한지 느끼게 되었습니다. 앞으로 교육에 있어서도 모든 학생들이 낙오되지 않고 즐겁게 배울 수 있으면 좋겠습니다.

현   핀란드에는 행복한 사람은 많지만 세상에 뚜렷하게 남을
    만한 사람이 없었습니다. 하지만 이스라엘에는 세계에 이름
    을 날리는 기업가나 저명한 인사들이 많습니다. 게다가 그
    들은 강력한 역사교육으로 인해서 주변 사람들을 이끌어주
    고 더 성공할 수 있도록 도움을 줍니다. 전에 유대인에 대
    해서 읽었던 책의 한 부분이 기억이 납니다. 유대인들은 13
    세가 되면 '바르 미쯔바'라는 성인식을 진행하는데, 유대인
    에게 있어서 성인식은 엄청난 의미를 갖는다고 합니다. 이
    성인식 이후에는 자신의 삶을 스스로가 온전히 책임져야
    하는데, 이 시간이 지난 후로는 부모도 체벌을 하지 않는다
    고 합니다. 그리고 성인식에서는 주변 사람들로부터 거액의
    축하금을 받게 되는데 보통은 세상을 여행하는 데 쓴다고
    합니다. 저는 이런 교육을 받은 사람과 받지 않은 사람은
    인생의 경험의 크기부터 다를 것이라는 생각이 들었습니다.
    젊어서부터 큰 도전을 하고 실패를 하는 과정에서 배우는
    삶의 지혜는 앞으로 삶을 살아나가면서 엄청난 자본이 될
    것입니다.

유   제가 느끼기에 사람들은 모른다는 것을 부끄러워하는 것
    같습니다. 모르는 것을 모른다고 당당하게 표현해야 모르
    는 것을 극복할 수 있습니다. 대학교 때, 1년을 휴학하고 돌

아오니 교수님의 설명이 전혀 이해가 되지 않고 생명과학의 기초인 단백질이나 DNA 같은 개념조차 전혀 기억 나지 않는 초유의 사태가 일어났습니다. 그래서 같이 수업 듣는 친구에게 창피함을 무릅쓰고 물어봤지요. 친구는 고등학교에서 배우는 내용인데 그걸 모르냐고 핀잔을 주기도 했지만 모르는 건 죄다 적극적으로 물어보고 알려고 노력했는데요. 그 결과 시험공부를 할 때 오히려 제가 그 친구에게 알려주는 상황이 되어버렸습니다. 이를 통해 모르는 것에 당당해야 하며 극복하려고 노력해야 한다는 걸 느꼈습니다. 모르는 것을 극복하고 탐구하는 데에는 이스라엘의 교육 방식이 더 적합하다고 생각합니다. 생각을 공유하고 다양한 내용들이 오갈 수 있는 환경이 갖춰져 있는 것 같습니다.

병 못다 한 이야기가 있으면 올려주세요.

현 한국의 입시 위주 교육이 오히려 세계적인 성장을 저해하고 있지 않나 걱정이 됩니다.

선 2019년 초등학교 2학년 학급에 들어가 도움이 필요한 학생을 보조하는 일을 하면서 수업을 참관할 기회가 많았습니다. 확실히 우리가 학교에 다닐 때보다 수업 환경이 좋아졌고 토론이나 발표를 적극적으로 하는 모습이 인상적이었습니다. 자유학기제나 혁신학교 등 영재교육을 활발히 하는 것도 좋은 방향이라고 생각합니다.

병 초등학교, 중학교의 혁신학교 수업이 고등학교에 가면 다시 입시 위주로 바뀌는 슬픈 현실에 대해 들었습니다. 자, 그럼 토론 소감을 준비하는 시간을 갖겠습니다. 독서토론 소감 올려주세요.

현 확실히 토론을 통해서 책을 더욱 깊이 있게 읽는 것 같습니다. 특히 다른 사람의 경험과 생각을 다양하게 접할 수 있다는 점이 정말 유익합니다. 책을 혼자서 읽었을 때는 경험할 수 없었던 부분입니다. 논제를 통해 여러 사람의 생각과 가치관을 비교할 수 있었고, 이는 책을 몇 번이나 다시 읽는 효과를 가져왔습니다. 언젠가 아버지의 강의에서 '독서토론은 놀라운 효과를 가지고 있다. 독서토론을 만난 것은 인생의 행운이다'라는 이야기를 들었는데, 이렇게 깊이 생각하면서 자신의 의견을 나눌 수 있고 다른 사람의 이야기를 듣고 이해하는 과정이 정말 중요하다는 것을 깨닫는 시간이었습니다. 저에게 있어 독서토론을 만난 것은 인생에서 여행을 만난 것만큼이나, 책을 만난 것만큼이나 큰 행운입니다. 그리고 가족들과 함께 토론을 할 수 있다는 것 역시 큰 행운이네요!

예 책을 읽으며 자녀교육, 뇌 발달, 조기교육, 공부 등 평소 관심 있었던 분야에 대해 좀 더 깊이 이해할 수 있어서 좋았습니다. 유리를 키우며 자녀교육을 고민하고 실천으로 옮겼던 아가씨 부부의 이야기가 크게 와닿았습니다. 한 권의 책이 가지를 쳐서 새로운 호기심을 불러일으킨다는 점, 사고의 확장을 가져오고 삶을 변화시킬 수 있다는 사실에 놀라움을 느꼈습니다. 좋은 책을 읽고 함께 토론할 수 있어 감사합니다.

선 대학원 준비로 바빠서 토론에 참여하지 못한 정윤이가 이 책을 읽고 토론하지 못한 것이 아쉬웠습니다. 대학원이 대학교 공부와 어떻게 다른지 어떻게 몰입하고 공부해야 할지 비교적 자세하고 다양한 사례가 나와 있어서 재미있었습니다. 책에서 소개된 EBS 〈몰입, 최고의 나를 만나다〉 다큐멘터리를 본 적이 있었는데 다시 보고 싶어졌습니다. 저도 끊임없이 도전하고 뇌를 발달시키기 위해서 노력해야겠다고 다짐했고 책을 읽으면서나 토론을 하면서 즐거운 시간이었습니다.

유 제가 교육법이나 공부법에 관심이 없을 줄 알았는데, 토론을 준비하다 보니 관심이 많았네요. 제가 해온 시행착오들을 바탕으로 유리를 교육할 때 올바른 학습을 할 수 있도록 연구해야겠다는 생각을 했습니다. 몰입은 참 즐거운 일인 것 같습니다. 마약 같아요!

병 몰입은 공부를 하면서 행복감을 느낄 수 있는 좋은 방법 같습니다. 이상으로 가족 독서토론을 마치겠습니다.

가족 독서토론이
가져다준 것들

제게 있어 가족 독서토론은 아버지가 우리에게 주신 가장 큰 유산입니다. 베이징에서 신혼 생활을 할 때, 저와 다른 아내의 행동과 생각 때문에 힘들었던 적이 종종 있었습니다. 어쩌면 이게 자연스러운 일일지도 모르지요. 30년 동안이나 서로 다른 방식으로 각자의 삶을 살아온 남녀가 결혼을 했다고 하루아침에 서로를 이해하고 하나가 될 수는 없을 겁니다. 생활 방식을 조율해가는 과정이 필요했습니다. 현명하면서도 자연스러운 방법이면 더 좋겠다고 생각했어요. 가족 독서토론을 처음 진행하던 날, 그야말로 큰 충격을 받았습니다. 선택논제에서 저와 아내가 같은 선택을 한 것이 몇 번 되지 않았던 거죠. 이렇게 다를 수가 있다니! 그걸 깨달은 뒤로는 어떤 상황이든 아내는 어떻게 생각하는지 먼저 물어봅니다. 서로의 생각을 완전히 이해할 수는 없어도, 우리는 각자의 의견을 존중하고 공감을 표하게 되었습니다. 서로 다름을 인정하면서 공감하고 해결해가는 과정은 그 무엇으로도 바꿀 수 없는 중요한 정신적인 유산입니다. 저는 독서토론이 결혼을 통해 새로운 삶을 시작하는 사람들에게 있어서 가장 좋은 선물이 아닐까 싶습니다.

최현진

"사람은 쉽게 안 변해." 저는 이 말을 좋아하지 않습니다. 이 말을 밖으로 내뱉는 순간 가슴이 쿵 내려앉습니다. 변하지 않으면 삶의 희망도, 의미도 없다는 생각 때문입니다. 저는 현재를 살기보다는 변화될 미래를 기다리는 쪽을 택하곤 했지요. 지금의 나를 미워했기 때문인지도 모르겠습니다. 결혼을 하고, 식구가 늘어나고, 그들과 함께 가족 독서토론을 하면서 저는 조금씩 변했습니다. 있는 그대로의 자신을 사랑하게 되면서부터입니다. 나의 생각과 감정이 누군가에게 닿고, 마찬가지로 누군가의 마음이 제게 닿는 경험이 저를 조금씩 달라지게 했습니다. 그 누구도 완전히 틀리지 않고 못나지 않다는 사실을 토론으로, 함께 나누는 시간으로 확인할 수 있어 행복했습니다. 이제는 그 행복을 더 많은 사람과 나누고 싶습니다. 부모와 자녀가, 아내와 남편이, 형제와 자매가 책과 토론으로 보다 행복할 수 있기를 바랍니다.

김예원

출산은 저의 일과 삶을 송두리째 변화시켰습니다. 자식을 키운다는 것은 전혀 다른 차원의 일이었어요. 남편과 협업해서 팀워크를 이뤄야 하는데 소통이 안 되니 다툼이 많아졌습니다. 인생 최대의 시련이었죠. 그때 한줄기 빛처럼 가족 독서토론이 시작되었습니다. 책을 읽고 논제 답변을 적으면서 나의 생각을 정리하고 나의 상황을 좀 더 객관적으로 바라볼 수 있었습니다. 가족들은 서로의 이야기를 들을 준비가 되어 있었고요. 의견이 다르면 다툼이 일어났던 과거와 달리, 오히려 같은 책을 읽고 다른 생각을 나누는 것이 재미있었습니다. 가족 안에서 행복을 느낄 수 있다면 얼마나 아름다운 인생일까요. 가족의 존재를 감사의 눈으로 바라볼 수 있게 된 건 가족 독서토론 덕분입니다.

최정선

토론을 시작하고 좋았던 점은 혼자서 책을 읽을 때 이해가 안 되거나 놓친 부분을 다른 사람들의 의견을 통해서 알 수 있었다는 겁니다. 책을 읽고 토론함으로써 생각을 정리하고, 타인의 의견을 들음으로써 생각을 확장할 수 있습니다. 책의 내용이 확실하게 나의 것이 되었죠. 그래서 토론하는 두 시간이 순식간에 지나갔다고 느껴질 때도 많았습니다. 저는 무언가를 판단할 때 옳고 그르다는 이분법적 사고를 하고 있었고 옳다고 판단한 건 섣불리 번복하지 않았습니다. 이 때문에 다른 사람과 심한 갈등까지 발생하곤 했죠. 처음 독서토론에 참여했을 때도 상대방 의견에 반박하고 싶었고 실제로도 몇 번 그랬던 것 같습니다. 하지만 비경쟁 독서토론에서는 저의 반박을 비롯한 모든 의견을 받아들였습니다. 그걸 보면서 저도 수용하는 법을 배웠고, 편안한 분위기로 서로의 의견을 나눌 수 있었습니다. 덕분에 세상에는 옳고 그름만 있지 않으며 내 논리가 항상 옳은 것도 아니라는 것을 깨달았지요. 나와 다른 생각을 수용하는 방법을 알게 된 것이 가족 독서토론이 가져다준 가장 큰 변화이자 가치입니다.

유이치

타지에 살면서 부모님과 통화할 때 항상 빠지지 않는 질문이 있습니다. "밥은 잘 먹고 다니니?" 바쁜 일상에 밖에서 대충 배를 채운 날도 대답은 한결같습니다. "그럼요, 잘 먹고 다니죠. 걱정 마세요." 가족과 토론하기로 한 『태초 먹거리』의 첫 장을 넘긴 순간, 문득 아버지가 책을 통해 우리에게 하고 싶었던 이야기를 전하고 있다는 생각이 들었습니다. 토론 이후 한동안 우리는 가족 채팅방에서 건강한 먹거리 사진을 공유했어요. 건강식이지만 너무 많이 먹는 것이 아니냐며 놀리기도 했고요. 각자 토론을 통해 다짐한 것들을 지키기 위해 노력하는 모습이 참 좋아 보였습니다. 가족 독서토론을 하며 웃음이 생겼고, 함께 나눌 수 있는 이야기가 풍성해졌어요. 책은 우리에게 있어 좋은 매개체입니다. 가족 토론을 하며 나눈 말이 창조의 힘으로 발아되어 삶에 흐릅니다. 토론을 통해 그렇게 추억이 하나하나 쌓여갑니다.

최정윤

가족과 소통이 왜 그렇게 어려운 일인가? 가끔 스스로에게 질문을 던져봅니다. 남부러울 것 없어 보이는 사람들이 가족과 대화하기조차 어렵다는 말을 하소연하듯 털어놓습니다. 내가 만난 대부분의 시니어들은 치열한 직업전선에서 살아남기 위해 밤낮 가리지 않고 뛰어다니며 가족을 부양했고, 자녀교육에 뒷바라지하느라 눈코 뜰 새 없이 바쁘게 살았던 사람들입니다. 은퇴 후 시간 여유가 생겨 가족과 한자리에 앉아 오순도순 이야기꽃을 피우고 싶은데, 결코 쉬운 일이 아니란 사실을 깨달았다고 합니다. 이런 말을 들으면 들을수록 나에게 이런 일이 닥쳐오지 않으리라는 법이 있나 불안한 생각이 들었습니다. 그래서 가족들이 즐거운 마음으로 대화하는 방법을 찾기 위해 안테나를 높이 세우지 않을 수 없었습니다.

50대가 저물어갈 무렵 운 좋게 독서토론을 만났습니다. 처음에는 잘 몰랐는데 많은 사람과 같은 책을 읽고 대화를 나누다 보면 내 생각이 넓어지고 깊어지는 것을 느낄 수 있었습니다. 책을 읽고 다른 사람들과 이야기하고 싶다는 갈증을 느낄 무렵에 온라인 메신저로 그림책 토론을 하는 경험을 했습니다. 10분이면 읽을 수 있는 간단한 그림책으로 두 시간 동안 이야기를 나누어도 시간이 부족하다는 사실을 체험하고 많이 놀랐어요. 토론이 끝난 후에야 비로소 그림책 한 권이 퍼즐을 맞추듯 정리되는 신비한 체험도 했습니다.

아무리 좋은 방법을 찾았더라도 가족들이 호응하지 않으면 무용지물입니다. 가까운 사람들을 설득하는 방법은 시간이 걸리더라도 솔선수범이 가장 좋은 방법입니다. 부모가 먼저 토론을 하자고 제안하면 한두 번은 가능할지 모릅니다. 다만 오래 지속할 힘을 갖기 위해 자녀들이 먼저 토론을 제안해올 때까지 기다렸습니다. 천만다행으로 아들과 며느리가 "가족 독서토론을 해보면 어떨까요?"라고 제안해준 덕분에 시작할 수 있었어요.

독서토론을 하면서 가족들의 성향을 제대로 파악할 수 있었다는 게 가장 큰 수확입니다. 아들, 사위, 작은딸은 이성적이고, 며느리와 큰딸은 감성적입니다. 선택논제를 가지고 토론하면 거의 비슷하게 의견이 갈렸습니다. 토론의 횟수가 늘어나면서 서로 다른 성향을 가진 사람이기 때문에 절대로 내 입장을 강요하면 안 된다는 사실을 깨달았던 시간입니다. 각자 개성을 갖고 태어난 존재를 존중하는 마음을 배웠어요. 아들 며느리, 큰딸 사위는 "가족 독서토론 덕분에 어려움을 헤치고, 행복한 가정을 이룰 수 있었다"는 말을 가끔 합니다. 이런 말이 들려올 때마다 가족 독서토론을 진행하길 얼마나 잘 했는지 모릅니다. 사랑으로 만나 결혼했기 때문에 순풍에 돛 단 듯 순항할 것 같지만 어려운 문제들이 기다리고 있어요. 가정이 평온을 찾아 균형을 잡기까지는 오랜 시간이 필요합니다. 독서토론 덕분에 이런 시행착오를 줄이고, 시간을 단축할 수 있었다고 자부합니다. 앞으로 더 많은 시련과 역경이 찾아오더라도 충분히 해결할 수 있겠다는 믿음이 생겼습니다.

이 책은 아들, 며느리와 여행을 하며 썼습니다. 벌교와 고흥을 여행하며 목차를 구성했고, 보령, 파주, 거제도, 원주 등을 여행하며 글을 썼습니다. 분위기 좋은 카페에 앉아 글을 쓰고, 숙소에서 밤늦도록 서로 의견을 나누었습니다. 가는 곳마다 가르침을 주는 역사적 인물과 유적지, 맛있는 음식, 아름다운 경치를 보며 서로의 생각을 나누고, 글을 쓰는 과정이 행복했습니다. 가족 독서토론 덕분에 KBS 1TV 〈다큐On〉이라는 프로그램에 출연하기도 했습니다. 참여한 가족 모두 잊지 못할 추억이 하나 만들어진 셈입니다.

올해 초등학교에 입학하는 손녀가 참여하는, 3대가 함께 토론하는 날을 꿈꿔봅니다. 앞으로 태어날 손자, 손녀가 성장해서 독서토론을 하는 모습도 기대합니다. 저희 가족이 독서토론을 하는 모습을 보고, 가족 독서토론을 시작했다는 가족들이 하나둘 늘어나고 있어 큰 기쁨입니다. 기회가 되면 '한 지붕 북클럽' 활동을 하고 있는 사람들이 한자리에 모여 서로 노하우를 공유하는 모임을 하고 싶습니다.

『한 지붕 북클럽』이 출간되기까지 도움을 주신 분들이 많습니다. 책을 쓸 수 있도록 시동을 걸어주신 숭례문학당의 김민영 이사님, 가족 독서토론을 귀하게 생각하시고 만날 때마다 동기부여를 해주신 한기호 소장님, 책이 나올 수 있도록 어렵고 힘든 산파 역할을 마다하지 않으신 염경원 편집자님 덕분에 세상에 빛을 보게 되었습니다. 모두 고맙습니다.

우리 가족을 대표해서

최병일

가족끼리 책으로 대화하는 방법

한 지붕 북클럽

2022년 3월 18일 1판 1쇄 인쇄
2022년 3월 28일 1판 1쇄 발행

지은이   김예원, 최병일
펴낸이   한기호
책임편집   염경원
편집   도은숙, 정안나, 유태선, 강세윤, 김미향, 김현구
마케팅   윤수연
디자인   블랙페퍼디자인
경영지원   국순근
펴낸곳   북바이북

출판등록 2009년 5월 12일 제313-2009-100호
주소 04029 서울시 마포구 동교로 12안길 14(서교동) 삼성빌딩 A동 2층
전화 02-336-5675   팩스 02-337-5347
이메일 kpm@kpm21.co.kr
홈페이지 www.kpm21.co.kr

ISBN 979-11-90812-34-4 (03800)

- 북바이북은 한국출판마케팅연구소의 임프린트입니다.
- 책값은 뒤표지에 있습니다.
- 잘못된 책은 구입처에서 교환해드립니다.